Is It Love?

CARTER CORP.

Ryan

Image de couverture : © Shutterstock
Conception graphique : Emmanuel Pinchon
Relecture : Luce Valli
Collection « Hugo Poche » dirigée par Franck Spengler
Ouvrage dirigé par Lea Mariani

Département de Hugo Publishing
34-36, rue La Pérouse
75116 Paris

www.hugoetcie.fr

ISBN : 9782755648065
Dépôt légal : décembre 2021
Imprimé en Espagne

SUR UNE IDÉE ORIGINALE DE

CLAIRE ZAMORA

Is It Love?

CARTER CORP.

Ryan

EVA DE KERLAN

Hugo Poche

NEW ROMANCE®

PRÉFACE

Dans la série des jeux « Is it Love? Carter Corporation », le personnage de Ryan est central. Il représente le « boss suprême ». Autant au travers de son rôle de P.-D.G. et fondateur de sa firme, la Carter Corp., qu'en termes de jeu. C'est le personnage le plus mystérieux et le plus inaccessible. Celui dont on parle, dont l'aura plane, mais qu'il nous est rarement possible de rencontrer. Celui dont on veut absolument découvrir l'histoire.

L'intrigue du jeu s'ouvre sur la scène très sensuelle de l'ascenseur. Scène qui annonce la couleur : Ryan Carter est un homme intense. Avec lui, nous allons vivre des moments hors normes.

Dans cet espace clos, suspendu à des centaines de mètres du sol, il se passe quelque chose de fort, d'irrésistible, qui bouleverse les sens de l'héroïne. Qui se laisserait aller dans les bras d'un inconnu ? Sans doute personne. Mais cet inconnu n'est pas n'importe qui. Et la fiction nous autorise à jouer le jeu. Comme s'il possédait une aura magique, comme s'il était une créature dotée d'un pouvoir sensuel, Ryan emporte l'héroïne dans une énergie nouvelle. Elle lâche totalement prise, se laissant aller à son fantasme. À tel point qu'on pourrait se demander, à la fin de la scène, si tout ceci s'est réellement passé ou si l'héroïne ne l'a tout simplement pas imaginé.

Mais on peut aussi se dire que Ryan a autant perdu le contrôle que l'héroïne, et que celle-ci a autant de pouvoir d'attraction sur lui qu'il en a sur elle. C'est sur ce jeu de séduction et cette transgression des interdits que je vais baser leur relation.

Il me semble que la seule possibilité pour un employé de voir le fondateur de la firme, s'il ne travaille pas à l'étage des « grands », c'est de le croiser dans l'ascenseur. Alors, partant de cette idée, dans toutes les histoires, je me suis amusée à le faire apparaître uniquement dans ce lieu, comme un « running gag », pour que les joueuses se posent ensuite la question logique : « OK, je prends l'ascenseur. Peut-être vais-je y croiser le beau Ryan… ? »

Car oui, Ryan est beau. Je voulais que, malgré son jeune âge, il dégage le charisme et cette assurance que possèdent les leaders. J'ai donc beaucoup travaillé son attitude, ses gestes, la tonalité de sa voix, mais aussi son regard et ses expressions. Ryan est mystérieux, particulièrement dans sa vie privée. Il fallait donc lui donner des expressions subtiles, légères, qui laissent planer le doute sur ses véritables pensées. Rien de mieux alors qu'un sourire en coin, un regard franc mais amusé, le réajustement précis d'un bouton de manchette, ou encore un simple silence.

Je voulais que Carter soit un personnage inaccessible. Mais il était important qu'il soit humain et qu'il sorte des clichés habituels de l'homme d'affaires. Alors oui, Ryan possède une belle voiture, une belle maison, un appartement luxueux… Mais le plus important, c'est que, sous cette façade dorée, c'est un homme profondément bon et juste. Il a des principes et des aspirations qui vont bien au-delà de l'appât du gain. Et parfois ses principes peuvent le pousser à se mettre en danger.

Il est brillant. Il possède une intelligence au-dessus de la moyenne, ce qui le rend terriblement redoutable en affaires mais aussi lors de discussions, où ses reparties fusent. Ryan parle peu et va à l'essentiel. Lorsqu'il prend la parole c'est pour exposer la solution, qu'il a déjà, quand les autres en sont encore à chercher des explications. Simplement parce que, dans sa tête, il a déjà analysé le problème et fait tout le cheminement qui mène à la conclusion.

En réalité, pour une bonne partie de sa psychologie, je me suis inspirée de mon mari. Il est lui-même un brillant entrepreneur plein de bienveillance. Il fait partie de ces hommes qui se lèvent avec une idée nouvelle chaque jour, et qui ont surtout la capacité de mener cette idée jusqu'à sa réalisation. Autant dire que ce sont des hommes difficiles à suivre, parce qu'ils réfléchissent très vite et qu'ils n'ont pas peur ni de prendre des risques ni de se lancer dans de nouveaux projets. Avec ces hommes d'exception, on vit des moments d'exception. Ils vont là où les autres n'ont pas le courage d'aller et nous poussent à dépasser nos propres limites, jusqu'à sortir de nos zones de confort pour nous révéler. C'est ce que je voulais pour Ryan et l'héroïne.

Ryan poussera l'héroïne à sortir de sa coquille et, en revanche, l'héroïne apprendra à Ryan que tout ne se réduit pas à un problème qui doit être résolu. Les relations humaines sont bien plus complexes. Les émotions prennent souvent le pas sur la raison et mon héros a beaucoup à apprendre sur ce point.

Rien d'étonnant alors à ce que Ryan soit l'un de mes personnages préférés. J'ai travaillé ses qualités et ses défauts avec une grande bienveillance puisqu'il me faisait énormément penser à l'homme que j'aime. Donc il m'est arrivé bien des fois, tout au long de mon processus créatif, de poser ces simples questions à mon mari : « Voici la situation, les événements, le problème soulevé… Maintenant, à la place de Ryan, que dirais-tu ? Comment réagirais-tu ? » car mon personnage ne fonctionne pas avec les mêmes ressorts psychologiques que les miens et je le voulais crédible.

Dans le jeu, ce qui rend Ryan aussi intéressant, et qui dépasse vite l'homme que l'on pensait découvrir, c'est justement tout ce travail sur sa psychologie, sur son passé, sur ce qui l'a construit jusqu'à aujourd'hui. Je trouve que c'est d'ailleurs la partie la plus exaltante de notre travail : créer un personnage complexe qui, après la première impression conditionnée par tous nos *a priori* – « il est riche donc il est forcément matérialiste », « c'est un homme d'affaires donc il ne s'intéresse qu'à l'argent », etc. –, se révèle un homme bien plus complexe, bien plus vulnérable que nous l'aurions pensé au premier abord. Et c'est cette découverte progressive qui nous pousse à vouloir découvrir son histoire. On s'attache à lui petit à petit, et de façon très forte lors des derniers chapitres, parce qu'il est profondément humain…

Claire Zamora

Carter Corporation. L'une des firmes les plus influentes du moment. Une entreprise florissante qui possède plusieurs succursales dans le monde entier et intervient dans de nombreux domaines, du mécénat aux nouvelles technologies en passant par l'humanitaire.

Son siège principal se situe à New York, dans un building immense. Son dernier étage est une sorte de mythe pour ses employés : l'antre du grand patron, cet homme que l'on voit rarement et sur lequel nombre d'informations circulent.

Multimilliardaire, célibataire, jeune, vieux, inexistant ou vivant à l'étranger… tout et son contraire se disent à son propos. Car le grand patron est de ceux que l'on ne voit jamais, mais dont on entend trop souvent parler… à coups de bruits de couloir, et de rumeurs multiples.

Des rumeurs, pour la plupart infondées. Je suis bien placée pour le savoir : je travaille à ce fameux dernier étage.

Plus pour longtemps, cela dit.

L'e-mail que j'ai reçu ce matin même le suggère fortement ;et offre à mon avenir deux choix possibles : rester ici… ou… partir, et tout recommencer.

Mais je vais un peu trop vite, là. Reprenons depuis le début. Voici comment tout cela a commencé.

LIVRE I
Séduire

PROLOGUE

Ryan

– Il va de soi que nous ferons notre maximum, cependant, sans matériel convenable, vous comprendrez…

– Assurez-vous seulement de faire de ce projet votre objectif principal, dis-je en interrompant mon interlocuteur.

L'homme se répand en platitudes et autres banalités que je n'écoute pas. Mon esprit s'est déjà porté plus loin. Plus loin que les problèmes immédiats mentionnés par ce chef de chantier. Je détourne le regard un bref instant.

Par-delà la fenêtre de la limousine, les rues sombres de New York défilent, avec leur cortège de néons et de passants. Plus que quelques blocs.

Excellent.

– Vous me ferez un point sur l'état d'avancement en fin de semaine prochaine, coupé-je une nouvelle fois mon interlocuteur, avant de raccrocher.

La diode rouge du smartphone me rappelle que de nombreux autres sujets requièrent mon attention.

Je parcours rapidement la liste des messages et e-mails en attente, tandis que le véhicule tourne dans une avenue et ralentit.

– Monsieur, nous sommes arrivés.

Promptement, comme à son habitude, mon chauffeur s'extrait du véhicule pour m'ouvrir la portière. Je pose le pied sur le trottoir et lève le regard vers l'immeuble qui porte mon nom : haut, massif, imposant, une élégance certaine. Le reflet parfait de ce que j'ambitionne d'accomplir. Ma mallette dans une main, je réajuste ma cravate de l'autre. Je suis prêt.

Transférer le dossier à Mark au plus tôt, noté-je dans mon esprit en lissant ma veste. *Ainsi nous pourrons entamer la phase d'achèvement des puits d'ici quelques semaines. Il me faut contacter nos investisseurs dès à présent.*

– Merci, Jake, articulé-je, les yeux déjà rivés à l'écran.

Ma liste de contacts défile sous la pression de mon doigt.

– Inutile de patienter ici, ajouté-je à mi-voix. Revenez me chercher dans deux heures.

– Bien, monsieur, acquiesce-t-il.

Nous échangeons un bref regard entendu. Jake Stewart, mon chauffeur, est un homme aux multiples talents. Conduire efficacement mon véhicule et s'abstenir de toute remarque n'en est qu'un aperçu. Je hoche la tête et lance mon appel sans un regard de plus pour lui. Je compte les sonneries, passant le sas vitré de mon immeuble, sous le salut empressé du vigile de sécurité.

Le vaste hall d'accueil est désert et silencieux. À cette heure tardive, les employés ont tous terminé leur journée. Je prends un instant pour englober les lieux, m'attardant sur les lettres inscrites en gros sur le mur : CARTER'S.

– Qui l'eût cru, n'est-ce pas ? murmuré-je à moi-même.

Dans une vibration caractéristique, mon appel aboutit et la voix éraillée de mon investisseur résonne. D'un pas déterminé, je m'approche d'un ascenseur tout en donnant mes consignes.

– Entendu, monsieur Carter, approuve le financier à l'issue de la liste que j'ai énoncée. Je m'en charge au plus tôt.

– Immédiatement, rectifié-je en appelant la cabine.

– Oui… bien sûr, monsieur.

Je coupe la conversation, consulte une nouvelle fois ma liste de contacts, enclenche un appel pour mon directeur de filiale ici même, à New York – Mark Leviels.

L'homme est jeune mais ambitieux et ne compte ni ses heures ni son implication au sein de l'entreprise. Il représente exactement le personnel dont Carter Corporation a besoin pour mener à bien l'ensemble des projets dans lesquels j'ai engagé la société. Mais pour l'heure, il semble quelque peu injoignable – et cela ne lui ressemble pas. Je serre les lèvres, agacé de ne pouvoir poser les bases du traitement du dossier que j'apporte avec moi.

Je termine l'appel et envoie un SMS ferme et incisif à son intention.

Dossier Water : prioritaire.

Dans un *ding* léger, la cabine atteint le rez-de-chaussée et les portes s'effacent. Je m'y engage et enclenche le bouton d'un des étages supérieurs, l'œil toujours rivé à mon smartphone.

Deux e-mails attirent mon attention et suscitent immédiatement mon agacement. De petits détails en apparence insignifiants, mais qui pourraient compromettre le prochain gala organisé par la firme au profit de la fondation.

– Une assistante aurait réglé le souci, remarqué-je tout bas.

Or, la mienne a déposé son congé définitif il y a peu, et aucune des propositions de la RH de l'entreprise ne m'a semblé satisfaisante.

Je transfère les e-mails à Leviels, l'esprit déjà focalisé sur le rapport financier qui doit m'attendre sur mon bureau.

Il me faudra les comptes de l'entreprise partenaire, songé-je en pianotant un mémo sur l'appareil. L'écran bascule d'un coup sur un appel entrant, et j'en reconnais immédiatement la provenance : le directeur de l'une de mes succursales européennes.

– Carter, annoncé-je en prenant la communication.

– Monsieur, ici… call à venir et…

Je grimace. Mauvaise réception.

– Un instant, exigé-je en appuyant sur le bouton du prochain étage.

Dans un infime mouvement, la cabine s'immobilise, et les portes me laissent l'accès à un couloir, désert à cette heure-ci. Une épaisse moquette absorbe l'écho de mes pas lorsque je la foule pour m'écarter de l'ascenseur et continuer ma conversation.

– J'écoute, déclaré-je d'une voix calme et presque basse.

La quiétude de l'endroit m'inviterait presque au recueillement. J'observe d'un œil aiguisé les bureaux vides qui se devinent derrière les parois aux vitres fumées, l'esprit concentré sur le discours de mon interlocuteur.

Call, gestion, projet, intendance, rachat…

– Il me faut votre accord de principe, clôt-il d'une voix nerveuse. Sans cela les financiers n'accepteront jamais…

– Vous l'avez.

– Merci, monsieur.

Je termine l'appel sans plus m'attarder. Nouveau regard vers l'enchaînement des bureaux plongés dans le noir. Tant d'emplois, de perspectives, d'exigences… suspendus à quelques mots de ma part…

Impatiemment, je rappelle l'ascenseur. *L'expert que j'ai mandaté pour le partenariat avec les Allemands est-il encore joignable à cette heure ?*

Il serait bon qu'il ajoute à son expertise quelques projections sur dix ans.

Je m'apprête à lancer un appel, indifférent aux fuseaux horaires, quand le son caractéristique de la cabine qui arrive retentit, et que les portes s'ouvrent.

Et ce que je découvre à l'intérieur efface soudain l'ensemble de mes préoccupations immédiates.

CHAPITRE 1

June

Oh, noooon ! Là, je suis vraiment en retard ! J'attrape mon sac à main et jaillis de mon box pour m'élancer vers le couloir.

Mais quelle idée de s'attarder à visionner des recettes innovantes, aussi !

Rapide détour par les sanitaires histoire de relever mes boucles en un chignon acceptable, mon smartphone tressaute comme un fou. Je m'en saisis vivement : plusieurs messages s'affichent sur mon écran, en désynchronisation totale avec la diode lumineuse qui m'indique que j'ai joyeusement zappé de recharger mon téléphone. Oh, tant pis ! Après tout je vais à un buffet, pas à une conf call !

Lisa. Lisa. Encore Lisa.

Je soupire et consulte l'ensemble des messages de mon amie à la file. En substance, ça se résume à :

Tu es où ?

En cuisine, ai-je envie de lui répondre.

Lisa, c'est la jeune et trépidante secrétaire d'accueil que j'ai rencontrée dès mon premier jour ici, à Carter Corporation. Un building imposant, haut de quelques dizaines d'étages, une entreprise influente, un job passionnant et plein d'opportunités, mais qui exige investissement et rapidité d'exécution, pour ne pas dire précision et excellence. J'y suis depuis quelques mois et si je ne le regrette pas, parfois le rythme a tendance à m'épuiser.

Mes débuts ici au poste d'assistante de communication dans le service dirigé par Gabriel Simons ont été marqués par ma nervosité, et ma maladresse légendaire et m'ont permis de rencontrer Lisa. La pauvre, en la percutant et en renversant mon café, j'avais ruiné nos deux chemisiers ! L'incident n'avait heureusement pas fait d'autre dégât et j'y avais gagné une amie fidèle et enjouée. Lisa est très rapidement devenue testeuse en chef pour mes recettes expérimentales et ma fan numéro un concernant ma pseudo-carrière de chef cuisinier.

Je retiens un petit rire à l'évocation de son air surpris et ravi, l'autre soir chez moi, lorsqu'elle a goûté le soufflé que j'avais concocté ; et pianote une réponse rapide à son message.

Je remonte le couloir à grandes enjambées. L'étage tout entier est désert – effectivement, on dirait bien que je suis véritablement en retard.

Nouvelle vibration dans ma main alors que j'enclenche l'appel de l'ascenseur.

Lisa
Bourreau de travail !
Ramène vite tes fesses ici
ou j'envoie Matt te chercher.

Je pouffe. Matt, c'est mon binôme de travail : un jeune graphiste aussi amusant que talentueux. Toujours prêt à balancer une vanne, il illumine mes journées ici avec son humour et sa bonne humeur.

Je m'engouffre dans l'ascenseur tout en tapotant ma réponse à mon amie, puis j'ouvre le nouveau message qui vient tout juste d'arriver. Matt, justement.

Matt
Lisa me dit que t'as vu le loup !
Faut que je vienne te libérer
ou il t'a déjà croquée ?

Un petit rire m'échappe. Du Matt tout craché ! Je souris, et pianote :

June
Trop tard. Il m'a dévorée !

Sa réponse ne tarde pas :

Matt
Non ! Mon cœur est brisé !

Cette fois mon rire est franc et je m'apprête à répliquer quand la cabine s'arrête… bien trop tôt pour que je sois arrivée à destination, j'en suis certaine. Rapide coup d'œil au tableau des étages : effectivement, ce n'est pas le mien.

Un accro de travail qui comme moi vient de se souvenir qu'il y a une petite fête dans le building ?

Peu importe. Je retourne à mon écran. Tout juste si je devine une grande silhouette masculine entrer dans le petit espace quand les portes s'ouvrent. La fragrance de son parfum me parvient vaguement, virile et épicée.

J'achève ma réponse à mon collègue sans daigner lever le nez de mon écran, tandis que l'ascenseur repart… et s'arrête brusquement.

Noir soudain, silence brutal.

Quoi ?

Cette fois, je relève le nez de mon écran.

– Qu'est-ce qui se passe ? maugréé-je entre mes dents. Il peut pas fonctionner correctement, cet ascenseur de malheur ?

Une panne générale ? Un dysfonctionnement temporaire ? Je ne suis clairement pas fan des espaces étroits et clos, encore moins plongés dans le noir.

J'agrippe plus fermement mon smartphone. *Mon smartphone !* Je n'ai qu'à envoyer un message à Lisa et on viendra me débloquer ! Déjà je déverrouille l'écran, me réjouissant d'avoir trouvé mon plan de secours si rapidement… quand j'arrête mon mouvement d'un seul coup.

Un frisson vient de me parcourir – un frisson… qui prend naissance à la base de ma nuque et dévale mon dos jusqu'au creux de mes reins.

On m'observe. *On* m'approche. *On* électrise mes sens et un sentiment diffus s'empare de moi : mélange de fébrilité, d'anxiété et d'un je-ne-sais-quoi hautement troublant. Et si j'en ignore la provenance exacte, ça n'en est pas moins incroyablement excitant… enfin… coincée dans une cabine d'ascenseur, savoir de qui cela vient n'est pas bien compliqué.

L'inconnu qui vient de monter !

Et ma réaction me surprend d'autant plus que je ne suis pas du genre à être réactive à une simple… présence.

Or, celle-ci envahit tout mon être et le bouleverse jusque dans mon âme, c'est indéniable !

Je redresse lentement la tête, histoire de voir si je ne suis pas en plein délire claustrophobe, quand un murmure me parvient.

– Non.

Une voix un peu rauque, indéniablement masculine, chaude, caressante. Je frémis, et j'étouffe un petit cri quand je sens un souffle sur ma nuque. Un souffle, qui exacerbe un peu plus ma sensibilité et emporte un milliard de petits frissons, délicieusement, jusque dans mon ventre.

OK. Pour le délire psychologique, on repassera !

Et lorsque je devine ses mains frôler mes hanches avant de s'écarter, j'en lâche mon portable de surprise, tant la réaction que j'ai me surprend : une onde de pur plaisir insidieux.

– Mais qu'est-ce que… ?

– Chut.

De nouveau, sa voix basse et caressante. L'effluve de son parfum me parvient, plus forte qu'auparavant. Boisée et épicée… masculine. Elle provoque une vision de l'Homme Parfait dans mon esprit et quelques pensées pour le moins… inattendues.

Ses mains reviennent tourner autour de ma taille, d'abord avec une certaine hésitation – se retient-il ? lutte-t-il contre je ne sais quel sentiment déroutant ? – puis plus hardiment. Elles s'emparent finalement de moi et m'obligent avec une douce autorité à pivoter. Et si je ne trouve pas à protester contre cette autorité, c'est que je n'ai en réalité absolument rien contre le fait qu'il approche, qu'il frôle, qu'il touche, qu'il…

La pensée qui me traverse doit forcément me faire rougir, j'en suis certaine ! Mais l'obscurité est quasi complète et ce n'est pas la maigre lueur de mon écran à terre qui lui permettra de s'en apercevoir – d'ailleurs, je n'arrive même pas à discerner ses traits ! Comme s'il m'avait entendue, mon téléphone se décide pile à ce moment-là à rendre les armes et succombe à sa batterie déchargée.

Noir absolu cette fois-ci.

J'ai le temps de pester intérieurement avant qu'une des mains de l'inconnu remontant jusqu'à mon menton ne chasse mes pensées.

– Je…

Son doigt se pose sur mes lèvres, rappelant sa demande de me taire. La pression persiste un instant avant de devenir caresse. Totalement désarmant. Je ne cherche même pas à protester. Ce simple geste est bien trop délicieux pour être repoussé… Il dessine les contours de ma bouche, erre ensuite sur ma joue, revient à mes lèvres.

Je résiste à l'envie de m'ouvrir pour le laisser pousser plus loin cette exploration. La sensation a envahi tout mon corps et c'est comme s'il promenait son doigt partout sur moi… lentement, de manière totalement, absolument et définitivement bouleversante pour la pauvre petite chose que je suis.

Je le devine se pencher et son souffle vient effleurer mon oreille, mon cou, ma joue. Et c'est un torrent de lave explosive qui déferle en moi et attise un feu d'artifice de frissons jusque dans la moindre de mes terminaisons nerveuses. Cette sensation, ce souffle si léger sur ma peau, c'est divin et tout à la fois indécent… mais j'adore !

Je me laisse surprendre l'espace d'une seconde, avant de m'abandonner pour savourer. Car l'inconnu, un instant encore, joue avec ma bouche, son doigt sinuant sensuellement… puis sa poigne se fait plus forte sur ma taille et il m'attire à lui. Ses lèvres brûlantes trouvent les miennes et m'embrasent immédiatement. Un vertige profond m'emporte. Le sentiment qui s'empare de moi dès lors que nos bouches se joignent n'a sans doute pas de nom, mais ce qu'il provoque pourrait s'appeler tout à la fois : extase, désir, plaisir ou envie mêlés d'impatience, dans lesquels je ne me reconnais pas.

Logiquement, j'aurais dû le repousser. Je devrais le repousser. Je pourrais le repousser. Plaquer mes mains sur son torse et l'écarter. Le gifler. Frapper là où ça fait mal. Griffer, aussi. Je n'en fais rien. Non, je ne me défends pas, je ne m'offusque pas. Je me laisse porter par l'afflux de sensations qu'il a réveillées et attisées en moi. Je leur abandonne ma volonté. Je l'embrasse.

Mais qu'est-ce qu'il me prend, là ?

Il me prend, réalisé-je, tandis que sa langue se fait insistante et exige que je lui cède, il me prend rien qu'en me touchant comme ça, du bout des doigts, il s'est emparé de moi. Il m'a rendue frémissante, consentante, désireuse. D'une simple caresse, il a éveillé mille et une sensations auxquelles je ne peux résister – elles sont toutes bien trop affolantes pour cela ! Et depuis l'instant si proche où nos peaux sont entrées en contact, je n'ai plus qu'un désir – qu'il m'embrasse. J'en ai envie, simplement. Et ce pour une raison que je ne m'explique pas.

L'inconnu m'attire plus encore contre lui et sa bouche prend fiévreusement la mienne, comme s'il lâchait enfin prise et laissait libre cours au sentiment qui le possède lui aussi. Son baiser est tout à la fois autoritaire, passionné, décidé. Il me bouleverse totalement, me comble brièvement d'un contentement invraisemblable avant qu'une autre perception lui succède : l'envie fiévreuse d'aller plus loin, dont la délicieuse crispation qui me traverse le ventre est le symptôme.

Fugacement, une petite voix sarcastique s'élève dans ma tête, dénonçant mon attitude dévergondée. *Je suis dans l'enceinte même de l'entreprise qui m'emploie, bon sang ! Avec un parfait inconnu !* Et c'est tout à fait le genre d'attitude que d'ordinaire je réprouve ! Carrément aux antipodes de ma ligne de conduite !

L'homme dévore ma bouche avec passion, presque avec violence. Sa main glisse sur mes reins, contourne ma taille. Presque brutalement, il me repousse contre la paroi et j'en oublie tout à la fois de respirer et de penser. La petite voix s'est tue – de toute façon, je ne l'écoutais pas. Il m'affole bien trop pour cela.

Mes mains, encore hésitantes, remontent vers son visage, effleurant une veste au tissu épais et doux, sans doute coûteux. J'ai envie de toucher sa peau, d'explorer ses traits de façon tactile. Mais, comme s'il devinait mes pensées, il se saisit de mes mains avec vivacité pour les bloquer dans leur progression. Et avec la force tranquille de son autorité, il lève mes bras au-dessus de ma tête et glisse sa jambe entre les miennes d'un même mouvement fluide.

Oh, bordel !

Un milliard de papillons paniquent d'un coup au fond de moi et se répandent par vagues d'un bout à l'autre de tout mon être.

Ce type va m'achever !

Car, tout en conservant prisonniers mes poignets d'une main ferme, l'autre main dérive de nouveau sur mon corps et sa caresse embrase ma peau à travers le tissu de mes vêtements. Et sans doute aurais-je poussé un cri de surprise et d'extase lorsque sa main trouve ma jambe et s'enroule à ma cuisse, si je n'étais toujours muselée par un baiser aussi délicieux qu'exigeant. Remontant lentement, doucement, sensuellement ma jupe pour continuer sa progression carrément indécente… ses doigts folâtrent sur ma peau, attisant un désir incontrôlable dans tout mon corps.

Lorsqu'il daigne enfin délaisser ma bouche pour explorer mon cou, je halète, martelée d'une envie grandissante qui bat en moi au rythme de mon petit cœur tout affolé.

Bon sang, mais je suis folle ! Je ne le connais même pas !

Et alors ? réplique ma voix intérieure, toute retournée de cette étreinte inespérée.

Un gémissement m'échappe. L'inconnu vient d'effleurer ma lingerie, me portant immédiatement à un supplice des plus délectables.

June, mais merde ! Ressaisis-toi !

Je libère une de mes mains pour agripper le pan de sa veste et il abandonne mon cou pour déposer des baisers légers sur mes lèvres avant de les reprendre pleinement, passionné. Brûlant.

Je suis à deux doigts de lui arracher ses habits. À deux doigts de le supplier de me prendre sauvagement, là, comme ça. Ce mec me rend folle, rien qu'avec un simple baiser et quelques caresses !

Bon Dieu !

Je ferme les yeux pour mieux me délecter de sa bouche, de sa langue nouée à la mienne, de sa main qui explore impudiquement l'intérieur de ma cuisse… s'élevant millimètre après millimètre vers mon intimité… quand brusquement, et dans un clac sonore, l'électricité revient.

Hein ? Quoi ?

Je devine la lumière sous mes paupières encore fermées, ressens le soubresaut de l'ascenseur qui redémarre.

Mon affolant inconnu cesse son baiser et je le devine se redresser.

– N'ouvrez pas les yeux, me demande-t-il de sa voix grave ensorcelante.

« Commande » aurait sans doute été plus approprié, car l'autorité naturelle qui émane de lui me dissuade de désobéir.

– Je vais descendre, ajoute-t-il tout bas, ses lèvres contre mon oreille. Gardons cet instant secret, voulez-vous ?

J'acquiesce, la bouche entrouverte. Tout mon être le réclame, l'exige. Il m'a excitée comme jamais, attisée de partout, a réveillé la moindre terminaison nerveuse de mon corps et créé un désir brûlant au fond de mon ventre.

Le *ding* caractéristique retentit et, dans un souffle d'air, les portes s'ouvrent. Un léger mouvement me laisse deviner son départ. Le silence. Un temps. Puis l'ascenseur reprend sa montée.

Je rouvre les yeux. La cabine est déserte, hormis moi-même. Déphasée, un peu perdue, totalement déboussolée, je m'agenouille pour récupérer mon portable à terre.

Quand l'ascenseur atteint enfin ma destination et me libère parmi un flot de collègues enthousiastes, agglutinés autour d'un buffet visiblement savoureux, quand je replonge dans la normalité de l'existence, alors seulement je m'interroge.

Est-ce que j'ai rêvé ?

CHAPITRE 2

June

New York est, paraît-il, la ville qui ne dort jamais. Toujours active, toujours pleine de mouvements, de vie, de lumières et de cris. Et si, pour la provinciale que j'étais, cette activité presque ininterrompue avait de quoi surprendre à mon arrivée, j'ai eu le temps de m'y faire et d'en être à présent presque blasée.

Aussi, rien d'inhabituel à ce que je pousse la porte de mon appart à une heure que beaucoup jugeraient indécente.

Ni une, ni deux, d'un mouvement souple du pied, j'expédie mes escarpins dans un coin avant d'allumer la lumière. L'intérieur simple mais chaleureux de mon chez-moi m'apparaît : sur ma gauche, mon coin cosy et tranquille – fauteuils, table basse et canapé, meuble TV. Face à moi, une table ronde avec quelques chaises, et derrière, une vaste baie vitrée qui pour l'heure me permet d'observer les mille lueurs de la grosse pomme… Baie vitrée de part et d'autre de laquelle se trouvent ma chambre et ma salle de bains. Et à ma droite, mon domaine :

la cuisine. Je m'y dirige d'un pas fatigué et dépose mon trousseau et mon sac à main sur le bar avant d'aller m'affaler sur le canapé.

– Quelle journée !

Ma phrase résonne dans le vide. Normal, en soi : ici, il n'y a que moi. Enfin, uniquement moi… façon de parler.

Je tourne la tête vers le coin du mur le plus proche et plisse les yeux. Là, stratégiquement disposée pour être au calme et bénéficier de la lumière, se trouve la cage XXL de mon hamster, Frimousse. Oh, je sais : étrange animal de compagnie, mais que voulez-vous ? À l'animalerie, quand je l'ai vu avec sa petite bouille toute ronde, j'ai craqué. Et donc, désormais, Frimousse, c'est mon colocataire – et un coloc du genre pas exigeant : des graines, des biscuits, une petite sortie dans l'appart régulièrement et la bestiole est contente.

Pour l'heure, il s'entraîne au prochain marathon dans sa roue, aussi je ne l'embête pas. Quand Frimousse fait de l'exercice comme ça, c'est du sérieux et ça peut durer un moment.

Je me recule sur le dossier du canapé le temps de quelques inspirations – le temps de me détendre un peu. Car j'avoue, la journée a été dure – très, très dure. Entre un dossier complexe à préparer, un petit accrochage avec la harpie de service qui se trouve être la responsable RH de l'entreprise et cette soirée organisée par la firme et qu'on a achevée dans notre boîte de nuit fétiche, j'ai nommé le *Starlite*, il y a de quoi être sacrément vannée !

– Sans oublier…

Je n'achève pas ma phrase et me redresse dans le canapé.

Sans oublier l'épisode de l'ascenseur… un instant de mon existence tellement improbable, à la limite de l'érotisme et de l'indécence, que j'en viens à me demander si ça n'était pas un pur fantasme refoulé de ma part. Car, sérieusement, pour m'enflammer à ce point d'un simple contact, c'était soit un dieu grec, soit une production particulièrement crédible de mon imaginaire.

Oui, c'est ça : une hallucination, un rêve. Un fantasme…

– Ultra-réel en tout cas ! murmuré-je pour moi-même.

Dans sa cage, Frimousse cesse un instant son entraînement pour pointer son museau vers moi avant de reprendre son sport de plus belle. Moi, je tends la main vers le PC portable qui trône sur ma table basse. L'envie de fureter sur le Web, de regarder des bêtises et des trucs sans prise de tête, sans doute… Comme d'habitude, la page Internet qui m'accueille est celle de mon blog : *Les Délices de June* – mon petit blog sans prétention où j'expose à une communauté restreinte de passionnés mes recettes et autres expériences innovantes du côté des fourneaux. Et, je dois bien le reconnaître, certaines de mes créations culinaires ont rencontré un vif succès parmi ceux et celles qui me suivent.

Par habitude, je consulte les commentaires récents et autres messages avant de me laisser aller à contempler d'un œil morne maintes vidéos sans intérêt. Et c'est sans même réfléchir que je me retrouve à poster un court article sur cet épisode invraisemblable, dans l'ascenseur de mon lieu de travail…

Je ne me relis pas – sans quoi, j'effacerais direct le billet –, referme l'ordinateur et file m'écrouler sous la couette.

Au moment de m'assoupir, cependant, une pensée revient me tarauder. Cette voix rauque, ce souffle chaud sur ma peau, ces lèvres sur les miennes, ces mains sur mon corps… ces frissons, cette passion dévorante, incontrôlable soudain…

Qui était-ce ? Un employé ? Un invité ?

Un fantasme !

Je me retourne dans mon lit, incertaine – indécise. Et avant de pousser davantage la question, avant de m'interroger plus encore sur mon attitude, mes émotions tourmentées, je ferme les yeux et m'endors sur-le-champ.

***

Si New York est une ville qui ne dort jamais, ça n'est pas mon cas et les quelques pauvres heures de sommeil que j'ai pu m'accorder sont largement insuffisantes pour que je sois au mieux de ma forme ce matin-là. Aussi, c'est l'esprit encore brumeux que je débarque au bureau, avec en tête un seul objectif : un café bien serré !

– June !

Je pile net et fournis un effort surhumain pour ne pas courber la tête ni fermer les yeux. Car la voix grave et cajoleuse, un peu narquoise, qui m'a ainsi interpellée n'est autre que celle de mon chef direct, Gabriel Simons.

Je pivote en plaquant un sourire forcé sur mon visage pour le voir s'avancer dans l'open space. Blond, plutôt beau mec, un sourire éclatant, des yeux d'un bleu pétillant, une prestance qui va de pair avec son arrogance… le mâle dans toute sa puissance.

– Oh, Gabriel, bonjour, lancé-je en reculant d'un pas vers mon bureau.

– Tu es exactement la personne que j'espérais trouver ! me réplique-t-il, charmeur.

Je sens direct venir l'embrouille et me crispe. De quoi s'agit-il cette fois ? Un dossier difficile de dernière minute ? Une comm' à reprendre ? Ou encore…

– Je n'arrive pas à mettre la main sur Matt, or j'ai besoin immédiatement du dossier pour le graphisme et la mise en page de la campagne Water qu'il devait finaliser.

– Oh…

Je fronce un peu les sourcils, perplexe. Je ne vois pas trop ce que je viens faire dans l'équation de si bon matin, moi… D'un geste nonchalant, Gabriel désigne le bureau de mon collègue et binôme de travail, avant de faire tourner sa chevalière, un sourire en coin.

– Tu pourrais mettre la main dessus et me l'apporter ? C'est assez urgent.

– À vrai dire, je ne pense…

– Je savais que je pouvais compter sur toi ! m'interrompt-il avant de pivoter, le nez dans son portable.

Je reste saisie un court instant, hésitant entre fulminer et accepter mon sort stoïquement. Gabriel est mon supérieur hiérarchique direct. Techniquement, me révolter ne sera pas de bon ton. Lasse, je balance mon sac sur mon fauteuil avant de contourner le box vers celui de mon collègue. Je souffle face au bazar qui y règne. Matt n'est clairement pas du genre organisé et rien que l'idée de fouiller dans ce que j'appellerais sans rougir un bordel pas permis, je me sens déjà épuisée.

– June ? Le dossier, tu trouves ? me hèle Gabriel depuis son bureau.

Il l'a fait exprès !

Sans répondre, je m'avance pour prendre place dans le fauteuil et commence à soulever quelques feuilles et pochettes. Notes, esquisses, briefs… mais pas de dossier Water.

Je retiens un soupir, m'attelle à passer au crible un autre coin du bureau.

– Mais, Matt, comment tu fais pour bosser dans un bazar pareil ?

– June ?

– Ça arrive ! lancé-je en piochant une pochette au hasard.

Rapide coup d'œil sur la couverture : nada. J'écarte l'élastique et fouille rapidement l'intérieur : bingo !

– Dossier Water, tu es à moi !

Triomphante, je me lève et quitte le box au moment même où Gabriel émerge de nouveau de son bureau.

– Voilà, annoncé-je en tendant la pochette dans un geste qui signifie : bon débarras.

À moi le café brûlant !

– Ah, merci, répond mon chef, et quelque chose dans sa voix me dit que pour le café, on repassera. Mais là, tu vois, je suis attendu, alors si tu pouvais l'amener directement à Mark Leviels.

Mark Leviels. Le directeur financier de Carter Corporation et accessoirement le chef de Gabriel Simons. Donc, par extension, mon chef aussi.

– C'est-à-dire que je voulais…

– Tu es une employée en or ! s'exclame-t-il en posant brièvement les mains sur mes épaules.

Et avant que je puisse répliquer, il a déjà filé vers les portes battantes. Je le suis dans le couloir, prête à plaider ma cause pour échapper à la corvée de la secrétaire volante. Il est déjà dans l'ascenseur !

– Ah, s'écrie-t-il en me regardant, l'œil brillant. Leviels est au dernier, fais vite, il doit déjà s'impatienter !

Les portes se referment sur son fin sourire et je retiens un soupir d'exaspération. Mon regard se pose sur le dossier entre mes mains, type fusil-mitrailleur.

– Matt… grommelé-je entre mes dents.

Il a bien choisi sa journée pour être en retard. En fait… Il est *toujours* en retard ! Résignée, j'enclenche l'appel de la cabine. Lorsque celle-ci arrive, je m'y engouffre, et un petit sourire étire mes lèvres. Après tout, je vais au « dernier » – l'étage mythique de Carter Corporation, celui où on ne met jamais les pieds… celui du P.-D.G. Ryan Carter en personne ! Et cette pensée me galvanise bien mieux qu'un café serré !

C'est donc tout excitée et pour le coup bien réveillée que, arrivée au dernier étage, je m'extrais de l'ascenseur : grand luxe, large couloir, atmosphère feutrée…

– Ouh, la classe !

Je m'avance presque timidement vers le hall d'accueil, où trône un bureau occupé par une secrétaire au regard rivé sur son écran.

– Bonjour, lancé-je, le regard vagabond. Je dois remettre ce dossier à monsieur Leviels, et…

– Salle de réunion, à droite, me répond-elle laconiquement sans daigner lever les yeux.

– Ah, OK. Merci.

Je hausse les épaules et me dirige dans la direction indiquée.

L'endroit est spacieux, moderne, épuré. Je m'y sens presque déplacée, telle une intruse qui n'aurait pas le droit d'être là. J'avance, à petits pas, et mes yeux sont attirés par une large baie vitrée. Outre fournir une luminosité excellente, elle donne à voir la ville depuis une hauteur appréciable, et le panorama surprend. Ravie, j'y rive mon regard et m'y abîme, contemplative. Gratte-ciel, tours de verre, buildings se déploient majestueusement à perte de vue, et l'effet est tout bonnement saisissant ! Cela me subjugue et je finis par m'arrêter pour en détailler les moindres subtilités. Dans la lumière matinale, les rayons de soleil irisent le verre et l'acier des immeubles, et l'effet est véritablement impressionnant ! Je m'accorde ainsi quelques dizaines de secondes, avant de me rappeler la raison de ma présence ici.

Le dossier !

Je sursaute, comme piquée au vif, et pivote d'un geste brusque pour me dégager de la baie vitrée… quand je m'immobilise.

Je suis à moins de dix centimètres d'un torse indéniablement masculin !

CHAPITRE 3

June

Mon premier réflexe est de reculer vivement. Mon second, de lever les yeux pour découvrir le visage de celui qui me fait face. Je reconnais Mark Leviels, le responsable de mon propre responsable. Mince, vêtu d'un costume sur mesure très sobre et chic, il tient sous son bras un épais dossier et, par-delà ses lunettes, ses yeux d'un vert clair me fixent avec surprise.

– Made… mademoiselle Brown ! s'exclame-t-il en reculant à son tour.

Le rouge me monte aux joues et je recule jusqu'à buter contre la baie vitrée.

Mon Dieu, j'ai failli le heurter !

– Toutes mes excuses, lancé-je, je n'ai pas fait attention et…

– Non, c'est moi, m'interrompt-il, conciliant.

J'esquisse un sourire nerveux et lève la pochette que je tiens d'un centimètre ou deux.

– Gabriel… Je veux dire, monsieur Simons… Il m'a demandé… le dossier… et…

Je m'embrouille dans mes excuses, pas encore totalement remise d'avoir rencontré de la sorte mon N+2 ! Cela ne me ressemble pas. J'inspire, prête à reformuler mon explication, quand quelque chose me fait taire. Une présence. *On* me dévisage, et ce n'est pas monsieur Leviels. Interloquée, je tourne les yeux et découvre une autre personne aux côtés de mon chef. Le temps de remonter deux longues jambes moulées dans un pantalon à la coupe impeccable et au tissu luxueux, de passer un torse puissant barré d'une cravate en parfait accord visuel avec une veste griffée… j'accroche deux iris d'un gris intense qui semblent fouiller immédiatement ma conscience.

Oh mon Dieu !

– Ah, parfait, merci.

Déjà, il tend la main pour s'en emparer et je m'oblige à quitter le feu de ce regard insondable et intense, indéniablement perturbant.

Qui est-ce ?

Nerveuse à présent, car l'homme ne cesse de me scruter, je donne la pochette à Mark Leviels.

– Monsieur Simons estimait qu'il fallait vous l'apporter rapidement, ajouté-je.

– Et il n'avait pas tort, me répond mon chef en s'en saisissant.

Déjà je recule, prête à décamper vers l'ascenseur pour me soustraire à ces yeux au regard intense, et je finis par tourner le dos après un salut discret, car Mark Leviels s'est déjà désintéressé de moi pour son mystérieux accompagnateur. Et tandis que je m'éloigne dans le couloir, je sens encore ce regard sur moi. C'en est tout à la fois dérangeant et intriguant.

La voix de mon N+2 me parvient, étouffée par la distance, néanmoins quelques mots m'atteignent, parfaitement compréhensibles.

Menu. Saumur. Saint-Jacques.

– Pardon ?

C'est plus fort que moi : je pivote et me retrouve à quelques mètres des deux hommes. Tous deux me considèrent, surpris de mon intervention.

Et merde ! réalisé-je avec une gêne soudaine. *Je viens d'interrompre un supérieur hiérarchique ! Mais qu'est-ce qu'il m'a pris ?* Embarrassée, j'ouvre la bouche – pour m'excuser ? pour crier au scandale gastronomique ? – quand l'inconnu me prend de vitesse.

– Quelque chose à redire à cette proposition de menu, mademoiselle ?

Une voix grave, profonde, douce et à la fois autoritaire. Une voix qui caresse et qui enveloppe. Une voix à laquelle on ne pourrait rien refuser… Je tourne très lentement mon attention sur lui et me retrouve sous le feu de ce regard perturbant.

– C'est-à-dire…

– Vous avez réagi à l'énoncé du repas. Des suggestions à proposer ?

Un peu perplexe, j'interroge mon chef du regard. Qui est cet homme-là ? Dois-je répondre ? Mark se racle la gorge, visiblement embarrassé.

– Monsieur, lance-t-il vivement, je doute que mademoiselle Brown…

– Laissez, Mark, coupe l'inconnu avec une autorité qui me laisse pantoise. Je veux entendre ce que cette jeune femme a à dire. Allons en salle de réunion, voulez-vous ?

Et tout simplement, il nous dépasse et marche vers une double porte vitrée. Fataliste, Mark Leviels lui emboîte le pas et je n'ai plus qu'à suivre. Un instant, le fait de m'échapper discrètement vers le quarante-deuxième étage me traverse l'esprit… mais ça ne se fait pas. Résignée, j'entre la dernière dans une salle de réunion à l'image du reste de l'étage : luxueuse et épurée. Mark me tient galamment la porte. L'inconnu a déjà pris place dans un fauteuil en cuir qui, à lui seul, doit valoir au bas mot un mois de mon salaire ! Il s'y accoude avec nonchalance et revient poser son regard – décidément perturbant – sur moi.

– Nous vous écoutons, mademoiselle. Que proposeriez-vous pour un menu de gala autre qu'un saumur et des coquilles Saint-Jacques ?

Je déglutis, cherche à rassembler mes pensées. Coquilles Saint-Jacques, saumur… On peut mieux faire, j'en suis certaine…

Mon esprit bloque. Ce regard gris me possède, m'attire – me trouble. Je n'arrive pas à m'en décrocher. Une lueur passe dans ses prunelles, une lueur d'amusement, peut-être. Est-il en train de me tester ? Pense-t-il, qui qu'il soit, que je vais me dégonfler ?

Et puis quoi encore ! ?

Je m'arrache résolument à ces yeux hypnotiques, redresse les épaules et me lance.

– Partons sur des coquilles Saint-Jacques, donc. C'est vrai qu'à première vue, un saumur rouge semble un bon accompagnement pour ce mets raffiné, cependant…

Rapide coup d'œil à mon auditoire. Si Mark me regarde d'un œil distrait, tapotant son smartphone du bout du doigt et visiblement mal à l'aise, le second businessman garde toute son attention focalisée sur moi. Il me fixe avec rigueur, sérieux au possible.

OK. Continuons.

– Cependant c'est un vin tannique, et il risque d'écraser la saveur des Saint-Jacques ce qui, vous en conviendrez, serait regrettable.

Brève pause pour reprendre mon souffle. Je suis crispée au possible, c'est dingue ! Pire qu'un jour d'entretien d'embauche ! Je m'oblige à détendre les épaules et redresse le menton. Puis, plongeant dans ces iris gris déroutants, je reprends ma démonstration.

– Aussi, j'opterais plutôt pour un château larrivet haut-brion blanc. C'est un vin intense et subtil dont les nuances et la note vanillée se mélangeront parfaitement à la délicatesse de la Saint-Jacques.

Est-ce que je suis vraiment en train de discourir de vin français et de coquilles Saint-Jacques au dernier étage de Carter Corporation ? Un petit sourire s'inscrit sur le visage de monsieur Prunelles grises, par ailleurs réellement séduisant. Des traits jeunes et dynamiques, un visage harmonieux, glabre, une coupe de cheveux soignée… outre cette lueur qui semble se moquer, je succomberais. Mais son petit air m'incite à ne pas me laisser faire, aussi j'ajoute, sur un ton léger et avec un brin d'autosatisfaction :

– Associé à une fine émulsion de truffes, ce serait juste parfait.

Je glisse un bref regard vers Mark Leviels, lequel me contemple un peu ébahi, avant de revenir à mon autre interlocuteur. L'index posé à proximité de son oreille, il m'observe attentivement. Une lueur d'amusement passe dans son regard avant qu'il se redresse pour placer les mains sur la table.

– Excellent choix, mademoiselle…

– Brown. June Brown.

– Mademoiselle Brown. Mais ne pensez-vous pas qu'un chablis premier cru puisse convenir ? Après tout, ses nuances de miel et de vanille s'accorderaient à merveille avec la douceur de la Saint-Jacques que vous évoquiez…

Prise de court, j'hésite sur ma repartie. Lui, il semble s'y connaître en œnologie !

– Je…

– Êtes-vous une fine connaisseuse, mademoiselle Brown ? questionne-t-il sans vraiment me laisser le temps de répondre.

Je baisse le regard. Ses yeux me semblent soudain bien trop inquisiteurs… et face à leur caresse déstabilisante, j'ai l'impression de brûler à petit feu.

– Non, murmuré-je, seulement une passionnée des bonnes choses.

Déjà, je recule vers la porte. Je crois m'être assez donnée en spectacle comme cela. Du reste, le smartphone de cet affolant personnage s'allume brièvement, l'amenant à le consulter et à froncer ses beaux sourcils. Ah, un souci, on dirait ?

– Je… Je vais vous laisser, articulé-je pour mon supérieur.

– Monsieur Leviels, lance soudain notre interlocuteur, veuillez noter les recommandations de mademoiselle Brown.

Vivement, il se lève, empochant son smartphone d'un geste négligent, et Mark l'imite, nerveux.

– Un imprévu à régler, je dois m'absenter, continue-t-il. Mademoiselle Brown, merci d'avoir partagé votre savoir avec nous.

Je hoche vaguement la tête, ne sachant trop comment prendre cette déclaration. Est-il sincère ou dois-je y comprendre quelque chose de plus subtil ?

– Voudriez-vous compulser l'ensemble du menu pour vous assurer qu'aucune fausse note ne s'y dissimule ? ajoute-t-il, un fin sourire aux lèvres.

Un sourire qui me remue de l'intérieur un tout petit peu trop pour que ça soit juste innocent.

– Je ne voudrais pas que nous *offensions* les papilles gustatives des invités du gala de charité.

« Que nous offensions » ? Je rêve ou il se moque ?

– Non, il ne faudrait pas les offenser, répliqué-je en détachant mes mots et en le regardant directement.

Le regard gris se rive à moi et je le soutiens sans faiblir. S'il croit m'impressionner avec ses grands airs… Après un instant, il se détourne vers Mark.

– Bouclez le budget pour la soirée et vérifiez que tout est en place pour le rendez-vous de demain avec les investisseurs français. Préparez-moi un compte rendu détaillé sur la FSO des côtes australiennes et confirmez mon rendez-vous avec Forbes demain.

– Ça sera fait, monsieur Carter, acquiesce Mark d'un air las.

– Mademoiselle, reprend l'autre en passant pour rejoindre la porte, ce fut un plaisir.

Mais je ne l'écoute pas vraiment. J'en suis restée au « monsieur Carter » que lui a donné Mark. Carter… comme dans Carter Corporation ? *Le* monsieur Carter ? Le chef des chefs ?

Mes yeux s'écarquillent brusquement et je me liquéfie sur place. Non ! je ne viens quand même pas de faire un speech d'œnologie au grand Carter ?

Oh bordel !

Son regard revient se planter dans le mien une dernière fois, et, comme s'il lisait dans mes pensées et me mettait au défi d'ajouter quelque chose, il hausse un sourcil. Je reste muette, soutenant le gris de ses yeux sans faiblir. Hors de question de paraître remuée par tout ça ! Nous nous jaugeons pendant trois secondes, puis il s'arrache à mon regard pour saluer son subalterne d'un mouvement de tête avant de disparaître dans le couloir.

***

Lorsque je m'affale sur mon siège, au quarante-deuxième étage, je suis encore toute retournée par ce qui vient de se passer. Est-ce que j'ai réellement étalé ma science culinaire devant le big boss en personne ? Je souffle et passe la main dans mes cheveux, malmenant mon chignon sans y penser. Au diable ma coiffure !

– Eh ! Princesse !

L'appel me fait sursauter et je pousse un petit cri en me redressant vivement. Face à moi, Matt Ortega, mon collègue et ami. Une carrure sportive, une chevelure en bataille, un blouson de motard, un éternel sourire craquant aux lèvres et de beaux yeux noisette…

– Matt ! m'exclamé-je. Tu m'as fait peur !

– Je vois ça ! Qu'est-ce qui se passe ? T'étais où ?

– Je…

Comment résumer en quelques mots ce qu'il vient de se passer ? Matt s'installe dans son fauteuil, décontracté, et par-dessus la séparation de nos box, m'adresse un clin d'œil canaille.

– Mademoiselle a rencontré le loup et s'est laissée croquer ?

Je hausse les épaules.

– Pire. J'ai été envoyée au dernier étage et j'y ai croisé Carter.

CHAPITRE 4

June

Ryan Carter. J'en reviens pas, j'ai contesté le menu du gala devant Ryan Carter ! Je lève les yeux de mon écran, la tête encore toute remuée par cette rencontre matinale. Midi passé déjà. Dans le box voisin du mien, Matt s'affaire à ses créa. J'esquisse un petit sourire au souvenir de son air effaré quand je lui ai dit qui j'avais rencontré. Ryan Carter. Le big boss en personne !

Oh, bien sûr, j'ai eu droit à son regard ébahi et à quelques bonnes blagues dont lui seul a le secret. Et quand je l'ai informé que monsieur Carter lui-même m'avait confié un job, mon pauvre collègue et ami n'a plu su quoi dire durant quelques secondes.

– Mademoiselle ne se refuse rien, a-t-il fini par lancer, hilare. On fricote avec la haute société, on se promène au dernier étage !

– Oui, avais-je répliqué. Si tu avais été là, j'aurais pas eu à y aller et c'est toi qui t'y serais collé.

– Les fourchettes dorées et les cravates, c'est pas trop mon truc, tu sais… mais si toi c'est ton fantasme…

J'avais ri avant de me remettre au boulot.

Matt se recule dans son siège et étire les bras vers le plafond.

– Bon, princesse, me lance-t-il en tournant son regard noisette vers moi, il est tard. On se fait un italien ?

J'esquisse un sourire et acquiesce.

– Oui. Juste un instant, tu veux ? Je voudrais finir ça.

Mais il s'est déjà levé et me regarde d'un air interrogateur.

– Pars devant, suggéré-je, je vérifie un truc et j'arrive.

En un simulacre de révérence, Matt s'incline face à moi et recule.

– Vos désirs sont des ordres, princesse.

Je ris.

– File, sinon…

Une lueur passe au fond de ses yeux, et avec un clin d'œil amusé, il tourne le dos et quitte l'open space. Moi, je tends une main fébrile au dossier « dernier étage ». Le menu du gala. Je contemple un instant la pochette cartonnée, avec le sentiment que, clairement, j'enfreindrais une loi divine si je l'ouvrais.

Bon sang, June, mais qu'est-ce qui t'a pris de parler comme ça ?

Du bout du doigt, j'en caresse le rebord, indécise. L'ouvrir ? Le laisser de côté ? Trouver une excuse pour refuser le job ?

Mais bien sûr ! Comme si je pouvais simplement remonter « là-haut », pousser la porte de monsieur Carter et lui rendre le tout, agrémenté d'un simple : « Merci, mais je passe mon tour pour cette fois. »

Je soupire, et après avoir lancé un petit regard alentour, comme si je commettais une grave infraction, j'ouvre le dossier Water et en retire le menu mis en page par Matt. Je reconnais sa « patte » dans la compo.

D'un œil averti, j'en survole le contenu… et fronce les sourcils. Non, décidément, rien ne va dans ce repas ! Vin, entrées, plats, sauces… le tout semble composé d'éléments glanés çà et là et rassemblés à la va-vite – et sans la moindre connaissance gastronomique – en un simulacre de menu. Je me saisis d'un stylo et commence à annoter le document rapidement.

***

C'est mon smartphone, tressautant sur mon bureau, qui m'oblige à relever les yeux du menu désormais noirci en tous sens de mes remarques. Je me saisis de l'appareil. Un message de Matt clignote sur l'écran :

Matt
Tu fais la grève de la faim ?

Rapide regard à l'horloge. Trente minutes déjà que je bosse sur ce dossier !

Je repousse rapidement les feuilles dans la pochette, la referme et agrippe sac à main et smartphone pour m'élancer dans l'ascenseur. J'entre dans la cabine en tapotant un message à Matt pour le moins explicite :

June
Hors de question !

Je compte les secondes, l'esprit en vadrouille. Je songe à Matt qui m'attend pour le repas. À mon blog. Au menu qu'il faut entièrement remanier. À monsieur Carter. À ce regard qui me sondait de manière si intense…

STOP ! On se reprend.

Je cligne des yeux et accroche mon reflet dans la glace qui tapisse la paroi de la cabine. C'est celui d'une jeune femme de vingt-quatre ans, aux cheveux châtains remontés en un chignon un peu lâche, au regard clair qui observe sans faiblir. Une petite fossette au menton, un visage plutôt sympa…

Mon smartphone vibre dans mon sac et je quitte mon double éphémère pour farfouiller jusqu'à mettre la main dessus. Matt.

Matt
J'ai fait un sort aux hors-d'œuvre.
Si tu rappliques pas, j'engloutis ta pizza !

Cela m'amuse et, tout en jaillissant dans le hall du rez-de-chaussée, je commence à composer une réponse menaçante. Hélas, je ne vais pas plus loin qu'un :

si jamais tu OSES faire ça, je... car je percute brutalement quelque chose – ou plus vraisemblablement, s'il faut croire le juron que j'entends dans la demi-seconde suivante, quelqu'un. Et, de manière simultanée, un liquide chaud m'éclabousse le bras. Je pousse un petit cri étranglé et recule de deux pas.

Décidément, c'est la journée !

Mon regard se fixe sur la manche de mon chemisier, trempée et colorée de café encore bien chaud... puis quitte le désastre pour en découvrir son auteur.

La repartie cinglante que je préparais reste coincée au fond de ma gorge quand je découvre un jeune homme en costume un peu lâche, à la barbe légèrement négligée et à la chemise entièrement maculée de café. L'homme écarte les bras, l'un tenant un gobelet vide, désormais, et contemple sa tenue, effaré.

– Oh... pardon, articulé-je, confuse.

Clairement, j'avais le nez dans mon portable et les dégâts sur ma manche sont minimes comparés aux siens. Ça vaut bien un petit « pardon ».

L'homme quitte sa chemise des yeux pour me contempler et l'éclat que je lis dans son regard sombre me surprend. J'y décèle une profondeur surprenante, et un petit quelque chose d'autre que je n'arrive pas à identifier – mais qui pourtant m'est familier. Puis je remarque une cicatrice sur son visage et bloque dessus… jusqu'à ce qu'il prenne la parole.

– Ce n'est rien, déclare-t-il d'une voix profonde et vibrante.

J'esquisse un pâle sourire.

– C'est ma faute, je ne regardais pas où j'allais. Votre chemise est foutue.

L'homme hausse les épaules, fataliste.

– Ne vous en faites pas.

– Tout de même, j'ai ruiné vos vêtements.

– Ce n'est rien, répète-t-il en s'écartant d'un pas. Légèrement agacé dirait-on. Il désigne brièvement ma manche d'un geste.

– Navré, articule-t-il seulement.

Déjà sur le départ…

OK. Pour le remords absolu, on repassera…

J'esquisse un sourire nerveux et hausse les épaules.

– Comparé à vous, on va dire que je m'en tire à bon compte.

Un léger haussement d'épaules pour toute réponse. Et ne serait son regard, si profond, je pourrais presque croire que tout cela l'ennuie prodigieusement. L'inconnu laisse son regard dévier vers le hall d'accueil, puis vers l'ascenseur. Dans le genre explicite, on ne peut pas faire mieux.

– Je vous retarde, m'excusé-je. Et en plus, par ma faute, vous allez vous présenter dans un état déplorable.

– Ne vous en faites pas, répète-t-il laconiquement.

Cet homme ne sait donc pas faire de phrases longues ?

– Vous venez pour… du travail ? insisté-je.

Je ne sais pas pourquoi, mais quelque chose chez lui m'interpelle.

– On peut dire que je bosse ici, en quelque sorte, répond-il vaguement.

– Ah. À quel étage ?

– Un peu partout.

Ou comment éluder ma question. OK, j'abandonne. Matt m'attend, de toute façon…

– Eh bien, si vous passez par le quarante-deuxième, passez me voir, je vous rembourserai ce café gâché, achevé-je en me décalant. Demandez June.

L'homme incline la tête et fait un pas vers l'ascenseur.

– Je m'en souviendrai.

– À bientôt.

J'obtiens tout au plus un vague sourire de sa part. M'ayant visiblement déjà oubliée, il s'éloigne, ramenant son smartphone à son oreille.

– Jake, lance-t-il en s'immobilisant devant les portes de l'ascenseur.

Jake. Est-ce son nom ?

Je hausse les épaules. Après tout, ça ne me concerne pas vraiment. Avisant l'heure qui défile, je m'élance dans la rue à toute allure.

***

Lorsque je pousse enfin la porte de chez moi, c'est avec la sensation d'avoir passé une journée pas comme les autres. Je m'affale dans mon canapé et libère mes boucles de leurs barrettes. Un petit couinement attire mon attention. Frimousse me contemple de l'autre côté de la paroi de sa cage. Je souris et me lève pour m'approcher de la cage, que j'ouvre. J'introduis ma main bien à plat et, docilement, mon petit hamster y grimpe. C'est un truc à nous, ça. Je retire ma main et retourne m'affaler sur le canapé, tout en gratouillant le dos de Frimousse du bout du doigt. C'est quelque chose qu'elle adore, ma petite bête, ça, et très vite elle bascule sur le flanc pour que je lui caresse le ventre.

– Ça va mon gros ? demandé-je en approchant son museau de mon nez. T'as passé une bonne journée ? T'imagines même pas ce qu'il m'est arrivé !

Frimousse se redresse sur ses pattes et son petit nez vient chatouiller mes doigts.

– Oh, toi, tu veux un biscuit !

Je me décale le temps d'attraper la petite boîte posée sous la table basse, en retire un biscuit rond que je présente à mon petit grignoteur. Le hamster approche son museau et je le dépose à côté de moi pour le laisser grignoter à son aise. C'est une habitude que nous avons prise : il furète sur le canapé et moi… moi, d'ordinaire, je rédige un article pour mon blog, je mate la télé ou je bouquine quand je ne texte pas sur mon téléphone.

Bref regard du côté de la cuisine. Le dossier « dernier étage » trône sur le plan de travail, là où je l'ai déposé en entrant. Je vais avoir du boulot pour en faire un menu de qualité digne d'un gala ; et j'ai décidé de le ramener à la maison pour le rendre au plus tôt. J'ai cru deviner que je n'avais pas des masses de temps pour m'en charger. Mon regard se porte sur Frimousse, occupé à mettre plein de miettes sur le canapé… puis sur mon portable, posé sur la table basse.

Oh, et puis… deux minutes sur le blog, ça ne tuera pas ma productivité ! Je pourrai toujours remanier le menu et le compléter ensuite, après tout, rien ni personne ne m'attend où que ce soit, et j'ai toute ma soirée pour cela…

D'un doigt léger, je caresse le dos de Frimousse qui laisse s'échapper un petit bruit de plaisir, avant de le laisser à son affaire avec sa friandise. M'emparant de l'ordi, j'ouvre et me connecte à ma page. Je crée un nouveau billet, et je laisse mes doigts courir sur le clavier.

Aujourd'hui, j'ai vécu une journée surréaliste. Ma passion de la cuisine n'est plus un secret, vous le savez, eh bien figurez-vous que cela m'a permis de clouer le bec à mon P.-D.G. ! Oui, vous avez bien lu : mon P.-D.G. ! Le big boss, à la cravate en total accord avec le costume sur mesure et qui doit sans doute préférer jouer avec plutôt que de s'instruire en matière d'œnologie ou de gastronomie…

CHAPITRE 5

Ryan

Salade de homard aux girolles, millefeuille de foie gras et magret fumé, confiture de figues, Mont des Cats en aumônière et coulis de betteraves…

Je relève les yeux des feuilles imprimées, et mon regard se perd quelque part entre la cloison de mon bureau et je ne sais trop où. Je fixe une seconde ce point imaginaire avant de repousser mon fauteuil et de me lever. J'abandonne le menu du gala de bienfaisance sur l'espace de travail. Il ne m'est plus d'aucune utilité.

J'ai ce que je voulais : un nom, une révélation.

Je quitte mon bureau pour la vaste baie vitrée qui occupe tout un mur. Sous mes yeux, New York déploie ses buildings et ses artères surpeuplées, jusqu'à l'horizon. Un monde en mouvement, bruissant, animé, où tout est possible – le bon comme le mauvais. Un monde d'opportunités sans restriction. Un monde à découvrir, à saisir, à étoffer. Machinalement, ma main vient trouver l'un de mes boutons de manchette et mes doigts s'enroulent autour. Je baisse les yeux vers la rue en contrebas, puis je me retourne de nouveau vers le bureau et le menu qu'elle a revisité.

J'avais raison.

Une employée lambda aurait apporté quelques corrections au repas proposé, restant dans les limites de sa fonction. Pas elle.

Non seulement June Brown a rectifié les maladresses que Leviels a commises dans sa suggestion culinaire, mais elle a aussi et surtout repensé l'ensemble du repas et des plats, allant jusqu'à émettre des suggestions – fort à propos – sur les sauces, mises en bouche, alcools et accompagnements.

Un travail excellent.

Je quitte mon poste d'observation, reprend le papier en main. Mes yeux parcourent les mots, les plats. June Brown.

Très bien, mademoiselle Brown. Voyons ce que vous valez en réalité.

Délaissant une nouvelle fois le menu, je m'empare de mon téléphone pour donner quelques instructions brèves la concernant, avant de repousser le tout et de me pencher sur un autre dossier d'importance.

L'eau potable. Il me tient à cœur d'apporter ma pierre à l'édifice de ce vaste enjeu, et ce malgré les quelques dignitaires et autres industriels et lobbyistes qui se sentent froissés par sa mise en œuvre. Peu importe. Mon projet est une priorité. Ils devront céder. Et pour l'heure, le chantier a besoin qu'on lui fasse parvenir rapidement le matériel manquant, sinon rien ne se concrétisera.

Je parcours la liste des éléments nécessaires fournie par mon chef d'opération, puis je fais jouer mes contacts. Un appel, quelques e-mails, un discours persuasif au besoin… Juste le strict nécessaire pour m'assurer que le chantier reprendra au plus tôt.

Parfait.

***

Après une nuit en partie occupée, comme à mon habitude, par des e-mails, calls et gestions diverses, je me trouve dans mon bureau, face à la baie vitrée, les yeux rivés sur l'Empire State Building, visible à l'horizon. La vision parfaite d'un objectif atteint et dépassé depuis longtemps – mais qui chaque jour me permet de ne pas oublier d'où je viens et qui je suis.

Un bip discret me tire de ma contemplation solitaire… le téléphone de bureau clignote. Je m'en approche et active le haut-parleur.

– Monsieur, commence la secrétaire, mademoiselle Brown vient d'arriver. Je l'ai conduite à son bureau, selon vos instructions, et…

– Merci. Veuillez nous y apporter deux cafés dans cinq minutes.

Déjà, je clos l'appel pour me diriger vers un bureau attenant – *son bureau.*

J'en pousse la porte sans frapper, et mon regard est immédiatement attiré par elle. June Brown. Actuellement assise dans son fauteuil, le dos calé au dossier et les mains à plat sur les accoudoirs. Cette découverte me cause une sorte d'électrochoc et une étincelle d'amusement me traverse fugacement.

Spontanée et naturelle.

J'accroche deux yeux clairs surpris et ne les lâche plus.

June me fixe, entre étonnement et incertitude, puis se relève de son siège en un mouvement fluide et nerveux. Moi, j'entre complètement dans le bureau et en referme la porte sans plus de formalités.

– Monsieur Carter ! me salue-t-elle en s'écartant du meuble.

Mon regard se pose de nouveau sur elle. Malgré la nervosité qui l'habite, je constate qu'elle semble déjà dans son élément – bien qu'elle ne le sache pas encore.

Cela viendra.

– Mademoiselle Brown, je réponds à voix presque basse.

June...

– Je vois que vous êtes bien installée.

June écarquille quelque peu les yeux, avant d'effleurer du doigt le meuble de bureau – un geste furtif, léger et délicat, dont elle n'a sans doute pas conscience, mais que je remarque et qui m'interpelle immédiatement.

– C'est-à-dire que... commence-t-elle, hésitante.

Je me rive à ses yeux clairs. Ah, elle n'a pas encore pris la mesure du changement. Peu importe. Cela viendra rapidement. Sous mon regard scrutateur, ma nouvelle assistante se fige un bref instant avant de me dévisager sans fard. Ses yeux brillent soudain d'une petite lueur de défi, qui me satisfait immédiatement.

Je ne m'étais pas trompé.

– … vous ne m'avez pas consultée avant de me transférer à ce poste.

– Effectivement.

Effectivement, June, je ne vous l'ai pas demandé. Vous n'auriez pas osé saisir cette chance, et ça aurait été manquer une merveilleuse opportunité.

L'étonnement s'inscrit sur les traits par ailleurs très beaux de cette jeune personne. Ça ne fait rien. Qu'elle me découvre sous cette facette si elle le souhaite. Je la sais désormais parfaite pour me seconder dans mon entreprise.

– Monsieur, reprend-elle en s'écartant d'un pas du bureau, pourquoi m'avoir transférée ici ?

Et comme je ne réponds pas immédiatement, lui laissant le temps de comprendre l'évidence, elle insiste :

– Je ne crois pas avoir laissé entendre que je voulais travailler pour vous !

Son air offusqué et sa repartie m'amusent. Car, quoi qu'elle en pense, elle se projette déjà instinctivement dans le rôle et le poste où je viens de la placer. Cela se voit à sa posture, à son attitude…

à cet éclat dans le regard. Un regard qui me vrille l'âme, provoquant un je-ne-sais-quoi particulièrement surprenant.

Qui êtes-vous, mademoiselle Brown ?

Cette question, je voudrais la lui poser. Mais je préfère ne pas le faire et pousser la curiosité à en découvrir la réponse par moi-même. Aussi j'esquisse un léger sourire et, pour reprendre la main, je lui fais remarquer :

– Vous le faites déjà.

Un éclat de surprise mêlé d'agacement passe furtivement dans ses yeux. Sans m'en émouvoir, je traverse la pièce pour approcher la fenêtre. Ici aussi, New York s'étale sur l'horizon, amas de métal et de vie trépidante.

– Vous avez très bien compris ce que je voulais dire, m'oppose June en s'approchant à son tour.

Je pivote pour la dévisager, pas vraiment surpris qu'elle m'ait rejoint. Elle a du caractère, de la repartie… et mon statut ne l'intimide pas plus que ça.

Excellent.

June serre les mâchoires, quelque peu crispée.

– Ce n'est pas parce que j'ai accepté de revisiter votre menu que je veux changer de poste, reprend-elle, logique et déterminée.

Je devine qu'il lui faut encore un instant pour admettre ce que moi j'ai déjà saisi : qu'elle est faite pour ce poste. Aussi je la projette dans son nouveau monde en évoquant ce qui en fera partie.

– Votre bureau ne vous convient pas ? Trop petit ? Mal orienté ?

Étonnée, ma jeune assistante hésite et ses yeux s'en vont balayer brièvement l'espace qui nous entoure. Sans le réaliser, elle le prend en considération, s'y projette pour travailler.

– Non, répond-elle finalement. Non, c'est très bien, le problème n'est pas là.

Le problème, c'est que vous n'avez pas conscience de votre potentiel, mademoiselle.

À moi de le lui faire comprendre. Je m'écarte de la fenêtre pour la dévisager ; et dans le même temps ma main revient errer du côté de mon bouton de manchette.

– Vous ne semblez pas avoir saisi, déclaré-je d'une voix calme et posée. Je vous offre une opportunité. Celle d'occuper une place privilégiée au sein de cette entreprise et de pouvoir participer à changer certaines choses qui doivent l'être.

June me contemple, silencieuse. Je lui accorde deux secondes pour intégrer ma déclaration, puis je conclus ma démonstration.

– Votre potentiel est grand, mademoiselle, et le choix vous appartient : vous mettre au travail ici et maintenant ou retourner à votre quotidien au quarante-deuxième étage.

Un moment de silence partagé s'installe. Je reste à l'observer, à la laisser s'imprégner de mes paroles – à se projeter dans le choix que je viens de déposer entre ses mains. Changer, ou rester celle qu'elle est.

Et je sais déjà quel chemin elle prendra, même si elle-même n'en est pas encore certaine.

– Vous ne pouvez pas me transférer comme ça, persiste-t-elle par principe.

Je hausse un sourcil amusé.

– Croyez-vous ?

Inutile d'en rajouter. Elle a déjà saisi ce qu'il en est. Son regard quitte le mien et, hésitant, revient se poser sur le matériel, le fauteuil. Incertaine, donc. Fort bien. J'utilise ma dernière option, la plus décisive, celle qui l'amènera à s'engager dans la voie qui lui convient, même si j'aurais préféré qu'elle saisisse d'elle-même l'opportunité. Néanmoins, si elle réagit et s'implique de la même manière qu'avec le menu du gala, alors d'ici à demain elle aura accepté mon offre.

– Faites une journée d'essai, déclaré-je posément.

Fort à propos, on toque à la porte et je m'avance pour ouvrir. La secrétaire entre, un petit plateau avec deux cafés en main.

– Monsieur, me salue-t-elle en déposant les tasses sur le bureau.

Sans s'attarder, elle repart avec le plateau. Je reviens à June, m'approche pour prendre une des boissons et la lui propose.

– J'ai pensé qu'un café vous ferait du bien avant d'amorcer votre journée ici.

Interdite, elle s'en saisit et sa main frôle la mienne. La sensation est proprement déroutante et me surprend. Je m'écarte et prends l'autre tasse, pour me donner une contenance.

– Commencez par prendre contact avec David, de l'entreprise d'assainissement congolaise, pour faire le point sur l'avancée du chantier. Je vous transfère le dossier par e-mail, avec la liste des autres tâches à accomplir.

Déjà, j'ai rejoint la porte laissée ouverte par la secrétaire. Ultime regard à June, seule à son poste.

Elle est faite pour ça.

– Bonne journée, mademoiselle Brown.

CHAPITRE 6

June

« Bonne journée, mademoiselle Brown », a-t-il dit en partant.

Je ne l'ai plus revu ensuite, mais il ne m'a pas oubliée pour autant. Les e-mails se sont succédé, les dossiers aussi. J'ai plongé dans le travail comme on plonge dans une nouvelle aventure : avec passion. Je termine cette journée un peu retournée, notamment par la pause déjeuner où j'ai dû faire face à l'incompréhension de Matt et à la surprise de Lisa.

– Mais… tu vas pas accepter ? s'est offusqué mon ami et collègue.

J'ai haussé les épaules, indécise.

– C'est qu'un test, n'est-ce pas ? a demandé Lisa.

Ce n'est qu'un test.

Ces quelques mots ont tourné en boucle dans mon esprit tout l'après-midi et persistent la soirée et la nuit également.

À tel point qu'au matin, j'en ai le vertige.

Que faire ? me demandé-je devant les boutons d'étage de l'ascenseur.

Mon doigt effleure les numéros, remontant lentement du niveau zéro, frôlant le quarante-deuxième – Matt, mon quotidien, la comm'… – et dérivant vers… l'inconnu et l'aventure du dernier étage.

Je me mords la lèvre. La cabine est déserte, je suis venue très tôt à dessein d'avoir le temps d'arrêter une décision.

Presque malgré moi, j'enfonce *le* bouton – celui de la tentation – du dernier niveau. L'ascenseur m'y conduit dans un silence feutré et lorsqu'il me libère face à ce couloir luxueux, un drôle de sentiment m'étreint – celui d'être à ma place.

J'avance dans le couloir et dépasse le bureau de la secrétaire d'accueil – pas encore arrivée, elle doit commencer plus tard, très certainement. Non loin, *mon* bureau. Et plus loin, *le sien*. Mes talons résonnent lorsque je rejoins ma porte et l'ouvre. L'endroit est tel que je l'ai laissé la veille au soir : rempli de perspectives et de promesses.

Étonnamment, je n'entre pas dans la pièce. Je préfère gagner la baie vitrée où *tout* a commencé et m'abîmer dans la contemplation de la ville.

Ici, c'est plus facile de réfléchir. Mes pensées s'enchaînent les unes à la suite des autres. Mes perspectives d'avenir, aussi. Tantôt je retourne auprès de Matt, sous les ordres de Gabriel… tantôt je reviens pousser la porte de ce bureau pour m'y installer et reprendre les dossiers là où je les ai laissés hier soir…

– Vous êtes bien matinale, mademoiselle Brown.

Je sursaute et détourne le regard… pour tomber dans le piège de deux iris gris au magnétisme indéniable.

– Monsieur Carter, le salué-je. Vous aussi.

– Les décisions n'attendent pas la fin d'après-midi, me répond-il seulement en me rejoignant près de la fenêtre.

Son regard me quitte pour se perdre un moment par-delà la paroi vitrée, puis il revient à moi, mystérieux.

– Mais je ne vous apprends rien, conclut-il.

– Qu'est-ce qui vous fait dire ça ?

L'esquisse d'un sourire passe sur ses traits, tandis qu'il m'étudie attentivement.

– Vous ne seriez pas là, dans le cas contraire, se contente-t-il de déclarer.

À mon tour, je l'observe avec attention. *OK, monsieur le P.-D.G. Puisque vous le prenez comme ça…*

– Effectivement, enchaîné-je en me tournant franchement vers lui. Et justement…

– Vous avez pris une décision.

J'ose un mince sourire.

– Pas encore, répliqué-je. Tout dépendra de ce que vous avez à m'offrir.

– À offrir ? s'étonne-t-il, et je perçois comme un soupçon de rire dans sa voix.

– Parfaitement, confirmé-je avec sérieux. Vous avez besoin de moi ici, sans quoi vous ne m'auriez pas transférée du service de Gabriel Simons.

Le regard gris se pose sur moi, attentif et scrutateur. Je frôle la crise cardiaque sous l'intensité qui en émane, mais je me reprends en croisant les bras sur ma poitrine, en une barrière symbolique.

– Je suis disposée à envisager ce changement de poste, continué-je, mais sous certaines conditions.

– Des conditions ? répète-t-il.

Se moque-t-il ? Je préfère plutôt envisager qu'il me prend au sérieux.

– Nous n'avons parlé ni des horaires ni de mon salaire, avancé-je sans me démonter.

Ryan Carter reste silencieux l'espace de trois secondes, puis une lueur passe dans son regard.

– Fort bien, mademoiselle Brown, déclare-t-il. Que diriez-vous d'aller parler de cela dans mon bureau ?

Il m'indique son bureau d'un mouvement de la main. Je soutiens une seconde encore le feu de ses yeux gris, puis je m'exécute.

Et ce faisant, je sais que je viens de sceller ma décision concernant mon avenir professionnel immédiat au sein de Carter Corporation.

Matt ne va pas être ravi.

***

Assise à mon poste, le coude posé sur le bureau, la tête penchée sur le côté, je glisse ma main dans mon cou pour en masser distraitement les muscles. Dans un soupir, je m'étire pour me décrisper, et la masse de mes cheveux vient chatouiller mon poignet. Je ferme les yeux, tente quelques mouvements circulaires du cou… et finis par pousser mon dos vers l'arrière. Le dossier de mon fauteuil s'incline un peu sous ma pression, et je me laisse aller à me détendre un bref instant.

Lorsque je rouvre les yeux, le décor qui m'entoure n'a pas changé : une pièce sobrement meublée d'une armoire, de deux sièges visiteurs, d'un meuble de bureau imposant – pour le moment encombré de documents –, de mon fauteuil… et la baie vitrée qui offre une vue sur New York, dont les lumières commencent à briller.

Rapide regard à l'horloge de l'ordinateur : vingt heures passées. *Ouch !* Jamais je crois, je ne suis restée aussi tard au bureau un vendredi soir ! Jamais en tout cas avant de travailler pour monsieur Carter. Cela fait quelques jours à présent que j'ai accepté son offre et pris mes fonctions d'assistante. Quelques jours que j'enchaîne les dossiers, me plonge dans l'apprentissage du métier, découvre des implications de la firme que je n'aurais même pas soupçonnées au quarante-deuxième.

J'étoffe ma liste de contacts, m'entretiens avec des personnes aussi diverses que surprenantes, collecte maintes connaissances nécessaires… et vais de découverte en découverte. Ici, du point de vue de l'assistante directe du P.-D.G., tout est différent, et Carter Corporation ne m'apparaît plus simplement comme une importante société new-yorkaise, mais bien comme une sorte de pieuvre étirant ses tentacules dans tous les domaines, avec chaque fois un même objectif : faire progresser les choses.

En exemple, ce dossier dont monsieur Carter m'a confié la gestion : le fameux dossier Water, à l'origine de tout – un projet d'acheminement de l'eau potable pour les peuples parmi les plus défavorisés du monde. Ce matin encore, je m'entretenais avec le chef de chantier par téléphone, afin de me tenir informée de l'avancée des choses. Une panne a ralenti le processus de forage et monsieur Carter a à cœur que les choses reprennent dans les meilleurs délais. Aussi est-ce avec un sentiment de profonde satisfaction que j'ai pu l'informer ce matin que le matériel ayant été reçu, les travaux ont repris. J'ai cependant gardé pour moi ma surprise d'apprendre que c'est monsieur Carter lui-même qui s'était chargé de faire parvenir les éléments de remplacement dans des délais vraiment serrés, après que le matériel en place eut subi d'importantes avaries.

Alors… face à ce genre de responsabilité, ces contacts, ces éléments à gérer – face à la sensation de faire évoluer les choses, ou du moins d'y contribuer… difficile de refuser pour retourner à la comm' !

La décision n'a pas été simple, j'en conviens, mais après ma journée test incroyablement galvanisante et stimulante et cet entretien avec mon « patron », tout était dit ! Comment aurais-je pu refuser, après avoir touché du doigt toutes ces opportunités !

Alors, oui, Matt a été déçu quand je lui ai fait part de ma décision. Mais Lisa a su faire taire ses plaintes et m'encourager à foncer ! Une fille en or, ma copine. Une fille… qui d'ailleurs décide justement de se rappeler à mon bon souvenir en faisant clignoter mon smartphone ! Je tends le bras pour m'en emparer et lire le message qu'elle m'a envoyé :

Lisa
Tu as prévu de dormir là
ou tu descends de ton perchoir ?

Nouveau regard à l'horloge… et au dossier dont le contenu gît éparpillé sur mon bureau. *Vendredi, fin de journée…*

– Oh, allez hop ! Je lève le camp !

Vivement, je pianote un : dans 5 minutes à Lisa, range le dossier et le classe dans l'armoire avant d'éteindre et de filer à l'ascenseur. Le couloir, sombre et désert, m'indique que je suis probablement la dernière occupante des lieux, et lorsque j'entre dans la cabine, un étrange sentiment de déjà-vu s'empare de moi. La dernière fois que j'ai traîné comme ça au bureau, que j'étais en retard pour rejoindre Lisa… il s'est produit ce truc juste pas possible, ici, justement.

J'observe les portes se refermer, jouant avec l'idée tout à la fois saugrenue et émoustillante que cela se reproduise. Moi, ici, seule dans la cabine, l'ascenseur qui s'arrête intempestivement, lui qui y monte, visage caché… et puis la panne, de nouveau, le noir, sa voix pour m'inciter à me taire, le sentiment d'attraction irrésistible, l'envie soudaine et dévorante, au-delà de toute raison… les sens affolés, me laisser aller à lui, subir ses caresses – non, les réclamer ! –, m'enivrer de sa présence, et lui succomber, juste comme ça. Par envie. Parce que l'attirance ce soir-là dépassait le cadre du raisonnable et appelait à ne plus penser mais juste à vivre et accepter.

Stop ! On arrête le fantasme !

Et puis si ça se trouve, ce n'était qu'une hallucination due au stress du confinement lors de la panne ! J'atteins le rez-de-chaussée et m'avance dans le hall d'accueil. Deux silhouettes l'occupent et se tournent vers moi en entendant mes talons résonner sur le sol.

– Ah, princesse daigne enfin quitter sa tour d'ivoire ! lance la voix de Matt. Je m'apprêtais à enfiler mon costume de preux chevalier et à enfourcher mon fougueux destrier pour venir te sauver.

– Ta moto, un destrier ? m'esclaffé-je en m'arrêtant à leur hauteur.

– Un chevalier des temps modernes, commente Lisa, amusée.

– Eh quoi ! Faut vivre avec son temps ! réplique Matt, hilare. Bon, on se bouge ?

Lisa acquiesce et m'agrippe la main.

– Le temps de la préparer et c'est parti !

– Me préparer ? m'étonné-je.

Mais déjà, Lisa m'a embarquée vers les sanitaires. En quelques instants, elle extrait de son sac deux petites tenues parfaites, du maquillage, et m'incite à me changer pendant qu'elle fait de même.

– OK, je capitule. C'est un coup monté !

– Parfaitement ! Allez dépêche-toi, tu ne voudrais pas faire attendre ton preux chevalier !

Et en riant, nous nous préparons. J'ai deviné quelle est notre destination : un lieu ouvert la nuit durant, aux spots et aux enceintes high-tech, où les cocktails sont toujours excellents et où on ne voit pas le temps passer sur le dance floor : le *Starlite*, bien évidemment !

***

Lorsque je pose le pied hors du dancing, je suis vidée. Trois heures que nous nous défoulons sur la piste, en alternance avec de courtes pauses au bar ou dans les fauteuils. Trois heures que je laisse la pression s'évacuer, au rythme de la musique survoltée que le DJ balance dans un mix des plus orchestré et survoltant. Impossible de rester longtemps assise avec une telle ambiance, et pourtant…

– Je ne sens plus mes pieds ! déclaré-je en m'affalant sur le siège à côté de Matt.

Mon ex-coloc de bureau m'adresse un petit clin d'œil avant de retourner à sa boisson. Un instant nos regards partent sur la piste, où Lisa s'amuse à chauffer une pauvre victime masculine, enfin plutôt consentante… puis je reviens à Matt.

– Dis… par hasard, il n'y a personne qui a demandé après moi ces derniers jours ?

Matt me considère, un peu surpris.

– Euh… nope, princesse. Pourquoi ? Un preux chevalier aurait pris rendez-vous pour planifier ton enlèvement ?

Un preux chevalier… non… mais un gars au regard profond, avec une cicatrice sur la joue, dont je soupçonne que le prénom est Jake… Je ne l'ai pas revu depuis que l'on s'est percuté. Est-ce que ce n'était qu'un client de passage, finalement ?

– Hilarant, Matt, tu t'améliores !

Je laisse couler un moment, à l'écoute de la techno rythmée qui envahit l'espace sonore… puis j'ose une seconde question.

– Et euh… J'imagine que Gabriel m'a trouvé une remplaçante ?

J'ai dit cela pas trop fort, sans doute dans l'espoir qu'il n'entende pas. Je sais qu'il n'apprécie pas que j'aie quitté notre binôme, comme ça, pour aller bosser avec les grands du dernier étage.

« Il s'en remettra », m'a dit Lisa.

J'esquisse un petit sourire en direction de mon collègue qui hausse une épaule.

– Ça oui ! me répond-il. Je crois que j'ai gagné au change. La personne qui te remplace adore les motos et le moins qu'on puisse dire c'est qu'elle est… surprenante !

– Ah ?

Là, je suis surprise. Je m'attendais à des protestations et à des cris outragés, moi ! Pas à cet assaut de compliments !

– Eh, vous deux ! nous interpelle Lisa en nous rejoignant. Vous parlez de quoi ?

– De la nouvelle collègue de Matt, je réponds en tirant sur la paille de mon cocktail. Tu as eu pitié de ce pauvre gars ?

Lisa manque s'étrangler avec son cosmo et tourne ses yeux turquoise vers Matt.

– Ta quoi ? s'exclame-t-elle, ignorant ma question. Ta nouvelle collègue ?

Matt se dandine dans son siège, avant de hausser les épaules.

– Quoi ? réplique-t-il. J'allais pas lui sortir comme ça que Gabriel a engagé un gros moustachu nommé Robert pour la remplacer !

– Robert ?! répété-je, incrédule.

Puis, c'est plus fort que moi : j'explose de rire.

***

Je ne sais plus trop l'heure qu'il est, ni quel jour on est exactement. Le taxi me dépose chez moi et je monte les étages jusqu'à la maison, l'esprit dans le brouillard. Je crois que j'ai un peu abusé du cocktail expérimental du jour !

J'entre, envoie valser mes chaussures à talons et m'affale sur le canapé. Un petit couinement m'indique que Frimousse est réveillé et, en tournant la tête, je l'aperçois qui pointe son museau hors de son nid.

– Coucou, toi, murmuré-je en piochant un gâteau dans le paquet.

Je m'approche de la cage et ouvre, le laissant se faufiler sur ma paume ouverte pour le câliner un instant.

– Allez, reste dans ta maison. Je suis trop K.-O. pour te courir après dans tout l'appartement ce soir. Tu te promèneras demain.

Je le réinstalle dans sa cage, avec la friandise, et retourne au canapé.

Pas le courage de bouger plus que cela ! Même mon lit me paraît trop loin ! D'un geste las, j'agrippe mon ordinateur portable et l'attire à moi. À peine le temps de consulter les commentaires sur mon dernier billet, je m'endors sur place.

CHAPITRE 7

June

Mon réveil le lendemain est plutôt délicat. Vaseuse, j'émerge, allongée sur mon canapé, et il me faut quelques instants pour remettre mes souvenirs en ordre. Carter, mon nouveau poste, Matt et Lisa, la soirée au *Starlite*…

Je me redresse, une migraine phénoménale me martelant les tempes, et gagne la salle de bains. Objectif premier : l'armoire à pharmacie et du paracétamol en bonne dose. Objectif second : une douche bien chaude.

Je lance le jet et me coule sous l'eau avec délice. Les yeux clos, je savoure la sensation de chaleur qui se répand sur ma peau et semble enlever la fine pellicule de fatigue qui m'habitait et me laissait vaseuse.

Lorsque j'émerge de la pièce embuée, ça va déjà mieux et je fonce vers mon endroit préféré pour me concocter un savoureux petit-déjeuner à la française : pain de campagne au levain, beurre, confiture et toasts tiédis.

J'apporte le plateau jusqu'à la table basse et commence à dévorer tout en lançant mon ordinateur. Hier soir, j'étais trop claquée pour écrire un nouveau billet… quant aux jours précédents, mon esprit était bien trop obsédé par mes nouvelles fonctions pour se laisser aller à ce genre d'activité. Aussi je m'attelle à rédiger un nouvel article tout en dégustant mes tartines.

Aujourd'hui, jour de repos bien mérité, je reprends des forces devant un succulent petit-déjeuner français !

Je m'interromps un instant, le temps de décider de faire une photo pour mon article. Les abonnés aiment beaucoup que j'ajoute des visuels de mes plats et de mes recettes… J'arrange rapidement mon plateau, tourne autour avec mon smartphone avant de trouver l'angle de prise de vue idéal. Je transfère le tout sur mon ordinateur portable, me réinstalle et reprends ma rédaction tout en grignotant.

Pain, confiture et autres délices feront le régal de vos papilles en toutes circonstances ! Et pour ma part, il me faut au moins ça pour me remettre de cette semaine riche en émotions.

Car figurez-vous que bosser au dernier niveau n'est pas de tout repos ! Pour preuve, l'activité incessante que l'on doit soutenir et les multitudes de dossiers à gérer !

Je m'interromps de nouveau. Je diverge quelque peu de la ligne principale de mon blog, là… oh et puis après tout, un aparté de ce style ne peut pas faire de mal ! Je continue…

Figurez-vous que l'autre jour, mon patron, Monsieur Big Boss au regard intense, a décidé sur un coup de tête de me transférer et de me faire travailler à ses côtés. Promotion exceptionnelle et incroyable ? Pas certain ! La masse de travail est considérable et diversifiée, mais je n'ai pas pu m'empêcher d'accepter : le poste est riche d'opportunités et instructif.

Le souci, chers abonnés, c'est qu'il demande beaucoup d'investissement et que j'aurai moins de temps pour tester de nouvelles recettes et les partager avec vous.

À moins que je ne convainque monsieur Regard Intense d'ouvrir un département gastronomie ? Qu'en dites-vous ? J'ai bien été chargée de valider un menu de gala, on n'est plus à une excentricité près !

Heureusement, d'ailleurs, qu'il m'a confié ce menu : c'était un véritable crime organisé contre la bienséance culinaire ! À croire qu'on ne peut pas être doué en tout… et si monsieur Regard Intense sait choisir ses costumes avec soin, il a de graves lacunes en matière de vin et de mises en bouche, je le crains…

Un sourire étire mes lèvres et une idée un peu idiote me traverse.

J'ose ? J'ose pas ? *Oh, allez…*

Mes doigts effleurent les touches et je fixe l'écran un bref instant.

Oh, allez, June…

Je dois vous avouer que me concentrer sur ma tâche a été particulièrement rude – c'est que monsieur Regard Intense a tout du mec parfait, et qu'il est très séduisant. Je l'imagine sans mal utiliser ses jolies cravates en soie pour museler ses partenaires et les soumettre à son autorité... et l'idée de le séduire m'a bien effleurée, mais je ne sais pas trop ce qui pourrait le faire succomber. Un soufflé aux framboises ou un millefeuille aux éclats de chocolat noir ? Qu'en pensez-vous ?

Mon sourire cette fois est franc. Pas si mal que ça, ma digression, finalement. Je valide le post et retourne à mon petit-déjeuner, l'esprit léger.

***

Quelques heures plus tard, quand je rentre d'une longue promenade dans Central Park, j'ai la surprise de constater que plusieurs commentaires sont venus saluer mon petit billet. Amusée, je les parcours. Il y a de tout : ça va du « Bon appétit » au « Gourmande ! » en passant par des remarques plus croustillantes. Certains exigent même une photo de Monsieur Regard Intense.

Mmm... non, hors de question !

Ce blog est anonyme et le restera. Aucun nom, aucune photo révélatrice, c'est comme ça ! Je réponds avec légèreté et un brin d'humour, avant de sortir Frimousse, qui s'est réveillé, de sa cage pour le câliner et lui permettre de se promener un peu dans l'appartement. Néanmoins, je garde un œil sur lui : ce coquin a le chic pour aller se cacher dans des endroits pas permis d'où j'ai un mal fou à l'extraire !

Lorsque la journée s'achève et que je me glisse dans mes draps, j'ai une brève pensée quelque peu coquine en me rappelant ce que j'ai écrit dans mon blog : monsieur Carter et ses cravates… un jeu de séduction… entre lui et moi, là, comme ça, au dernier étage du building, et la folie de l'instant, qui nous entraînerait plus loin…

Sérieux, June ! Arrête de fantasmer !

***

Après un dimanche passé à faire le plein de mes placards dans de petites boutiques comme on en trouve seulement à New York, et avoir savouré un fondant au chocolat jusqu'à la dernière miette, j'aborde le lundi matin avec une détermination nouvelle. Non pas que la perspective de revoir mon supérieur me déplaise… mais dans un coin de ma tête, j'ai continué à penser à pas mal de choses concernant mon travail, et j'ai hâte de les mettre à exécution.

Et puis, qui sait ? Et si d'un coup je me retrouvais enfin face à mon mystérieux inconnu ? Plus j'y réfléchis plus je suis persuadée que c'est une personne de l'entreprise. Compte tenu de l'heure tardive, la probabilité pour que ce soit un client en visite est presque nulle.

Oui… mais qui ? Qui ?

Tout juste si je m'accorde seulement un moment avec Lisa dans le hall avant de monter directement à mon bureau. À l'accueil de l'étage, la secrétaire daigne à peine lever la tête de son écran à mon arrivée, et je l'ignore pour la dépasser. Depuis que je suis ici, de toute façon, elle a toujours agi comme ça et mes maigres tentatives de politesse se sont soldées par un vague et morne « bonjour » de sa part. L'indifférence à l'état brut !

Aussi j'ai pris le parti de l'ignorer systématiquement. J'entre dans mon bureau, y dépose mes affaires et m'installe à mon poste. Ordi lancé, siège ajusté, dossier ouvert, je ne vois pas défiler les heures : je suis à fond… à tel point que lorsque ma porte s'ouvre, c'est tout juste si je redresse machinalement la tête, encore toute à l'étude des documents devant moi, d'autant que le lendemain je dois voir Mark Leviels pour faire le point avec lui sur le projet Water – et rien que l'idée est déstabilisante. Je reste une seconde dans mon nuage de chiffres avant de me rendre compte que deux yeux gris malicieux m'observent… et je percute.

Ryan Carter !

Je bondis de mon siège.

– Monsieur Carter !

– Bonjour, mademoiselle Brown.

– Vous avez… passé un bon week-end ? bafouillé-je en rassemblant les éléments du dossier que j'ai éparpillés sur mon bureau.

Bon sang, mais pourquoi faut-il que je sois aussi désordonnée ? Je relève les yeux de la pile que je rassemble frénétiquement. Impassible, Ryan Carter m'observe et sous son regard scrutateur et définitivement déstabilisant, je me sens rougir.

– Vous me ferez un mémo sur les besoins en terrassement après votre entrevue avec monsieur Leviels, déclare-t-il, les yeux posés sur les feuilles que je rassemble nerveusement.

– Le… Monsieur Leviels. Oui, acquiescé-je.

Mais June, arrête ! Reprends-toi !

J'inspire, trouve la volonté de croiser ses yeux gris trop troublants et de ne pas m'en détourner.

– Je songeais justement à rappeler le chef de chantier, déclaré-je avec un calme trompeur, afin de m'assurer qu'il a tout ce qu'il lui faut pour lancer la phase finale.

Carter m'étudie l'espace d'un battement de cœur, puis hoche la tête.

– Faites, dit-il en amenant sa main jusqu'à son bouton de manchette. Mais dans l'immédiat, j'ai besoin que vous m'accompagniez en rendez-vous extérieur.

– Maintenant ?

– Oui, maintenant, répond-il sur le ton de l'évidence.

Je n'hésite même pas une fraction de seconde. Verrouillant vivement ma session, je saisis mon sac et ma veste et vais me planter tout à côté de lui – peut-être même… un peu trop près.

– Allons-y, déclaré-je, un petit sourire aux lèvres.

Mon supérieur acquiesce et me cède le passage. Je franchis la porte et nous rejoignons l'ascenseur ensemble. J'observe le regard quelque peu envieux et jaloux que la secrétaire me décoche quand nous la dépassons, et j'en suis secrètement satisfaite. Lorsque nous entrons tous deux dans la cabine et que les portes se referment sur nous, un étrange sentiment m'envahit. Il y a là une tension, une sorte d'électricité entre nous qui me hérisse les poils de la nuque.

La situation, étrangement, n'est pas sans m'en rappeler une autre… plus sensuelle… plus…

Ryan Carter se trouve deux pas en retrait de moi, et aux dernières nouvelles, il consultait son smartphone quand nous sommes entrés là. Malgré tout, j'ai la sensation que ses yeux sont braqués sur moi et me scrutent jusqu'à l'âme. Il me démange de me détourner, de le dévisager et de m'approcher de lui pour…

Je me secoue mentalement. C'est mon boss, bon Dieu ! Mon boss !

Un boss sexy, avec qui je me trouve dans une situation analogue à celle qui m'a retourné les sens, cela dit !

Non mais stop !

Comme s'il ne suffisait pas que j'aie cédé à une pulsion incontrôlable l'autre fois, voilà que je fantasme comme une décérébrée sur mon patron !

N'importe quoi !

Et puis d'ailleurs, cet inconnu l'autre fois, c'était sans doute un pur produit de mon imagination. Mais… et si c'était Jake ? Ou pire… Si c'était…

N'importe quoi !

Sauf que là, je manque de persuasion envers moi-même. Les étages défilent et le silence persiste entre nous. Je voudrais me tourner, afin de déterminer si oui ou non *il* m'observe, mais je n'ose pas. Et puis, cette sensation qui provoque des frissons jusque dans le bas de mon dos, ce n'est peut-être rien. Ou juste l'air conditionné !

Lorsque les portes s'ouvrent et que les bruits du hall d'accueil me parviennent, c'est comme si une petite bulle éclatait. Tout m'arrive avec une brutalité soudaine et je reste un moment interdite et immobile.

– Mademoiselle Brown ? fait la voix grave de mon supérieur. Nous y allons ?

Je sursaute et m'extrais de la cabine. D'un coup d'œil, je constate que Lisa s'est absentée de son poste – dommage… – et je suis monsieur Carter jusqu'à l'extérieur.

Il m'entraîne vers une limousine noire racée, une pure merveille, l'oreille collée à son smartphone et en grande conversation avec je ne sais qui. Un peu surprise, je détaille le luxueux véhicule. Mais lorsque la porte du conducteur s'ouvre et qu'un jeune homme en sort, je pile net, totalement sidérée. Deux yeux sombres se posent sur moi et, à ma vue, il fronce les sourcils. Je le considère un court instant puis pousse une exclamation.

– Vous ?

CHAPITRE 8

Jake

« Vous ? »

Je me fige et mon cerveau mouline à toute allure. C'est quelque chose que j'ai appris à faire, ça : analyser toute situation en un temps record pour en tirer les conclusions qui s'imposent – un souvenir de mon ancienne vie, là-bas. June me dévisage, tout aussi prise au dépourvu que moi. Monsieur Carter, lui, nous observe, un sourcil légèrement froncé, et son regard passe d'elle à moi tandis que son interlocuteur poursuit son discours dans le combiné.

OK. J'ai pigé. Et lui aussi on dirait.

– June, commenté-je sobrement.

– C'est incroyable, me répond-elle, et son regard passe brièvement sur la limousine avant de revenir à moi.

Pour ma part, je m'attarde une toute petite seconde sur l'homme d'affaires avant de la dévisager. Mon regard un brin insistant est explicite, mais loin d'être dérangée, elle le soutient vaillamment.

– Le quarante-deuxième étage, hein ? lui rappelé-je.

Un petit sourire contrit étire ses lèvres charnues et elle hausse les épaules.

– Les choses ont changé, se justifie-t-elle vivement.

– Très certainement.

– Il semble que les présentations soient inutiles, intervient monsieur Carter en concluant son appel.

– Mademoiselle et moi nous sommes brièvement croisés, je réponds d'un ton neutre.

Ses yeux perspicaces passent encore d'elle à moi, et je devine une infime crispation de sa mâchoire.

– Passionnant, rétorque monsieur Carter. Mais j'ai un rendez-vous à honorer, et…

– Oui, monsieur, lancé-je vivement.

Inutile d'en rajouter. Il s'impatiente déjà assez comme cela. J'ouvre la portière avec zèle. En gentleman, mon boss cède le passage à June en premier. Laquelle grimpe à bord avec une expression que je connais bien : elle est intimidée et excitée tout à la fois.

Elle ne doit pas souvent être montée à bord de ce type de véhicule.

Monsieur Carter s'engouffre à sa suite après m'avoir fourni l'adresse de la destination, et je referme la porte sur lui. Un instant, je contemple l'immeuble, et à ses pieds, la rue animée de la masse de New-Yorkais affairés. Puis je me ressaisis et vais me placer au volant. Rapide coup d'œil dans le rétro intérieur : monsieur Carter désigne quelque chose à June sur la feuille qu'il tient en main, et son air tout à la fois mystérieux et avenant suscite mon irritabilité. Je démarre et m'insère dans la circulation, mâchoire crispée.

***

La circulation reste fluide à cette heure de la journée et ça me convient plutôt bien. Ça me permet de conduire sans stress et de garder un œil sur le reste. Quoi que monsieur Carter en dise, je ne suis plus vraiment tranquille en ce moment. Escorter et conduire un P.-D.G. n'est jamais de tout repos, certes, mais ces derniers temps, je sens la pression s'accumuler. L'instinct, sans doute – et il m'a rarement trompé, celui-là. Il faut que je sois vigilant, plus encore qu'à l'ordinaire, me répété-je en scrutant le ballet des véhicules autour de la limousine.

Rien de suspect. Parfait.

Nouveau regard dans le rétroviseur intérieur. Je ne peux pas m'en empêcher. Ryan Carter continue de parler, et quelques bribes de son discours me parviennent. Interview, présentations, points à développer, prise de rendez-vous à venir.

OK. June remplace donc bien Nancy à ses côtés. Nous verrons si elle supporte plus que quelques mois la constante exigence de perfection du patron. Cette attitude, conjuguée à un rythme de travail plus que soutenu, a eu raison de la motivation de sa précédente assistante.

Je profite d'un arrêt à un feu pour l'observer. Fine, vive, jeune et spontanée, elle pose sur son patron – notre patron – un regard un peu brillant. *L'effet Carter.* Combien de fois ai-je pu déceler cette lueur dans les yeux de ses conquêtes ? Que représente-t-elle pour lui ? Un autre divertissement ? À voir la façon qu'il a de l'observer, le doute reste permis.

J'accélère, tourne dans l'avenue. Mon regard accroche une voiture quelques mètres derrière nous, un véhicule tout ce qu'il y a d'ordinaire, et pourtant… Pourtant, sans raison apparente, il m'interpelle.

OK. Voyons ça.

– Monsieur, lancé-je à voix haute et calme, je dois faire un détour, le trajet est encombré.

Si June relève les yeux et scrute l'avenue, perplexe, Ryan Carter me fixe par le biais du rétroviseur. Il acquiesce sans un mot, ayant deviné ce que sous-entendent mes propos.

– Faites, finit-il par me dire.

Je m'exécute et prends un itinéraire plus long, et qui implique de nombreuses bifurcations. Mon regard ne cesse de passer du rétro à la route. J'attends un mouvement, une réaction…

Au bout de quelques croisements, j'ai la satisfaction de voir le véhicule prendre une autre voie. Qu'il s'agisse d'une coïncidence ou que le conducteur ait sciemment pris cette direction pour ne pas se faire repérer dans sa filature, peu importe. L'essentiel reste que monsieur Carter soit en sécurité.

Je réinvestis la route principale, direction le lieu de rendez-vous de mon patron. Je n'ai que trop tardé sur ce trajet et il déteste arriver en retard. Lorsque je stoppe la limousine à l'entrée d'un bar chic des beaux quartiers, il m'adresse un regard lourd de sens. L'ignorant, je quitte le véhicule et scrute les abords de l'avenue, avant d'aller ouvrir la portière. June s'extrait de la limousine, un peu gênée que je lui tienne la porte, sans doute – ou alors c'est parce qu'elle n'assume pas encore d'être l'assistante personnelle du grand Carter. Lorsque c'est Ryan qui pose le pied sur le trottoir, je le retiens.

– Monsieur, un mot, s'il vous plaît.

Le regard gris perçant se pose sur moi et j'y réponds par mon air le plus sérieux et insistant.

– Mademoiselle, lance-t-il, prenez les devants pour avertir mademoiselle Fayra, journaliste du *Forbes*, qui patiente à l'intérieur, que je la rejoins dans quelques instants.

June acquiesce et disparaît dans le bar après m'avoir salué de la main. Je reporte mon attention sur mon patron.

– Monsieur, ce véhicule…

– Rien ne prouve qu'il nous suivait.

– Certes, cependant…

– Je vous ai engagé en ce sens, me rappelle-t-il, mordant.

– En effet, argué-je. Néanmoins, les messages que vous avez reçus et ces filatures répétées me portent à croire que…

– Je ne me cacherai pas, Stewart, réplique-t-il tout aussitôt. Faites votre job.

Il me laisse sur ces mots et s'engouffre dans l'établissement.

Je ravale mes avertissements et mes interrogations. J'aurais aimé en dire plus, lui faire prendre conscience du danger auquel il s'expose. Pourtant je m'en abstiens.

À la place, je chope un paquet de clopes dans la poche intérieure de mon veston et tire bouffée sur bouffée. Adossé à la limousine, je jette un regard indifférent à la rue. Rien d'exceptionnel. Rien d'inhabituel. À part peut-être… un véhicule gris, stationné un bloc plus loin et qui, sans que je sache pourquoi, m'apparaît suspect. Je tire sur ma cigarette, pensif. Puis je jette le mégot à terre, l'écrase du talon et décroche mon smartphone. Il va falloir renforcer la sécurité autour de monsieur Carter, peut-être placer un véhicule pour nous suivre et nous libérer d'éventuels intrigants. Ryan Carter est souvent suivi dans ses trajets : presse people et autres journalistes sont son quotidien d'homme d'affaires jeune, riche et célibataire.

D'ordinaire ce n'est pas si dérangeant que cela et je m'en accommode aisément. Mais quelque chose me dit que là, c'est différent.

Mieux vaut jouer la prudence. Et comme monsieur Carter l'a dit : c'est mon job !

Je compose un numéro et donne ma série d'ordres à l'équipe de sécurité qui œuvre avec moi à la protection du businessman. Cela fait, j'allume une deuxième clope et savoure la bouffée de nicotine, le regard rivé au véhicule gris… qui, comme par hasard, démarre justement et me dépasse pour disparaître au croisement suivant.

Oh oui, il faudra renforcer la sécurité…

CHAPITRE 9

June

Sept heures quinze à ma montre. J'entre dans mon bureau et actionne l'interrupteur. Dehors s'étire un ciel terne et la luminosité en est restreinte, même depuis les hauteurs de mon étage. J'ai décidé de venir tôt, aujourd'hui. En cause, cette longue virée en limousine avec monsieur Carter. Une limousine ! Conduite par Jake, en plus ! Si j'avais seulement pu deviner que le gars que j'ai bousculé était le chauffeur de Monsieur Regard Intense, je… je quoi d'ailleurs ? J'aurais évité de lui rentrer dedans ?

Je soupire et écarte le fauteuil pour m'installer à mon poste. Je n'arrive pas à savoir si c'est une bonne ou une mauvaise chose que Jake soit le chauffeur personnel de Ryan Carter. Je ne sais pas vraiment pourquoi ça me perturbe, et ça m'agace.

Je lance ma session et rouvre le dossier sur lequel je travaillais avant que le big boss déboule sans prévenir dans mon bureau, m'embarque pour l'observer donner une interview puis rencontrer l'obscur dirigeant d'une multinationale étrangère.

Une fenêtre pop-up apparaît sur mon écran, me rappelant mes tâches de la journée, tandis qu'en arrière-plan les e-mails reçus se matérialisent. Finalement, j'aurais peut-être dû venir encore plus tôt…

En tête de liste figure le rendez-vous que je dois avoir avec Mark Leviels. Et rien que l'idée de travailler conjointement avec celui qui, il y a quinze jours encore, était mon N+2, est déroutant. Mais bon, ça fait partie du job, alors haut les cœurs !

Je passe sur la messagerie, le temps de faire le tri des urgences et de ce qui est de moindre importance. Et là, un e-mail de monsieur Carter – envoyé tard dans la nuit ! il ne dort donc jamais ? – me saute aux yeux. Je le consulte rapidement, avant de me reculer dans mon siège. Si je comprends bien, mon patron voudrait – non, *exige*, c'est un terme plus approprié je pense – que je relance Gabriel Simons sur un rapport de communication qui lui a été confié il y a plusieurs jours.

Autrement dit, je dois aller remonter les bretelles de celui qui était encore mon supérieur direct il y a peu…

– Oh misère…

Je laisse retomber ma tête en arrière contre le dossier du fauteuil et contemple le plafond. Mon regard finit par revenir à mon écran. Je dois m'exécuter, je le sais. Il me l'a demandé, et j'aurais du mal à trouver une excuse valable pour justifier que je me sois dérobée. Je me vois assez mal tenter d'expliquer que battre le rappel à un responsable de service me mettait mal à l'aise et que, du coup, j'ai posé un joker !

« Désolée, monsieur Carter, le truc me tentait pas, je passe la main. Dossier suivant s'il vous plaît ? »

On est d'accord, ça le fait pas.

Je me redresse et pose les deux mains à plat sur le bureau. Bon. OK. Gabriel Simons. Mon ex-responsable. Comment aborder le fait que son dossier traîne un peu trop sans le vexer ?

Je ferme à demi les yeux pour me concentrer. Après tout j'ai travaillé suffisamment longtemps avec lui pour bien le connaître…

Option une : la diplomatie. Essayons…

« Bonjour Gabriel, comment vas-tu ? blablabla… Dis, je voudrais te demander où tu en es du rapport annuel que ton service doit remettre à Ryan Carter. Nous en aurions besoin rapidement. »

Pas mal…

Option deux : l'autorité.

« Alors Simons, il vient ce dossier ? »

Je m'esclaffe toute seule dans mon bureau.

Mouais… mieux vaut privilégier la première option quand même. Rapide regard à l'horloge. Est-ce que Gabriel est déjà à son poste ? Il arrive qu'il soit présent très tôt le matin, parfois. Qu'est-ce que je fais ? Je l'appelle ? J'envoie une proposition de rendez-vous par e-mail ? Je frappe direct à sa porte ?

Après un instant d'hésitation, j'opte pour la dernière proposition et quitte mon bureau pour le quarante-deuxième.

***

Lorsque j'entre dans l'open space, un petit pincement au cœur me saisit. L'endroit est encore désert à cette heure matinale et je ne peux m'empêcher d'aller scruter mon ancien box. Tout y semble presque comme avant. Presque, seulement. Car ce ne sont pas mes stylos qui trônent là, ni les dossiers que je gérais. L'écran lui-même n'est plus tout à fait à la même position, et le fauteuil a été abaissé… Une tasse à café qui m'est inconnue occupe un coin du meuble, aussi…

Je retiens un soupir. Est-ce que je regrette ? Je ne crois pas. Il est des opportunités dans l'existence qu'il faut saisir, et c'est ce que j'ai fait, voilà tout.

N'empêche. C'est étrange d'être là sans être tout à fait la même. Le travail me plaisait, aucun doute là-dessus. Celui que j'exerce, également ; et je ne crois pas avoir de regret par rapport à cette promotion. Alors pourquoi ce sentiment dérangeant ?

– June ?

Je sursaute et pivote vivement. Gabriel Simons se tient devant moi, et derrière lui la double porte se referme dans un son feutré. Il vient d'arriver. Je chasse fermement mes pensées embrouillées pour rappeler au premier plan les raisons de ma venue : le dossier en souffrance.

– Bonjour, Gabriel.

– Que nous vaut le plaisir ? Tu te languis de ton ancien poste, peut-être ?

Je souris aimablement mais m'oblige à rester dans le ton. Après tout, je ne viens pas pour papoter.

– Le poste était sympa c'est vrai, mais… c'est le travail qui m'amène ici. On peut discuter ?

Une ombre passe dans le regard bleu de mon ancien manager, et il perd un peu de son sourire habituel.

– Bien sûr, déclare-t-il. Après toi.

Il me désigne son bureau de la main. J'entre et m'installe dans un siège visiteur en essayant d'oublier les nombreuses fois où je m'y suis assise pour recevoir ses directives.

– Je t'écoute, me déclare-t-il en posant une fesse sur son bureau.

Diablement sexy, le manager, comme ça… Et un brin séducteur aussi. S'il compte m'amadouer de cette manière, il en sera pour ses frais. Ça ne prend pas avec moi. Je me cale dans le siège à mon aise et une petite voix pernicieuse me souffle de saisir l'option « autoritaire » à laquelle j'avais songé plus tôt.

L'idée me donne envie de glousser tant j'imagine la tête interloquée de Gabriel si j'agissais ainsi, et je me reprends fermement. Ce n'est pas le moment de me conduire comme une gamine.

– C’est à propos du rapport annuel d’expertise qui a été confié à ton service il y a six jours.

Gabriel fronce un sourcil et il me semble que son sourire s’est de nouveau affadi.

– Je t’écoute, répète-t-il, mais sur un ton plus froid.

Je croise les jambes et plonge mon regard dans le sien. Je refuse de le laisser prendre un quelconque avantage dans la discussion.

– Mon service attend avec impatience que tu nous retournes ce dossier finalisé. Il doit être ensuite diffusé aux investisseurs et tu n’es pas sans savoir que tout retard…

– Un instant, June, m’interrompt-il en levant la main.

Ses yeux bleus me fixent le temps d’un battement de cœur puis il quitte sa position pour contourner le bureau et s’installer dans son fauteuil. Ainsi posé, il tourne de nouveau son regard vers moi, et cette fois c’est le responsable de service, et non pas l’ancien manager amical, qui me fait face. OK, très bien, je note le changement.

– Tu sais pertinemment à quel point le service est surchargé, me déclare-t-il tout de go. Nous faisons le maximum mais les délais donnés pour ce rapport sont serrés et…

– Et de mon côté aussi ces délais sont serrés, Gabriel, cependant…

– … et tu sais aussi que ton départ impromptu du service a posé un souci d’organisation majeur. En conséquence…

– Un souci majeur ? répété-je, entre amusement et consternation.

Il se moque de moi ? Depuis quand mon poste en comm' était à ce point important ?

– Il a bien fallu redistribuer l'ensemble de tes dossiers à tes collègues qui en avaient déjà beaucoup à gérer, réplique Gabriel.

Je le fusille du regard.

Est-ce qu'il tente de reporter la faute sur moi ?

– Attends, commencé-je, je…

– Et former ton remplaçant aussi, achève le manager sans s'émouvoir de mon air à présent consterné. Tu comprendras donc que nous accumulions un peu de retard, et…

– Un peu de retard ? Gabriel, on parle de plusieurs jours pour un dossier très important !

– J'en ai conscience, répond-il en faisant tourner sa chevalière, cependant nous faisons au mieux. Tu sais très bien comment cela fonctionne ici, et que l'équipe bosse d'arrache-pied du matin au soir. On ne peut pas être tenus pour responsables de ces impondérables.

Regard appuyé à mon attention. Je lui décerne un sourire crispé, quand intérieurement je fulmine. Aucun doute, il fait clairement reposer la responsabilité de ce délai dépassé sur mon changement de poste !

Mais quel mufle !

J'hésite à bondir hors de mon siège pour lui dire ma façon de penser, ou passer à la case « autoritaire » illico. Il en perdrait sans doute son air un peu trop satisfait ! Je plisse le regard, le temps de déterminer rapidement une contre-attaque.

Il utilise mon background ici comme excuse ? Il reporte la faute sur mon départ, il me fait culpabiliser ? OK. À ce jeu-là, on peut être deux, pas de soucis.

Tu veux jouer ? On va jouer.

– Très bien, Gabriel, déclaré-je à voix douce en me penchant vers lui. Je prends note du motif de ton retard et je vais en aviser mon supérieur immédiatement. Je suis certaine qu'il sera si touché par le manque de moyens flagrants du service et l'insuffisance de personnel qu'il voudra se pencher lui-même sur la question.

Je me lève, un petit sourire aux lèvres, et baisse les yeux sur lui.

– Je pense qu'il voudra s'assurer qu'il n'y a aucune sorte d'incompétence ou de rétention volontaire des éléments de ton côté ; mais tu n'as sans doute pas à t'en faire. Monsieur Carter est un homme plutôt compréhensif, en général, bien qu'il ne supporte ni l'imperfection ni l'incompétence.

J'accentue mon sourire et recule vers la porte.

– Bonne journée, Gabriel. Je pense que monsieur Carter te contactera dans la matinée.

La main sur la poignée, je m'apprête à quitter le bureau et l'open space, quand sa voix me retient.

– June !

Je me fige, réprimant l'envie de crier victoire trop vite ; et pivote vers mon ex-chef.

– Oui ?

Gabriel s'est levé à son tour et me considère, un air un peu surpris sur le visage.

– Tu sais comment c'est, ici. Je vais décaler certains dossiers et faire passer ton rapport en priorité. Tu devrais l'avoir d'ici trois jours.

– Deux jours, Gabriel, contré-je placidement. Il ne faudrait pas que les investisseurs s'impatientent.

Un sourire sans joie passe sur ses traits, et il acquiesce.

– Je ne sais pas où a disparu la June qui travaillait ici, se désole-t-il. Fort bien. Deux jours.

– Merci, le salué-je en passant la porte.

– June ! me rappelle-t-il encore. Fais attention que ce poste ne te dévore pas !

Ne sachant quoi répliquer, je me contente d'un hochement de tête avant de filer regagner la sécurité et la tranquillité de mon propre bureau.

– Eh ben ! m'exclamé-je en refermant la porte sur moi.

Après ça, travailler avec Mark Leviels autour d'un dossier que nous gérons ensemble sera un jeu d'enfant.

CHAPITRE 10

Jake

Je descends l'escalier en sens inverse des groupes d'invités qui se dirigent vers l'entrée du bâtiment. Je m'achemine vers l'allée et le parking où j'ai laissé la limousine, sans me préoccuper des robes vaporeuses, des rires de circonstances, des conversations, des salutations. Cette partie-là de l'événement ne me concerne pas.

J'ai laissé dans le musée Ryan Carter en grande conversation avec le directeur des lieux, non sans avoir négocié au préalable quelques petites mesures de sécurité. Mon patron est du genre impulsif et indépendant. Le danger, les menaces, il ne les entend pas, pas plus que les recommandations ou les conseils. Il fonce, il agit, sans se préoccuper du reste. À moi de veiller à ce que rien ne dérape ni ne l'atteigne.

J'ouvre la limousine, m'installe au volant. Bref regard pour l'endroit encombré de monde. Je retiens un soupir. Je n'aime pas m'éloigner comme cela dans ces circonstances. Mon job me commande de rester à proximité, d'observer, d'être attentif et d'intervenir si besoin. Pas d'aller chercher sa jeune assistante et de faire le livreur ! Mon regard glisse vers le siège passager, où tantôt j'ai déposé le paquet que je dois lui remettre. Son contenu a été choisi par Ryan lui-même, en fin connaisseur…

J'expire pour arrêter le flot de mes pensées. Tout ça ne me regarde aucunement. L'envie de m'en griller une me prend. Je me contiens. Ce n'est pas le moment. Je retire la voiture du stationnement et m'insère dans la circulation, plutôt dense à cette heure du soir. Le trajet pour me rendre chez June est assez rapide, néanmoins, quand il y a autant de véhicules ça peut très vite devenir compliqué. Aussi je décide de prendre un chemin un peu plus long, mais évitant les axes principaux, et qui l'un dans l'autre, me permettra d'arriver à l'heure.

Et c'est cela, somme toute, qui me permet de le remarquer : ce coupé noir banalisé, qui déboîte juste après moi et s'engage dans la même artère. Coïncidence ? L'expérience m'a appris que c'est rarement le cas.

OK. Testons ça.

Je tourne plutôt brusquement et sans le signaler au carrefour suivant. Toujours dans le même sens. J'avance, l'œil rivé au rétro. Bingo ! Le véhicule s'engage derrière moi.

Je ne crois pas aux coïncidences.

J'accélère, et me réinsère dans une voie rapide. Je veux voir jusqu'où tout ça peut nous mener. Sans surprise, la voiture suit et monte en régime, restant toutefois à distance suffisante pour que cela paraisse presque anodin. Fort bien.

Je passe à la vitesse supérieure – façon de parler. Doublant quelques véhicules poussifs, je remonte l'avenue et tourne une nouvelle fois… toujours dans le même sens. Statistiquement, les probabilités pour qu'un conducteur ordinaire tourne une troisième fois dans le même sens que moi sont très, très minces. Mais s'il me file, par contre…

Je ralentis à dessein, et rive mes yeux au rétro. Une seconde, deux, trois… le véhicule dépasse le croisement, sans tourner toutefois.

J'aime mieux ça.

Après, qu'ils m'aient réellement filé et se soient rendu compte que je les avais repérés, et se défilent… ou que ce ne soit qu'une coïncidence…

Je relance le véhicule et me réinsère dans le flot des voitures, en veillant à prendre un itinéraire aléatoire en cas de double filature. Rien. Personne, apparemment.

Bref regard à l'horloge. Je vais être en retard pour récupérer June à son appartement. Je reprends mon itinéraire initial et file dans New York, préoccupé.

Je n'aime pas le tour que prennent les choses, en ce moment. Les menaces, les filatures… quelle sera la prochaine étape ?

Lorsque j'arrive au pied de l'immeuble de la jeune assistante du patron, et que je grimpe les étages, le colis que Ryan a exigé de livrer en main, je rumine.

En définitive, conclué-je, tant que Ryan Carter refusera d'écouter mes avertissements, quoi que je fasse ou que j'anticipe, je ne contrôlerai rien.

À moi de m'adapter.

CHAPITRE 11

June

J'arrive à la maison sur les coups de dix-huit heures, l'esprit en effervescence. Après mon entrevue avec Gabriel, qui, moralement, m'avait autant épuisée qu'un marathon, j'ai passé le reste de la matinée aux côtés de Mark Leviels. Et le chef de mon ancien responsable s'est révélé bien plus agréable et accommodant que le précédent. Nous avons bien progressé sur le dossier Water et établi un nouveau planning tenant compte de leur progression sur place. Mark Leviels l'a très justement dit : présenter un programme le plus exact possible est un gage de sérieux et d'implication pour les investisseurs.

Je n'ai pas vu le temps passer, et malgré les nombreuses interruptions du smartphone de Mark, pour des trucs perso qui l'ont contrarié, même s'il a tenté de s'en cacher, on a pu terminer dans les temps et j'ai appris pas mal de choses.

Je suis revenue à mon bureau hébétée de ce trop-plein d'activité, pour voir clignoter un mémo sur mon ordi. Second coup au cœur, et non des moindres : le gala de charité, dont le menu est à l'origine de tout, est pour ce soir ! Non mais quelle étourdie !

Affolée, j'ai rejoint Lisa en catastrophe, en quête de ses conseils en matière de tenue vestimentaire et de coiffure. On a passé la pause déjeuner à parler chiffon et bigoudis, au grand dam de Matt et de Colin qui déjeunaient avec nous. Colin, c'est un informaticien de Carter Corp., un grand ami de Matt, genre ténébreux renfermé qui te regarde avec intensité sans que tu saches trop ce qu'il pense réellement. Les pauvres ont eu l'air exaspéré, dépassés par notre conversation matérielle ; et sans doute en manque de testostérone, ils ont fini par se lancer dans un discours sur les filles, la musique, les bécanes…

Toujours est-il que j'arrive chez moi à cran. Comment ai-je pu oublier la date de ce gala ? Ryan Carter m'y a conviée d'office dès ma prise de poste, et si j'avais vu l'invitation passer par messagerie, j'avais d'autres préoccupations plus urgentes – comme finaliser un menu digne de ce nom, ou rappeler un chef de chantier, organiser une rencontre avec des investisseurs ou… accompagner mon chef en limousine à une interview et à un rendez-vous.

J'ouvre en grand les portes de mon petit dressing et me plante devant, l'œil critique. Ma robe violine ? Non, trop simple. La robe bustier crème ? Hmm, je trouve qu'elle me boudine un peu…

J'extrais quelques éventualités de ma penderie et les étale sur le lit. J'en passe une première, vais m'examiner dans le miroir, perplexe ; tente une coiffure, une autre…

L'heure tourne ! Un SMS me fait sursauter et je me rue sur l'appareil.

Stewart passera vous chercher
à dix-neuf heures trente
pour vous conduire au gala. RC

RC… Ryan Carter, évidemment… Qu'il ait mon numéro ne me surprend pas, et je ne songe même pas à lui envoyer mon adresse pour que ce Stewart vienne me chercher – il doit la connaître aussi.

Stewart… Apparemment ce n'est pas Jake qui s'occupe de conduire monsieur Carter le soir… Il s'offre les services de deux chauffeurs à la fois ?

Peu importe !

Dans l'immédiat, finir de me préparer ! Je retourne à mon miroir et à mes robes, insatisfaite.

Malgré mes essayages frénétiques et mes soins attentifs pour me constituer un maquillage à la hauteur de l'événement, mon esprit carbure au maximum. Jake, Ryan, Matt, Lisa, Gabriel… tout le personnel de l'entreprise est passé en revue, avec plus ou moins d'insistance selon les noms. Et je dois bien l'admettre : ceux sur lesquels je m'attarde le plus sont mon chef et son chauffeur.

Ryan Carter. Ce nom, je l'ai entendu prononcer pas mal de fois depuis mon entrée dans l'entreprise, et il avait toujours suscité mon intérêt. Toute la firme le prononce avec une sorte de révérence et les yeux brillants, car pour l'employé lambda, Ryan Carter, c'est un mythe, une légende… c'est le nom du grand dirigeant, qu'on ne connaît pas, qu'on ne voit jamais, mais pour qui on travaille et sur lequel on raconte tout un tas de choses. Même si, comme beaucoup d'autres, je me suis de temps en temps prêtée au jeu des spéculations et des rumeurs, je ne m'étais pas plus penchée que ça sur la question de « qui est réellement le grand Ryan Carter »… Si je peux à présent m'estimer plus chanceuse que beaucoup d'autres de pouvoir au moins mettre un visage sur ce nom, je dois aussi admettre que depuis que je le côtoie, cet homme m'intrigue. Son charisme, la multitude d'actions entreprises par la firme, dans des domaines si variés et que je n'avais pour la plupart pas soupçonnés, ont de quoi susciter l'intérêt. Sans parler que l'homme est plutôt séduisant – bon, OK, *carrément séduisant, oui !* – et qu'il représente un mystère à part entière sur bien d'autres points. Or j'adore élucider certains mystères, moi, lorsqu'ils ont le magnétisme des beaux yeux gris de mon responsable direct ! Et en parlant de mystère, Jake en est un non moins intrigant. Renfermé, une profondeur dans le regard, et cette cicatrice au visage… que cache-t-il ? Qui est-il vraiment, dans l'entreprise, et pour Ryan Carter ?

J'en suis là de mes réflexions lorsqu'on frappe à ma porte. Oh, non ! Je suis décoiffée, en robe bustier mal ajustée, non franchement, ça tombe mal. Je décide d'ignorer la demande pour continuer mes préparatifs fébriles… sauf que ça réitère, et de manière insistante, en plus !

– Ça n'est pas le moment, grommelé-je avant de reprendre plus fort : ça va, j'arrive !

Je quitte ma salle de bains pour l'entrée et déverrouille en laissant la chaînette de sécurité enclenchée. À New York, parfois, il faut être un peu prudent. J'ai fini par l'apprendre… Un visage à la barbe négligée marquée d'une cicatrice et deux grands yeux sombres se révèlent à moi.

– Jake ? m'étonné-je.

Je repousse la porte pour la libérer totalement et lui ouvre en grand. Le chauffeur de monsieur Carter laisse courir un regard surpris sur moi, et je m'avise seulement maintenant que mon bustier n'est pas totalement fermé, ce qui offre une vue… *plongeante*… sur mon décolleté.

– Je… Euh… je me préparais à…

– Vous êtes prête ? demande-t-il en même temps.

– Prête ?

– Monsieur Carter a spécifié que je devais venir vous chercher à dix-neuf heures trente.

Ah. Jake Stewart, donc… Voilà de quoi étoffer un peu mes questionnements le concernant, mais c'est mince comme information…

Jake me considère rapidement.

– Sans doute pas tout à fait.

Il élève à hauteur des mains un gros paquet plat.

– Il m'a demandé de vous apporter ça, aussi.

– Euh… merci.

Je m'empare du paquet, le pose sur ma table et l'ouvre. Sous une feuille de soie d'un blanc laiteux, je devine un tissu d'un rouge éclatant. Mais c'est la petite carte que je saisis en premier.

Arrêtez de malmener votre dressing, voici la tenue idéale à porter pour cette soirée. RC.

J'adresse un regard surpris à Jake et m'empare du tissu écarlate. La robe que j'extrais de son paquet me coupe littéralement le souffle et éparpille instantanément mes réflexions.

– Oh mon Dieu, mais c'est…

Je lève le tissu le plus haut possible, contemple la coupe, les bretelles brodées, les plis savamment formés.

– Une Valentino !

– Jolie, commente seulement Jake d'un ton neutre.

Jolie ? *Jolie ! ?* J'hésite à lui répliquer, encore toute retournée par ce présent inattendu. On dit jolie d'une fleur ou d'un tableau. Mais concernant une robe de cocktail griffée Valentino, c'est tout simplement impropre. Inapproprié. Insuffisant.

– Elle est incroyable, vous voulez dire !

Jake m'accorde un sourire indulgent. Du genre *ne la contrarions pas*.

– Très certainement, me répond-il. Mais nous avons un horaire à respecter…

Je sursaute, piquée au vif.

– J’en ai pour une seconde ! m’exclamé-je en ramenant la robe contre moi.

Mon Dieu ! Une Valentino !

Je m’éclipse dans la salle de bains, surexcitée.

***

Je tourne et retourne devant mon miroir, n’osant y croire. Cette robe est tout simplement divine ! Un bustier près du corps à larges bretelles brodées, un jupon long qui s’évase et semble me draper de pétales écarlates, un décolleté croisé qui met en valeur ma poitrine et mon cou… et un dos échancré où deux bandes de tissu se croisent sur ma chute de reins… juste sublime !

D’un geste rapide, je relève mes cheveux en un chignon bas, en retire quelques mèches pour les laisser caresser mon cou, et m’admire une fois de plus.

Tout juste si je me reconnais !

– June ?

Je sursaute une nouvelle fois. Prise par cet essayage inattendu, j’en ai oublié que Jake m’attend dans le salon. Je clippe une paire de boucles d’oreilles, vaporise un peu de parfum sur ma peau et sors, en ayant la sensation d’incarner Cendrillon.

Le chauffeur est agenouillé devant la cage de Frimousse. Il pivote la tête lorsqu’il m’entend arriver, me contemple trois petites secondes… et cligne des yeux.

– Vous êtes très belle, déclare-t-il en se relevant. Monsieur Carter a bon goût, cette robe est parfaite sur vous.

Je me fige dans mon élan et fronce les sourcils.

– C'est monsieur Carter qui l'a choisie ? m'étonné-je.

– Oui. Nous y allons ?

– Oui. Oui ! J'enfile mes escarpins et je vous suis !

Je plonge dans mon placard à chaussures, en ressors mes talons hauts que je chausse et, pochette en main, je suis Jake au-dehors. Lorsque je m'installe dans la limousine, je me dis un court instant que Cendrillon a dû ressentir la même exaltation que moi en grimpant à bord de son carrosse…

Jake s'installe au volant et démarre, m'entraînant à travers les rues animées de New York. Je contemple l'intérieur luxueux, et peu à peu, la nervosité me gagne, insidieusement.

Travailler pour une grande firme, aux côtés du grand patron, c'est une chose. Rédiger un menu gastronomique dans les règles de l'art, aussi. Mais je n'ai jamais eu à plonger au cœur de ce genre d'événement. Un gala de charité ! Qui vais-je rencontrer ? Des célébrités ? Des P.-D.G. bouffis d'orgueil ? Des hommes politiques ?

– Vous êtes à votre aise ? fait Jake, rompant le fil de mes réflexions.

– Oui, merci.

– Monsieur Carter aurait souhaité venir vous chercher, mais il a été retenu.

– C'est un homme occupé, noté-je tout bas.

Et le mot est faible ! Depuis que je suis à « son service », je ne l'ai que peu croisé. La plupart de ses directives me parviennent par appel téléphonique sur la ligne du bureau ou par e-mail. À croire qu'en réalité il n'est jamais là !

N'empêche, songé-je encore, *ce comportement n'en attise que plus ma curiosité.*

Approcher le légendaire dirigeant multimilliardaire à même pas trente ans, ça n'est pas rien, comme me l'a fait remarquer cette journaliste fébrile que j'étais allée voir pendant que Jake s'entretenait avec son patron. La fille semblait extatique, des étincelles dans les yeux, et n'a cessé de me poser des questions sur mon chef : est-il un amateur de café ? Comment est-il en privé ? Est-il en couple ? Comme si je le savais, moi ! Je ne le vois presque pas… J'avais balbutié quelques réponses avant que la fille me repousse (et m'oublie tout aussi vite) à l'arrivée de celui qu'elle attendait, objet de tous ses espoirs, sans doute… Monsieur Ryan Carter, l'homme raffiné et charismatique le plus inaccessible du monde…

Comme s'il avait entendu ma réflexion, Jake hoche la tête, semblant en accord avec mes pensées. Cet homme est véritablement étrange, songé-je en observant distraitement sa nuque. Réservé, presque froid, et pourtant… je devine une âme profonde soigneusement dissimulée derrière cette attitude ultra-pro…

Quelques instants plus tard, il tourne et entre dans une vaste propriété – je reconnais le parc réputé du Guggenheim Museum – et je me redresse pour scruter l'extérieur.

– Nous y voici, déclare-t-il en éteignant le moteur. Je vous ouvre.

Trois battements de cœur, puis la portière qui m'invite à quitter le nid confortable qu'offrent les assises de la limousine. Je pose le pied dehors, le regard rivé à la façade illuminée d'où je perçois le bruit d'une foule animée.

– Tout ira bien, me rassure Jake. Et si vous n'êtes pas à l'aise, je ne suis pas loin. Tenez, fait-il encore en fouillant la poche intérieure de sa veste, ma carte avec mon numéro. Au cas où vous voudriez rentrer plus tôt…

Ah ? l'armure que porte monsieur Jake Stewart se fissurerait-elle ?

– Merci, je réponds chaleureusement en glissant le morceau de carton dans ma pochette.

Jake m'invite à m'avancer d'un geste de la main. Inspirant à fond, je relève les pans de ma robe pour m'approcher des escaliers.

CHAPITRE 12

Ryan

Les invités affluent par petits groupes. Des gens influents, sensibilisés au sujet du jour, triés sur le volet. Je passe parmi eux, saluant, échangeant des poignées de main, ayant un mot pour chacun. Sous ces apparences d'affabilités, de sourires figés et de bijoux, se joue l'avenir financier du projet Water. Oh, je peux me subventionner seul, là n'est pas la question. Mais impliquer de grands noms, des multinationales et même ces politiciens régionaux permettra de faire parler de mon action – et plus on en parlera, moins ces lobbyistes hargneux auront de marge de manœuvre pour agir. Aussi est-il aujourd'hui essentiel, plus encore qu'à l'ordinaire, de séduire et de convaincre, d'affilier et d'impliquer chacune des personnes présentes ici.

– Eh ! clame une voix féminine juste derrière moi.

S'extrayant d'un groupe de jeunes oisives luxueusement vêtues, Jenny s'avance vers moi.

– Eh ! je lui réponds chaleureusement.

Ma petite sœur vient se couler contre moi et enserre mon bras avec un plaisir manifeste. Son regard croise brièvement celui des jeunes femmes alentour, un peu moqueur et triomphant.

– La rivalité féminine, m'exclamé-je, amusé.

– C'est la loi de la jungle, réplique-t-elle, tout autant amusée.

D'un geste, elle repousse en arrière ses cheveux roux et lève ses yeux vers moi. Petite, menue et encore jeune, Jenny a hérité de son père une chevelure flamboyante quand moi je possède les yeux de notre mère. Elle et moi sommes aussi soudés que les épreuves de la vie nous ont obligés à l'être ; et plus que tout, elle seule me connaît réellement. D'un mouvement ample du bras, elle désigne l'assemblée qui discute en petits groupes endimanchés.

– Satisfait ? Tu crois que ce gala portera ses fruits ? À la hauteur de tes espérances, je veux dire.

– Ça ne fait aucun doute, déclaré-je en englobant la salle à mon tour.

J'ai un rapide regard pour ma montre, et je me tourne vers ma petite sœur.

– Tu m'excuseras, j'ai quelqu'un à accueillir.

Un sourire mutin passe sur son beau visage et elle se dresse sur la pointe des pieds pour furtivement poser ses lèvres sur ma joue.

– Pour faire rager toutes ces envieuses qui nous dévorent des yeux, susurre-t-elle en gloussant.

Déjà, elle s'éloigne d'un pas royal pour se mêler à une conversation. Moi, je slalome entre les groupes, adressant quelques gestes de salutation rapide, m'approchant de l'entrée.

Elle ne va plus tarder. Aussi je rejoins le parvis et scrute le parc illuminé pour l'occasion avec attention. J'identifie la limousine et trouve plus vite encore la silhouette de June Brown, dans la robe écarlate que je lui ai offerte. Une robe… qu'elle porte divinement bien et qui sublime sa personnalité au possible. Elle est magnifique ! Et cette vision allume une étincelle inattendue au fond de mon être. Une étincelle… de curiosité et de désir mêlés.

– Qui êtes-vous, mademoiselle Brown ? murmuré-je en m'avançant vers elle. Qui es-tu, June ?

La jeune femme s'arrête au bas des marches et jette un regard un peu perdu alentour. Ses yeux remontent vers le bâtiment et me trouvent. Je réprime un petit sourire à voir son air surpris, quand pour ma part, un trouble profond m'habite.

Elle ne me laisse pas indifférent.

– Mademoiselle Brown, la salué-je en arrivant à sa hauteur. Cette robe était faite pour vous. Vous êtes splendide.

Le compliment rosit ses joues mais son regard ne se dérobe pas, et j'apprécie cela.

– Merci. Elle est… divine. Je prendrai soin de ne pas l'abîmer avant de la rendre.

La rendre ?

– Cette robe est à vous, expliqué-je avec sérieux. Je l'ai fait confectionner à vos mesures.

Un petit « oh » s'échappe de ses lèvres. Et avant qu'elle puisse ajouter quoi que ce soit ou s'indigner que mon regard ait été aussi perçant, je tends le bras et lui propose de le saisir.

Intimidée mais vaillante, June l'attrape et nous remontons les marches vers le musée. Qu'elle entre ainsi à mon bras fera jaser et j'ai conscience des regards que cela lui attirera, néanmoins j'ai le souci de l'initier à ce monde fermé et guindé qu'elle s'apprête à découvrir, et ce dans les meilleures conditions. À peine sommes-nous entrés que Jenny m'aperçoit et me rejoint de nouveau. Virevoltant tel un feu follet, ma sœur s'empare de mon autre bras et se penche sur le côté pour dévisager June.

– *Oh*, s'exclame-t-elle. Tu nous présentes ?

June, elle, semble s'être raidie et scrute ma sœur avec attention.

– June Brown, mon assistante. Jenny, ma petite sœur adorée.

L'une et l'autre écartent les yeux de surprise, mais avant qu'aucune ne puisse rebondir, mon nom retentit à notre droite.

– Ryan, mon ami…

J'aperçois le directeur du Guggenheim, Will Landson, un ami de longue date toujours prêt à soutenir mes causes humanitaires, s'approcher et se joindre à nous. Petit, portant beau sa soixantaine, il affiche un sourire rayonnant qui me réchauffe le cœur.

– Mademoiselle Brown, déclaré-je, je vous présente notre hôte. Monsieur Landson, voici mon assistante. C'est à elle que nous devons ce buffet simplement parfait.

– Un régal, mademoiselle, la complimente le conservateur en s'inclinant légèrement.

– Vous avez cuisiné ça ? s'étonne Jenny.

June lui décerne un sourire indulgent, après avoir salué Landson d'un signe de tête – et j'apprécie à sa juste valeur la grâce du geste.

– Choisi uniquement, rectifie-t-elle. Les exigences professionnelles de votre frère ne m'ont hélas pas laissé le temps de m'activer aux fourneaux.

– Mademoiselle Brown est une *amatrice des bonnes choses*, expliqué-je, et je la vois poser un regard surpris sur moi.

Eh non, je n'ai pas oublié vos paroles, June…

– Quant à Jenny, continué-je tout sourire, elle rêve de monter son propre restaurant, mais elle ne semble pas pressée et…

– Ce genre de chose demande du temps, Ry, réplique Jenny, contrariée.

Je presse son bras avec douceur. J'adore ma sœur, mais parfois il faut la pousser un peu pour qu'elle se décide à agir comme elle le devrait…

– Ryan, reprend Landson, le discours…

Il me désigne la petite estrade d'un geste explicite. J'acquiesce, avant de me tourner vers les deux jeunes femmes.

– Si vous voulez bien m'excuser…

Les abandonnant ensemble, je place mes pas dans ceux du vieil homme pour faire face à mes convives.

***

Plus d'une heure de discours, de présentation détaillée du projet et d'appel aux dons plus tard, j'arrive enfin à m'isoler un instant. Mon smartphone a plusieurs fois vibré dans la poche de ma veste et je souhaite prendre connaissance des messages reçus. Je quitte l'atmosphère joyeuse du musée, où une vente aux enchères débute afin de récolter davantage de fonds, et sors sur le parvis.

La nuit s'est installée depuis un moment déjà, et l'air frais me rafraîchit les idées. La plupart des e-mails concernent le travail, rien d'extraordinaire en soi. Mais l'un d'eux attire mon attention : envoyé par la chargée des relations internationales de mon entreprise, il me redirige vers un lien. Ce dernier m'invite à découvrir l'interview à paraître que j'ai donnée la veille. J'en parcours le papier, de plus en plus agacé au fur et à mesure de ma lecture.

> Le séduisant P.-D.G. Ryan Carter, fondateur et dirigeant de la multinationale Carter Corporation, est l'un des hommes les plus mystérieux et prisés de New York. Nous avons eu l'opportunité de nous entretenir avec lui et partageons quelques révélations avec notre lectorat.

Du propre aveu d'une source proche du fringant dirigeant, nous sommes en mesure de vous révéler que le séduisant Ryan est accro au café et, écrasé de responsabilités et de solitude, noie sa peine en s'enfermant dans son bureau où il effectue un travail acharné pour s'empêcher de penser à la triste condition qui est la sienne. Souhaitons que le pauvre homme trouve… une âme charitable qui saura le consoler…

Je fulmine.

– Mais putain !

Retour à l'e-mail d'origine, et appel immédiat à ma chargée de relation.

– Faites changer cela immédiatement ! ordonné-je.

– Impossible, me répond-elle. J'ai déjà contacté le rédacteur en chef, les journaux sont sous presse, c'est trop tard.

Je raccroche, au comble de l'agacement. J'en aurais presque oublié le gala.

Du calme. La solution viendra. Du calme.

Machinalement, je porte de nouveau mon regard sur l'écran. Un nouveau message vient d'arriver. Un message… qui, en des termes peu soignés, me recommande de ramasser mes pions et d'accepter ma défaite avant qu'il ne soit trop tard.

Je relève les yeux de l'écran, pensif. Toute ma rage s'est envolée, pour ne laisser que concentration et réflexion. Je ne suis finalement pas surpris. Ce message, je l'attendais, en quelque sorte – par d'autres voies et formulé autrement, mais je l'attendais. Qu'il me parvienne justement pendant le gala et alors que cet article est prêt à sortir n'est pas anodin.

Très bien.

Je transfère le SMS et l'e-mail de l'article à Stewart. Il saura ce qu'il doit en faire. Je m'apprête à retourner parmi mes invités, quand un éclair rouge passe non loin de moi et s'engouffre dans les escaliers.

– June ?

J'ai murmuré son prénom et, bien sûr, elle ne m'a pas entendu. Je m'élance à sa suite.

CHAPITRE 13

Ryan

– Mademoiselle Brown !

June s'immobilise aux trois quarts de l'escalier et se tourne vers moi. Dans le mouvement, le jupon de sa robe se soulève un peu avant de retomber, et je capture cet instant.

Tout à la fois fragile et déterminée…

– Monsieur Carter ?

Je descends les marches jusqu'à la rejoindre, notant les bras pressés autour de sa taille, son air buté, sa pochette à la main.

Elle part…

– Où allez-vous ?

June lève un peu le menton et soutient le feu de mon regard sans faiblir.

– Je rentre.

– Maintenant ?

– Oui, maintenant ! réplique-t-elle, agacée. Il est vingt-deux heures passées, ma journée a été longue et celle de demain le sera aussi.

Je secoue la tête. Cela n'a pas de sens. Que lui arrive-t-il ? Depuis qu'elle travaille à mes côtés, elle a toujours fait preuve de discernement et d'une aptitude certaine pour appréhender les dossiers et les situations.

Sauf envers cette journaliste…

– Vous ne pouvez pas partir maintenant, rétorqué-je sèchement.

June me dévisage brièvement et je discerne une lueur d'incrédulité au fond de ses yeux. Une employée lambda s'inclinerait, bafouillerait des excuses et ferait demi-tour. June… June est différente – et c'est ce que j'apprécie chez elle, ce qui m'a poussé à la vouloir auprès de moi. Je le lis dans son regard, et je pourrais presque anticiper les mots qu'elle s'apprête à prononcer. Cependant, en cet instant, je voudrais qu'elle comprenne l'importance de cette soirée et de sa présence en ces lieux. Manifestement, elle ne l'a pas pleinement appréhendé. Et cela m'agace.

– Ah non ? Ma journée de travail est terminée depuis longtemps, monsieur Carter, reprend-elle. Et il me semble que…

– Il me semble que vous travaillez pour moi et que ceci, répliqué-je en désignant le musée de la main, fait partie intégrante de votre job !

Ne voit-elle donc pas ce qui se passe ? Les échanges, les alliances, les discours et les transactions qui se trament, se nouent et se révèlent ? Ne saisit-elle pas qu'à s'écarter de tout cela, elle se ferme des portes : à des marchés potentiels, des contrats exclusifs, des ventes et des partenariats profitables ?

Me serais-je trompé sur elle ?

Non. Je me refuse à y croire. Cependant le doute et la crainte de la voir échouer me traversent et je suis soudain pris par la rage. Celle-ci est due en partie à l'attitude de June, je le sais… mais aussi et surtout à l'e-mail sur l'article que je viens de recevoir… et à ce sentiment pernicieux qui revient m'habiter rien qu'à la regarder, également… rien qu'à la sentir à proximité…

Un sentiment mêlé de désir et de perplexité, d'envie et d'exaspération. Qui est-elle donc pour m'émouvoir si profondément ? Qui est-elle pour m'amener à ressentir tout cela ?

June frémit mais ne cède pas. Et malgré le mélange de colère et de désir qui bouillonne à présent en moi, je l'admire. Seul le regret de ne pas la voir à la hauteur de l'événement entache ma perception d'elle – ça, et le fait qu'elle n'ait pas anticipé les réactions de cette journaliste en lui parlant à tort et à travers…

– Je vous prierais de faire votre travail, et de manière correcte, cette fois-ci ! insisté-je en rivant mon regard à elle.

– Cette fois-ci ? répète-t-elle tout bas après un court silence.

– Oui. Travailler pour moi requiert des compétences hors normes, mademoiselle. Je ne veux pas du correct mais du perfectionnisme constamment.

Or, débiter des idioties à une journaliste en mal de sensations fortes n'en fait pas partie !

June pâlit, et son regard fouille le mien un bref instant. Moi, j'inspire longuement, histoire de retrouver le contrôle. *Bon sang, elle me fait perdre la tête !*

– La journaliste ? finit-elle par répéter. Mais…

– Vous m'avez fait paraître faible, avec vos élucubrations !

– Mais je ne lui ai rien dit ! se défend-elle.

Elle a décroisé les bras et me fait face, dans une attitude déterminée. Et cela, plus que le reste, ébranle mes convictions. A-t-on réellement une discussion de patron à salariée, là, tout de suite ? Tout cela m'a plutôt l'air d'une dispute entre… entre intimes, oui… et j'en suis profondément déstabilisé.

Qui est-elle à mes yeux ?

– Vous auriez dû…

– J'aurais dû lui dire quoi ? réplique-t-elle, et ses yeux ne me quittent pas un instant. J'ignorais où nous allions, qui elle était : vous m'avez envoyée face à elle sans me prévenir et…

Cette jeune femme au regard flamboyant, au caractère solide, parfois maladroite dans ses réactions, mais déterminée dans son attitude… Cette jeune femme aux courbes attirantes, affolantes, cette silhouette sublimée par cette robe éclatante… qui est-elle à mes yeux ? Une employée ?

– Vous saviez…

– Non ! Vous ne m'avez pas préparée à ça ! me coupe-t-elle, sa voix s'envolant légèrement dans les aigus.

Étrangement, la voir dans cet état me touche profondément.

Qui êtes-vous réellement, June ? Que représentez-vous ? Une assistante pleine de potentiel ? Ou une jeune femme réellement troublante ?

– Vous m'avez placée à ce poste et m'avez confié des tâches et des dossiers. Mais vous ne m'avez rien expliqué et vous m'avez systématiquement laissée me débrouiller seule, sans m'encadrer ! Vous n'êtes jamais présent à mes côtés et…

– Assurer seule vos fonctions fait aussi partie de votre travail, mademoiselle, l'interrompé-je en tentant de maîtriser mes pensées.

Confuses, elles prennent pour l'immédiat des directions qui me perturbent profondément. Et le corps de June, vibrant si près du mien, n'arrange en rien mon état d'esprit. Au cours de sa tirade passionnée, elle a fait un pas en avant et s'est tendue vers moi. Une étincelle brille au fond de son regard. Une étincelle… que je brûle d'attiser un peu plus. Elle est belle dans son emportement, et je ne retiens de sa diatribe que son sentiment de solitude face au poste qu'elle occupe.

Que sait-elle de l'isolement des grands de ce monde ? De ces heures passées enfermé dans un bureau, isolé, solitaire, à méditer l'avenir de centaines d'employés face à la ville qui bruit de son animation ? Que sait-elle de ces décisions à prendre, en conscience avec soi-même uniquement, de cette charge à supporter, sans personne pour vous conseiller ? De ces défis constants à relever ?

Elle me reproche sa solitude alors qu'elle n'en a même pas effleuré le centième.

Je plonge au fond de ses yeux, cherche à lire en elle, au fond d'elle. Un sentiment d'urgence me traverse. Une envie de proximité. Peut-être, comme elle s'apprêtait à le faire, l'envie de m'en aller furtivement, de laisser tomber le masque des obligations et des futilités, et accepter de suivre mes désirs et mes envies. En quelques mots : me délester de ce carcan d'obligations à supporter.

Comme elle... avec elle...

– Je ne suis pas assez présent, selon vous ? lui demandé-je tout bas.

June acquiesce, en sondant mon regard avec intensité.

– Pas assez proche de mon assistante pour la former dans son métier, c'est cela ?

Elle ne répond rien, ne bouge pas. On dirait même qu'elle retient sa respiration. J'accroche un moment mes yeux à ses lèvres entrouvertes en ressentant soudain le désir furieux de les clore d'une manière… ou d'une autre… et m'avance de deux pas jusqu'à elle – jusqu'à ce que mon torse ne soit qu'à un millimètre de sa poitrine.

L'effluve de son parfum fruité me parvient et m'enivre. Nos corps, nos visages sont tout près l'un de l'autre – presque à se toucher. Et une tension monstrueuse s'installe entre nous. Il suffirait d'un seul mouvement pour que tout bascule.

J'avance la main, écarte une mèche de cheveux échappée de son chignon, frôle la peau de son cou dans le même mouvement.

June…

Mes yeux s'arriment aux siens et ne les lâchent plus. Je peux y lire tout ce qu'elle ressent en cet instant : émoi, surprise, angoisse, espoir et excitation – l'exact reflet de mes tourments intérieurs.

– Et maintenant, June, murmuré-je, la voix rauque. Suis-je assez proche de vous ?

LIVRE II
Conquérir

CHAPITRE 14

Ryan

Le bruit de la foule glisse autour de nous et effleure nos deux corps sans nous atteindre. La nuit nous environne et dans cette obscurité percée de lueurs urbaines, sa robe se détache tel un phare dans la tempête, attirant les regards – mon regard.

Sa proximité m'affole à plus d'un titre, et je me retiens de passer de nouveau ma main dans ses cheveux ou d'approcher plus encore pour sentir la douceur de sa peau sous mes doigts, la saveur de ses lèvres sur les miennes…

J'ai envie d'elle.

Follement, de manière irraisonnée, et presque incontrôlable, le sentiment m'envahit et les battements de mon cœur s'accélèrent. June me contemple, ses yeux fouillant les miens, curieux, interrogateurs et remplis de quelque chose d'autre aussi. Comme une sorte d'attente ou d'espoir, peut-être…

– Suis-je assez proche, à présent ? murmuré-je encore, à voix très basse.

June tressaille, et son regard s'attarde sur mon visage avant de revenir s'ancrer dans le mien.

– Ou peut-être voudriez-vous que je m'approche plus encore ? insisté-je, la voix rauque.

Son silence me rend fou, son trouble attise le mien, et je sens que le peu de self-control qu'il me reste va bientôt s'évaporer, si…

Je m'oblige à m'arracher au piège de ce regard, pour tomber dans celui tendu par son corps. Nous sommes presque à nous toucher, à respirer le même air ; et une bouffée de désir supplémentaire me prend à la ressentir si près, là, comme ça, presque démunie – offerte.

– Peut-être… comme ça ? persisté-je, comme elle ne répond toujours rien.

Je rapproche mon torse… Nos poitrines se frôlent au rythme de nos respirations.

Une lueur d'affolement traverse furtivement ses iris, mais elle ne recule pas, et elle ne cherche plus à s'échapper. Au contraire, elle me fait face avec aplomb, sans me céder ou m'aguicher. Seul son regard me parle…

– Ou encore… continué-je en ramenant lentement la main jusqu'à elle, comme ça ?

Je dépose ma paume sur sa joue, tentant de museler l'éclair de désir qui me frappe lorsque j'en effleure le velouté. Et très lentement, j'amène mon index sur sa lèvre. Je joue avec l'interdit, je m'apprête à dépasser une limite, j'en ai conscience… Mais en même temps… c'est plus fort que moi. Face à elle, comme ça, si près… c'est presque de la torture !

Lentement, la pulpe de mon doigt se pose sur sa lèvre, en caresse le carmin, tandis que je rêve de remplacer mon index par ma bouche et de prendre possession de cette moue adorable.

June me contemple encore un instant, toujours silencieuse.

– Est-ce cela que vous voulez ? demandé-je encore tout bas, et mon doigt passe et repasse sur sa bouche charnue.

– Je… Monsieur Carter… articule-t-elle enfin.

Il y a comme une supplique dans sa voix, un appel à je ne sais quoi… Une demande informulée, mais qui m'atteint direct au cœur et me vrille le ventre.

J'ai envie d'elle.

Même constat effarant, même sentiment de dépassement total qu'il y a quelques semaines… Et cette fois, j'avais cédé à la pulsion.

Dois-je y céder une nouvelle fois ?

Non – garder le contrôle de mes actes et de mes émotions, à tout prix.

Oui – rien qu'une fois encore, ne plus chercher constamment à me contrôler.

Les deux possibilités se mélangent et s'imbriquent, menaçant de me porter au supplice… quand June, en définitive, prend la décision pour moi – pour nous. Ses lèvres effleurent mon doigt en une ébauche de baiser et elle recule d'un pas – un seul, un tout petit pas… mais qui me fait l'effet d'une douche glacée.

– Je vais y aller, articule-t-elle si doucement que je l'entends à peine.

Moi, je reprends en une fraction de seconde la maîtrise de moi-même ; et j'abaisse la main. Une pointe de regret me transperce à ne plus sentir la fraîcheur de sa peau sous mes doigts – comme un manque soudain et incompréhensible.

– Bonne nuit, mademoiselle Brown, la salué-je en reculant à mon tour.

La belle fait volte-face et je reste les yeux rivés au décolleté plongeant de son dos, à la cambrure de ses reins sublimée par sa robe vermeille.

L'aiguillon du désir me tient, incisif et puissant ; mais désormais je le contrôle fermement. Lorsqu'elle s'engouffre dans un taxi et disparaît de ma vue, je quitte l'escalier et retourne me mêler à la foule de mes invités.

CHAPITRE 15

Ryan

L'ambiance étouffante me saisit sur-le-champ et j'ai un infime mouvement de recul en réintégrant le musée. Les rires, les paroles, le monde, les lumières… Après cet instant d'intimité volé à June, c'est troublant.

Heureusement, je reprends vite mes esprits, pour endosser de nouveau le rôle du businessman, le seul que tous ici connaissent. Je me mêle aux groupes avec aisance et me joins aux conversations, mais plus d'une fois mon regard va se perdre au-dehors… dans le sillage d'une certaine robe écarlate, en réalité…

– Ry !

Je détourne le regard, pour voir apparaître Jenny, deux verres à la main. Souriante, elle m'en tend un et trempe ses lèvres dans le sien. Je l'imite, pensif. Le goût subtil et entêtant de l'alcool m'enveloppe immédiatement et avec une brutalité qui me surprend, j'en compare la saveur aux lèvres de June…

Ressaisis-toi.

– Ton *assistante* n'est plus là ? commente fort à propos ma sœur.

Je secoue la tête, les yeux perdus.

– J'espère que son travail auprès de toi est meilleur que ses choix culinaires, continue Jenny en haussant une épaule. Ce cocktail…

– Ce cocktail est excellent, la coupé-je, l'esprit un peu ailleurs. Son travail est excellent.

Jenny me considère, sourcils froncés, et sa bouche se tord en une moue dépréciatrice. Elle inspire pour répliquer, quand une masse humaine s'approche de nous d'un coup.

– Monsieur Carter !

Nos deux regards pivotent conjointement vers un homme affable d'une bonne trentaine d'années et qui me tend une main avec chaleur.

– Monsieur Carter, reprend-il, c'est un honneur.

Je m'empare de sa main le temps d'un salut énergique.

– J'ai écouté attentivement votre discours, poursuit-il en se rapprochant, et c'était très instructif.

À mes côtés, Jenny lève les yeux au ciel et s'écarte avec nonchalance. L'arrivant s'interrompt un instant pour l'observer se perdre dans la foule.

– Mais je vous importune peut-être, fait-il mine d'hésiter, fin diplomate.

– Du tout, je réponds avec un sourire encourageant. Monsieur…

Le sourire de mon interlocuteur se fige un bref instant. Puis, plaçant d'autorité sa main dans mon dos, il reprend :

– Mon nom n'a aucune espèce d'importance. L'homme de la soirée, c'est *vous*, monsieur Carter.

Son bras m'entraîne dans une marche lente mais autoritaire. Il se penche quelque peu, et ses yeux sombres me dévisagent brièvement.

– Vous occupez une situation exceptionnelle, vous le savez, continue-t-il, un sourire en coin. Jeune, séduisant, milliardaire, à la tête d'une entreprise florissante…

Son regard s'égare durant quelques secondes dans la foule qui nous environne avant de revenir à moi.

– Vous êtes parti de rien et monté vite. *Très vite*, insiste-t-il, et quelque chose dans le ton de sa voix m'alerte.

Un simple oisif en mal de sensations fortes ? Non, il n'en a pas le profil. Un investisseur ? Sans doute, il en a l'allure et le discours. Mais son attitude est déconcertante. Elle m'interpelle, et un doute me saisit.

– Rappelez-moi le nom de votre entreprise ? questionné-je.

L'homme me décerne de nouveau un sourire énigmatique.

– Son nom ne vous dirait rien, je le crains. Nous sommes loin d'atteindre les sommets où vous culminez, monsieur Carter.

– Vous pourriez être surpris, rétorqué-je, bien décidé à en savoir plus sur lui et sur ses motivations.

– Croyez-moi. Un homme de votre envergure, qui a la vie devant lui pour réaliser des projets tous plus bénéfiques les uns que les autres… qu'avez-vous à faire d'un nom ou d'un autre ?

– Mes projets vous intéressent… jusqu'à quel point ? lancé-je, presque narquois.

– À très haut point, monsieur Carter… vous n'imaginez pas à quel point j'y suis attentif.

– Encore une fois : vous pourriez être surpris.

L'homme s'immobilise et pivote pour me faire face.

– Vous êtes un homme surprenant, cela va sans dire, me rétorque-t-il placidement. On n'accède pas aux fonctions que vous occupez en étant prévisible et sans ambition. C'est pourquoi vous écouterez attentivement ce que je vais vous dire.

Sa voix a perdu sa chaleur sur ses derniers mots. J'étudie attentivement son visage : banal, sans grande particularité. Je le grave pourtant dans ma mémoire, même si je me doute que c'est inutile : *ils* n'enverront pas deux fois la même personne m'approcher ; et je ne reverrai plus jamais cet homme. Mais qui sait ? peut-être que Stewart pourra tirer quelque chose de sa description.

– Vous avez toute mon attention, déclaré-je.

– Excellent, me répond-il, mais je le perçois quelque peu déstabilisé.

Excellent, justement. Il se trahira peut-être.

– Vous êtes brillant, monsieur Carter, et votre avenir s'annonce prometteur, pour vous comme pour votre firme. Faites attention, tout de même, à ne pas brûler les étapes. À trop investir partout à la fois, à trop négliger certains alliés, vous risqueriez d'être perdant à un moment donné… Écoutez mon conseil et recentrez vos activités sur vos investissements *essentiels*…

Son sourire cette fois est plus franc, mais également plus inquiétant. J'ai saisi ce dont il retourne. Et en soi, ça n'a rien de surprenant. Voire, c'était amplement prévisible.

– Et selon vous, quels investissements parmi ceux qui m'occupent vous semblent *essentiels* ?

– Ça n'est pas à moi d'en juger, réplique-t-il sans se départir de sa superbe. Mais pensez-y. Il serait regrettable que vous chutiez malencontreusement au cours de votre ascension. Un homme si jeune, à l'avenir si prometteur…

Mon interlocuteur recule d'un pas et me tend la main. Je m'en saisis brièvement, sans quitter son regard froid.

– Bonne soirée, monsieur Carter, me salue-t-il, avant de reculer et de se fondre dans la foule.

J'observe trois secondes son dos disparaître parmi les convives, puis je tourne la tête. À quelques dizaines de pas, près de l'entrée, Jake Stewart m'observe sans me quitter des yeux. Je hoche brièvement la tête à son intention, et il s'éclipse parmi la foule à son tour.

Pour ma part, je me détourne pour embrasser la salle du regard. Mon esprit additionne les faits et décortique les propos de ce mystérieux interlocuteur. Cette conversation s'inscrit dans la suite logique des messages que j'ai reçus, et je l'avais prévue – ou du moins, raisonnablement supposée.

J'avance dans la foule que j'ai réunie ici justement en vue de faire avancer mon projet. Car c'est du dossier Water dont il est question, aucun doute là-dessus. Aucune autre de mes actions n'a subi autant de contretemps, de soucis et autres interférences en apparence hasardeuses… la présence de cet homme ce soir n'est cependant due à aucun hasard.

Je m'attarde à détailler mes invités. D'autres sont-ils impliqués ? Que cachent ces sourires, ces tenues de soirée et ces carnets de chèque en main ?

Jenny accroche brièvement mon regard, et son sourire me réchauffe le cœur. Elle se trouve à côté du buffet.

June.

L'image de ma jeune assistante dévalant les marches dans un éclair rouge me revient de plein fouet et m'étreint douloureusement la poitrine. Je regrette un instant de ne pas être resté sur ces marches auprès d'elle. J'aurais pu me faire insistant, conserver ma main sur sa joue, glisser l'autre au creux de ses reins, l'attirer encore plus à moi… et oublier toute retenue comme j'en avais furieusement envie, suivre mon désir pour elle… Elle ne m'aurait pas repoussé, je le sais… Mais qui sait où cela nous aurait menés ? Autant dans les affaires je peux prédire les issues, autant avec elle j'avance sans savoir où elle m'entraîne.

Pour autant, ce n'est pas déplaisant, tant s'en faut…

– Monsieur.

Jake s'est coulé jusqu'à moi et s'arrête à mes côtés. Je referme l'ensemble de mes pensées à propos de June pour me focaliser sur l'instant présent.

– Alors ? questionné-je.

– Il a quitté le gala et est reparti en voiture. Mes hommes l'ont pris en filature, et je vais lancer une recherche d'après son visage.

– Vous savez comme moi que cela ne donnera rien, contré-je à voix basse.

Ceux qui l'ont envoyé sont trop prudents pour risquer de se compromettre aussi facilement.

– Possible, rétorque Jake placidement. Mais c'est à tenter…

L'espace d'un instant, il scrute les invités, puis questionne à voix basse :

– Que vous a-t-il dit exactement ?

Je hausse un sourcil.

– Vous l'avez entendu, répliqué-je en désignant d'un geste rapide le revers de ma veste – là où, plus tôt dans la soirée, il a insisté pour y accrocher un petit micro.

– Tout n'était pas clair avec le bruit de fond… mais je pense avoir saisi l'essentiel.

Nouveau silence, de part et d'autre.

– Si je peux me permettre, votre sécurité…

– Vous ne pouvez pas vous permettre, coupé-je, intraitable.

Je sais pertinemment ce qu'il dira, et ma réponse sera la même que les fois précédentes. Tout changement dans mon comportement serait interprété comme un signe de faiblesse par mes adversaires. Hors de question de leur donner cette satisfaction ou de leur laisser croire qu'ils ont pris l'ascendant sur moi. Jake incline la tête, mais je perçois aisément sa contrariété. Peu m'importe. Ce ne sont pas quelques lobbyistes aux idées étroites qui m'empêcheront de mener l'assainissement à bien dans cette région congolaise !

– Je compte sur vos compétences en la matière, ajouté-je pour mon chauffeur et garde du corps.

– Je ferai au mieux, répond-il. Si vous m'excusez, je dois y aller.

– Faites.

Stewart se mêle à la foule, oreillette en place. Pour ma part, je me laisse happer par un groupe d'invités qui commentent la vente aux enchères qui s'achève, en écartant ces pensées alambiquées. Ce n'est qu'une fois de retour dans mon véhicule, sur le trajet qui me ramène chez moi, que je réalise que si Stewart a entendu ma conversation avec l'inconnu, il a sans aucun doute écouté aussi celle que j'ai eue avec June.

CHAPITRE 16

June

– Attends, redis-moi ça ! Il a quoi ?

Je dissimule un petit sourire amusé. Lisa s'est penchée vers moi, les yeux écarquillés.

– Il t'a caressé les lèvres ? répète-t-elle tout bas, incrédule.

J'acquiesce, le rouge aux joues. Il me semble que la Terre entière a entendu sa phrase. Bon, d'accord, peut-être pas la Terre entière, mais au moins tous les clients du restaurant où nous déjeunons.

– Tu m'as très bien entendue, répliqué-je. Pas la peine de hurler.

Lisa se recule dans son siège tandis que je baisse la tête vers mes spaghettis carbonara – une des spécialités éminemment réputées de *Chez Felipe*, où nous avons nos habitudes. Je n'ai pas vraiment d'appétit. En cause, ce geste déplacé de mon patron, la veille au soir – déplacé, mais délicieux. À faire chavirer la plus prude des jeunes filles.

La façon dont il m'a regardée. Son regard quand il s'est approché. Et son attitude, virile, presque possessive, quand sa main s'est posée sur ma joue et que son doigt a ébauché cette caresse… c'est simple : j'en ai totalement oublié mes interrogations à son sujet. Ce toucher pratiquement indécent m'a retourné les sens de la plus agréable des manières !

– Oh ! June ! T'es avec moi ?

Le claquement de doigts de mon amie juste sous mon nez me fait sursauter, et je quitte brutalement ma bulle de souvenirs.

– Je… Quoi ?

– OK, t'étais encore dans tes rêves.

Je hausse les épaules, un peu contrite.

– Désolée, Lisa. Mais tu vois, ça m'a un peu retournée, tout ça. Je veux dire…

– Tu m'étonnes ! coupe mon amie. Quand je pense qu'il t'a caressé les lèvres ! Le big boss en personne !

– *Moins fort !* lui intimé-je.

Lisa glousse et me contemple. Pour ma part, je jette de furtifs regards alentour. Sans doute que je vire parano, mais j'imagine très bien un informateur laissant traîner ses oreilles parmi la masse informe des salariés de l'entreprise et faire, le soir venu, son petit rapport au grand patron. Version incognito, lunettes de soleil et imperméable gris se faufilant jusque dans le bureau du dernier étage pour murmurer son compte rendu d'une voix étouffée à Ryan Carter… et lui, haussant un sourcil, son éternel fin sourire aux lèvres, répondant : « Merci, inspecteur, j'en prends bonne note. »

N'importe quoi !

N'importe quoi, effectivement. Pour autant, je n'ai pas spécialement envie que cela s'ébruite.

– Tu vas faire quoi ? me demande-t-elle d'un coup.

Je reviens vivement à la réalité. *Faire quoi ?* Cette question, je me la suis posée toute la nuit. Jouer la fille scandalisée et démissionner ? Aller le confronter directement et exiger des excuses ou des explications ? Passer outre ? Aucune de ces possibilités ne semble convenir. À moins que… Et si je débarquais dans son bureau, pour achever ce qui s'annonçait, tout simplement ?

M'approcher, lever la main jusqu'à son visage, frôler sa peau, en sentir le grain sous mes doigts, dériver à la pulpe de ses lèvres, glisser vers son menton, son cou ; puis ancrer mes doigts dans sa nuque avant de l'attirer à moi. Avant de l'enlacer. Avant de l'embrasser. Avant de…

– Je ne sais pas, murmuré-je, troublée.

Pour moi, qui au fond souhaitais en apprendre plus sur Ryan, on peut dire que ce moment très… personnel… apporte de l'eau au moulin de mes réflexions. Est-ce un coureur de jupons ? Un séducteur qui s'amuse à déclencher des volcans dans le corps des jeunes femmes impressionnables et s'en désintéresse ensuite totalement ? Était-il sincère ? La lueur dans son regard, en tout cas… était troublante ; et je m'interroge plus encore qu'auparavant sur l'homme qui se cache sous ces costumes bien coupés…

Qui êtes-vous, monsieur Carter ? Un P.-D.G. oisif et sulfureux ? Un homme investi d'une volonté de changer le monde ? Un simple opportuniste ? Comment savoir ? Comment l'approcher, comment arriver à découvrir ce qu'il est réellement, une fois retiré la fonction du businessman…

Comment savoir si cet instant entre nous était sincère ou avait une quelconque signification ? Que cherchait-il, en me caressant de la sorte ? A-t-il songé que je pouvais en être gênée ? Que ça pourrait me contrarier ?

Je suis de mauvaise foi. En vérité, ça ne m'a pas déplu, tout ça, bien au contraire. L'intensité de l'instant. Ce corps viril si proche du mien. Cette tension, ces possibles qui se nouaient entre nous. Le mélange d'autorité et de virilité que Ryan Carter dégageait quand il est venu à moi, comme ça… quand il s'est approché si près de moi – quand sa main est venue repousser mes cheveux, comme ça, avant d'entrer en contact avec ma peau, avec mes lèvres… Je crois que s'il avait continué sa caresse, que s'il s'était penché pour m'embrasser, je ne l'aurais pas repoussé. Il l'aurait fait, je crois – je le lisais dans ses yeux –, s'il n'y avait pas eu le SMS de Lisa pour faire vibrer ma pochette et me ramener direct sur la terre ferme.

– June…

Une nouvelle fois, je réintègre brutalement la planète Terre.

– Tu l'as vu, ce matin, vous… ?

– Non, je réponds vivement. Non je ne l'ai pas vu.

Je triture mes spaghettis, pensive. Effectivement, que se passera-t-il quand je le recroiserai ? Se comportera-t-il différemment ? Ou au contraire agira-t-il comme s'il ne s'était rien passé ? Quant à moi, quelle attitude devrai-je adopter ?

– Tu vas faire quoi ? me questionne encore mon amie.

Je prends le temps de la réflexion. Et j'en conclus qu'avec un homme aussi imprévisible, je peux m'attendre à tout… ou à rien.

– Je ne sais pas. Ça dépendra de ce que lui fera.

***

Les mêmes questions ne cessent de me torturer l'esprit tandis que je regagne mon bureau. Alors que je traverse le couloir du dernier étage et que je passe devant la porte fermée du bureau du P.-D.G., un doute affreux me traverse : et s'il se montrait absolument indifférent ? Si, pris par l'ivresse des cocktails et de la soirée, il n'avait fait que s'amuser à mes dépens et s'en moquait totalement ? Je dépasse *la* porte sous l'œil indifférent de la secrétaire d'étage, toujours aussi aimable, rejoins mon espace de travail et referme sur moi, déconcertée. J'avoue, je ne sais que penser. J'ouvre ma session, et tout aussitôt, un message apparaît… un e-mail de Ryan Carter !

Oh non ! Il va me virer ! Non, il m'invite à dîner ! Non, il…

Oh mais stop le délire ! Du calme. Il ne s'est rien passé hier soir, et si on doit admettre une attitude à la limite de l'acceptable, c'est la sienne qui devrait être remise en cause… Donc… du calme.

Du calme.

Ce n'est qu'un e-mail d'un patron à son employée. Je clique sur la petite enveloppe, un peu stressée quand même.

Le message est aussi bref qu'explicite :

Mademoiselle Brown, je suis en déplacement toute la fin de journée. Veuillez annuler tous mes rendez-vous et les reporter à la semaine prochaine. Par ailleurs, merci de gérer l'événementiel autour du lancement de NewTech Levels. M. Leviels aura les informations nécessaires à ce sujet. RC

Je reste un instant à fixer les mots sur l'écran, sans trop savoir ce que je ressens. Déception ? Soulagement ? Un peu des deux sans doute. Je formule brièvement une réponse purement professionnelle et m'attelle à la tâche.

Les rendez-vous, déjà… Journalistes, constructeurs immobiliers… rien de bien compliqué.

Côté événementiel, par contre… je prends le temps de fouiner dans les dossiers informatiques avant d'adresser un e-mail à Mark Leviels. NewTech Levels, ça ne m'est pas inconnu. Je me souviens avoir vu passer le nom une fois ou deux aussi bien dans les e-mails que dans des pubs. Des petits génies de l'informatique qui vous proposent des miracles sur vos bécanes.

Le genre Colin Spencer, en somme…

Mais je n'en avais pas encore entendu parler « côté pro ». Aussi, lorsque Mark Leviels me répond, un lien vers un des serveurs internes de la boîte dans le corps du message, et que je le consulte, je suis quelque peu surprise de découvrir que la start-up est en partie subventionnée par Carter Corporation, et que le lancement de la petite entreprise figure au programme des rendez-vous du grand patron : le dossier s'y rapportant est complexe – liste d'invités à prévenir, traiteur, location d'une salle, serveurs, voituriers et j'en passe.

C'est toute une gestion et une organisation pointilleuse qui m'échoit, à mettre en place… très vite.

Je décroche mon téléphone et exécute les ordres du chef. Au moins, ça occupera ma petite tête et m'empêchera de fantasmer sur un beau regard gris magnétique !

***

Une heure trente plus tard de recherche de traiteurs et de services voituriers, vestiaires et autres, je quitte mon espace de travail pour me dégourdir les jambes. Direction la machine à café. La tranquillité de l'endroit me fait presque regretter le quarante-deuxième étage, Matt, Lisa et… Gabriel.

Petit pincement au cœur au souvenir du regard glacé de mon ancien manager. Tout est définitivement changé, à présent… Et la solitude de mon emploi et de mes responsabilités se heurte aux blagues de Matt, à nos discussions et chamailleries bon enfant, à ses boutades, à notre complicité dans le travail. Refoulant un soupir, je fais volte-face pour regagner mon bureau, la liste des imprimeurs pour les cartons d'invitation et les différents espaces envisageables pour ce type d'événement… et me fige.

Là, au milieu du couloir à l'épaisse moquette impeccable, se tient une jeune femme à la chevelure rousse. Je l'identifie immédiatement : Jenny, la sœur de Ryan Carter ! Nos regards se croisent et je vois bien qu'elle me reconnaît, me jauge – qu'elle me juge.

– Mademoiselle… Carter, la salué-je poliment.

Jenny plisse le regard et a un petit geste agacé.

– Blake, me corrige-t-elle, et ses yeux me détaillent type scanner longue portée.

Ah bon ? Elle ne porte donc pas le même nom que son frère ? Est-elle mariée ?

– Je peux vous aider ? demandé-je en avançant jusqu'à elle dans le couloir. Si vous cherchez votre frère…

– Ryan est là ? m'interrompt-elle.

Je secoue doucement la tête.

– Non. Il a dû s'absenter. Souhaitez-vous que je l'avertisse de votre présence ?

Un éclair passe au fond de ses yeux bruns – un éclair qui ne me plaît pas du tout.

– J'ai le numéro personnel de mon frère si je souhaite le joindre. Merci ! rétorque-t-elle, un brin agressive.

Je note l'insistance volontaire sur le mot « personnel », et le ton plus que cassant qu'elle a employé. Fataliste, je hausse les épaules et la dépasse de quelques pas. Elle n'a manifestement pas besoin de moi, inutile de m'attarder plus longtemps. J'ai du travail qui ne va pas se faire tout seul.

– Je sais ce que vous essayez de faire ! me lance la jeune femme d'un seul coup.

Étonnée, je m'arrête pour pivoter et la dévisager. J'aperçois ma si sympathique secrétaire d'étage qui débouche à son tour dans le couloir et s'immobilise en nous découvrant.

Magnifique, nous avons un public.

– Je vous demande pardon ? je lui réponds, incertaine d'avoir saisi le sens profond de sa remarque.

– Vous m'avez comprise. Je vois bien ce que vous cherchez. Des filles comme vous, j'en ai vu passer plusieurs, vous savez. Ça ne prend plus avec moi !

– Mais… de quoi vous parlez ?

J'ai haussé le ton. Derrière nous, la secrétaire s'est rapprochée. Elle ne perd pas une miette de la conversation, et son air de commère en manque de rumeurs m'agace au plus haut point.

– Et vous ! clamé-je en tendant le cou pour la fusiller du regard. Vous n'avez rien de mieux à faire ? Je vous apporte du pop-corn, peut-être ?

Saisie, l'intruse sursaute, comme piquée au vif, et déguerpit. Ça, c'est réglé. Je reviens à la sœur du P.-D.G. et croise les bras.

– Je ne sais pas ce que vous vous êtes imaginé, mais…

– Oh je vous en prie ! lâche-t-elle, d'une voix exaspérée. Ne jouez pas l'innocente avec moi. J'ai bien vu comment mon frère vous regarde.

Comment son frère me regarde ? Ryan Carter me regarde ? Première nouvelle ! Et ça veut dire quoi, exactement ?

– Restez à votre place, me conseille encore Jenny avant de se mettre en marche sur ses talons hauts.

Je l'observe partir, véritablement interloquée.

– Alors ça…

***

Quand, quelques heures plus tard, on frappe à la porte de mon bureau, je sursaute. Qu'est-ce que ça va être encore, cette fois-ci ?

– Oui ?

Surprise, je vois Gabriel Simons passer le pas de mon bureau. Décidément, cette journée est riche en coups de théâtre ! Mon premier réflexe est de me lever ; puis je me rappelle mon nouveau poste – et je reste assise.

– Oh, Gabriel, bonjour. Ou plutôt, bonsoir, corrigé-je en notant l'heure sur mon écran.

Si tard, déjà ? Je n'ai pas vu le temps passer.

– June…

– Assieds-toi, je t’en prie.

Mon ancien chef prend place face à moi et c’est un sentiment très étrange qui m’envahit alors : une profonde satisfaction.

– Ton bureau est agréable, note-t-il en laissant son regard courir alentour.

– Merci. Que puis-je pour toi ?

Bon, OK, c’est un coup bas, mais j’y puise un petit plaisir personnel qui allège la fin de ma journée. Lentement, Gabriel tend la main et dépose un dossier sur mon bureau – laisse tomber, plus exactement ; mais je ne relève pas le geste.

– Le rapport annuel finalisé, comme demandé.

– Oh.

Mon premier mouvement est de m’en emparer, mais je m’en empêche. Quelque chose me dit qu’il ne faut pas trop pousser Gabriel dans ses retranchements. Qu’il soit venu le déposer en personne, déjà…

– Et dans les délais demandés, ajoute-t-il justement d’un ton froid. J’espère que ton… supérieur le notera.

– C’est pris en compte, ne t’inquiète pas, je réponds avec un sourire de circonstance.

Mon ancien manager amène sa main sur sa chevalière dans un geste que je lui ai souvent vu faire. Son regard froid reste fixé sur moi, et je m’oblige à ne pas détourner le mien.

– Autre chose ? questionné-je comme le silence entre nous s'éternise.

– Non.

Clair, précis, concis. OK…

– Bon, eh bien, merci, lancé-je, je ne te retiens pas.

Un dernier échange de regards. Comme une passe d'armes silencieuse entre nous. Puis Gabriel Simons se lève et quitte mon bureau sans un mot de plus. Je me retrouve seule avec un dossier finalisé en me demandant si je n'ai pas perdu quelque chose en cours de route.

Un moment passe, sans que je me décide à consulter le document, reprendre mon boulot, ou… rentrer chez moi. Après tout, moi, ce dossier, je ne l'ai pas demandé, c'est monsieur Carter qui le réclamait.

– Bon, c'est décidé. Je lève le camp.

Ordinateur éteint, affaires dans mon sac, je m'apprête à partir quand j'avise le dossier de Gabriel. Un bref instant d'hésitation…

Oh, et puis…

… je l'embarque sous le coude, ferme la porte et traverse le couloir, direction le bureau du chef.

Grand, luxueux, épuré… à l'image de la société qu'il dirige, en somme. Si j'ai eu plusieurs fois l'occasion d'y mettre les pieds, il m'impressionne toujours autant et je ne compte pas m'attarder – juste déposer la pochette sur le desk et hop ! maison.

Sauf que voilà, il y a de la lumière qui filtre sous la porte. Je me fige. Une femme de ménage ?

À cette heure… peu probable. Elles interviennent plutôt le matin dans le building. Ce qui ne veut très certainement dire qu'une seule chose…

Il est là !

CHAPITRE 17

June

Mon regard reste rivé à cette porte fermée. À cette poignée à actionner. Je me retrouve indécise, le dossier sous le bras. Que faire ? Retourner à mon bureau et attendre demain pour le lui déposer ? Frapper ? Mais s'il me dit d'entrer… s'il recommence avec sa caresse et son regard…

S'il ne le fait pas ?

Mon esprit s'embrouille, s'emballe, s'affole. Je me surprends à souhaiter tout et son contraire. Le revoir. L'éviter. Le défier. M'éloigner. Qu'il continue. Qu'il s'arrête…

Qu'il continue, plutôt… sa caresse était bien trop affolante, bien trop enivrante. Un toucher tout à la fois doux et ferme, rempli d'autorité et de désir. Comme s'il était naturel que son doigt arpente ma bouche… comme s'il était logique et normal qu'il en prenne ainsi possession…

Quelques instants de plus, et qui sait ce qui se serait produit… ? Jusqu'où aurait-il poussé l'audace, tenté le désir ?

Jusqu'où aurais-je résisté ou laissé faire ?

Le sentiment est troublant, à la limite du répréhensible.

C'est mon boss, merde !

Un boss jeune, riche, viril à souhait, et qui m'attire autant qu'un paquet de bonbons ; c'est dire ! Vivement déconseillé, voire interdit de toucher, et pourtant on meurt d'envie de goûter !

June, tu racontes n'importe quoi !

Je secoue la tête et amorce un geste indécis. L'envie me démange d'entrer, pour tenter de saisir un peu mieux qui se cache réellement derrière la facette du P.-D.G… et plus si affinités ! Je me mords la lèvre. Je dois garder les pieds sur terre, arrêter ce délire ! Et me décider ! Je ne vais pas rester plantée là toute la nuit ! Au moment où je me décide enfin, brusquement, la porte s'ouvre et je me retrouve nez à nez avec Ryan Carter.

Oh mon Dieu !

– Mademoiselle Brown…

Je recule d'un pas, un peu surprise.

– Monsieur Carter. Je…

Que dire ? M'excuser de déranger ? Ou au contraire lui dire comment j'ai vécu la soirée d'hier ? M'en aller ?

Ses yeux gris se posent sur moi, enveloppants, intrigants… presque inquisiteurs… et une chaleur m'envahit immédiatement. Le souvenir fugace et presque palpable de son doigt sur ma bouche me revient, et je me fais violence pour ne pas bloquer dessus.

Le boulot, June. Pense au boulot !

Vivement, je tends le dossier de Gabriel à mon supérieur, qui daigne y accorder un bref regard… avant de revenir le poser sur moi. Et l'intensité avec laquelle il me dévisage me donne presque l'impression de ressentir son contact.

– Le dossier de monsieur Simons. J'ai pensé que vous le voudriez… dès à présent.

Ma voix monte un peu dans les aigus. Aïe ! En même temps, difficile de se contrôler face au personnage ! Surtout après la soirée d'hier.

Surtout avec ce regard gris insistant !

D'un geste, Ryan Carter s'empare de la pochette et recule dans son bureau pour la déposer sur le rebord du meuble. Il s'en désintéresse totalement.

– Merci, me dit-il.

Il s'immobilise face à la baie vitrée de son bureau, et je devine son regard soudain lointain dans le pâle reflet qu'il renvoie. Le geste qu'il a de desserrer légèrement sa cravate est clairement perceptible – comme s'il souhaitait relâcher un peu la pression du carcan d'obligations que lui impose son poste. Et c'est comme si, soudain, la façade du P.-D.G. parfait se morcelait quelque peu sous mes yeux. Mais l'instant est bref, et déjà il s'est repris pour me faire face.

– Je songeais à m'accorder une récompense alcoolisée après cette journée, déclare-t-il, et l'hésitation du début de sa phrase est tout juste perceptible. Vous m'accompagnez ? suggère-t-il en faisant apparaître deux verres et une bouteille d'un des meubles de son bureau.

Ses yeux s'attardent de nouveau sur moi. Longuement. Un verre… avec lui, alors qu'il me regarde comme ça, juste… comme ça…

– D'accord.

Mon envie a parlé avant ma raison, et trop tard pour reculer ! Mais en même temps, qui ne serait pas tenté ? J'entre dans la pièce, laissant la porte ouverte – une sécurité dérisoire, compte tenu de l'heure tardive.

– Je vous croyais absent pour la journée, déclaré-je.

– Je l'étais, me répond-il en servant. Je viens juste de revenir.

– À cette heure ?

– Le monde n'attend pas les dormeurs, mademoiselle Brown, déclare-t-il en me tendant un verre.

Je m'en saisis et nos deux mains se frôlent. Une vive décharge me parcourt, passe dans tout mon corps avant de terminer sa course quelque part au fond de mon ventre. Comme la veille, sa proximité me perturbe, me bouleverse… et j'ai la sensation que chacune de ces rencontres si proches, trop proches, presque, morcelle chaque fois un peu plus mon self-control. Comme s'il gagnait du terrain sur ma volonté, peu à peu.

– Merci, murmuré-je.

Je trempe mes lèvres dans le verre, tout en le contemplant discrètement. Beau, rempli d'assurance et d'une force tranquille que je lui envie. Je me focalise sur la boisson, histoire de ne pas perdre le fil de mes réflexions.

– Un Diplomatico Ambassador, constaté-je. Voilà qui serait parfait pour le lancement de NewTech Levels.

Mon supérieur m'accorde un long regard… qui me met immédiatement mal à l'aise.

– Enfin, je… le suggérerai au traiteur, bredouillé-je en fuyant ces yeux trop troublants.

– Faites, acquiesce-t-il. J'ai toute confiance en votre jugement sur le plan culinaire comme professionnel.

OH !

– Merci…

Je trempe de nouveau mes lèvres dans le rhum, ne sachant trop comment réagir à ce genre de compliments. Et ce sont sans doute les brumes de cet alcool dispendieux qui me poussent à ajouter imprudemment :

– À croire que vous m'avez embauchée principalement pour gérer l'aspect gustatif de vos soirées. Un projet de succursale gastronomique, peut-être ?

Oh My God ! J'ai dit ça à haute voix, sérieux ?

Je dois virer à l'écarlate et c'est mal à l'aise que je coule un regard vers mon chef. Lui me considère très sérieusement.

– Pas dans l'immédiat, répond-il d'une voix calme et neutre. Mais cela pourrait s'envisager… plus tard.

Il plaisante ? Ou pas ? Impossible de savoir. Je préfère me focaliser sur mon verre et laisser le silence effacer mon audace soudaine.

– Il est juste parfait, commenté-je à voix très basse. Vous avez du goût.

– Vous en doutiez ? rétorque-t-il en prenant à son tour une gorgée.

– Pas le moins du monde, je déclare avec un petit sourire. Cette robe que vous m'avez prêtée en est la preuve, et…

– Offerte. Cette robe que je vous ai offerte. Elle est à vous, je vous l'ai déjà précisé.

Je me sens rougir, et je préfère me détourner de son regard perçant pour la baie vitrée. Nouvelle gorgée d'alcool – nouvelle chaleur en moi. Je peux sentir son regard qui me caresse, et c'est tout à la fois troublant et excitant.

Je n'ai pas envie qu'il cesse…

– Vous travaillez toujours aussi tard ? questionné-je tout bas, les yeux perdus dans la ville qui s'étire en contrebas.

– Le plus souvent, oui. Planifier l'avenir pendant que ces gens vivent leur existence requiert d'y passer du temps et d'y consacrer toute sa passion.

– Sa passion ? répété-je en pivotant vers lui.

Étrange mot pour qualifier un travail.

Carter me considère puis désigne du doigt un building illuminé, loin, très loin dans la ville. Je l'identifie néanmoins.

– L'Empire State Building.

– Exact, mademoiselle Brown. Voyez-vous, quand j'ai monté mon entreprise, je me suis promis de construire un jour un building identique. Je le regarde souvent, pour ne pas oublier mes rêves.

Ah ouais…

Je me désintéresse du building renommé pour me concentrer sur le profil viril de mon chef. Passionné… effectivement, cela se sent dans sa voix, dans son attitude.

– Vos rêves sont ambitieux, noté-je à mi-voix.

– On n'atteint pas des sommets en pensant petit, me rétorque-t-il, et à la façon qu'il a de me regarder, je me sens visée personnellement par sa déclaration.

C'est l'alcool, June. Arrête de penser n'importe quoi !

Je fais tourner le liquide ambré dans mon verre et le termine d'une lampée sous son regard scrutateur.

– Je vais y aller, déclaré-je en rassemblant le peu de volonté qu'il me reste.

Si je persiste auprès de lui, comme ça, je ne sais pas si j'arriverai à maîtriser encore longtemps le mélange explosif de sentiments qu'il allume en moi. Car je dois l'admettre : je voudrais que son doigt revienne arpenter mes lèvres…

– Bonne nuit, mademoiselle Brown, me répond-il tout bas, et l'espace d'un instant, j'ai envie de croire qu'il y a une pointe de regret dans sa voix.

J'incline la tête en un salut bref et bats en retraite vers le couloir avant de céder à la pulsion qui me dit de finir de dénouer cette fichue cravate et de l'attirer à moi pour goûter à sa bouche.

Ce n'est que lorsque les portes de l'ascenseur se referment sur moi que je m'autorise à lâcher la bride à mon fantasme.

Je commence par poser mon doigt sur ma bouche, par redessiner les contours de mes lèvres. Par l'amener à glisser sur ma peau, jusque dans mon cou. Par fermer brièvement les yeux en imaginant que c'est lui qui agit ainsi. Que son regard est sur moi, brûlant. Que sa proximité m'affole, me fait perdre la raison, et toute retenue. Une fraction de seconde, je me projette dans un monde alternatif où Ryan Carter m'a suivie hors de son bureau et jusque dans l'ascenseur, pour me plaquer au mur avec autorité et force, pour s'emparer de mes lèvres dans un baiser ravageur, pour réveiller chaque parcelle de mon corps avec sa main, avec sa langue, avec son…

Ding !

Je sursaute et rouvre précipitamment les paupières. La cabine s'est immobilisée, les portes ouvertes. Le hall déserté de l'entreprise s'offre à moi – à moi seule. Ryan Carter, P.-D.G. de Carter Corporation, est resté seul dans sa tour d'ivoire, et même s'il a eu une attitude pour le moins… électrisante – même s'il m'a offert une robe digne d'une princesse… même s'il m'a couru après dans cet escalier comme le prince de Cendrillon –, il se trouve qu'il n'y a actuellement personne à mes côtés. Et que tout cela n'est que pur fantasme… celui d'une jeune femme subjuguée par son supérieur, d'une part ; et d'un milliardaire qui s'ennuyait et a voulu jouer, d'autre part.

Je chasse la pointe de douleur et de tristesse qui menace d'envahir mon cœur et traverse le hall pour quitter le building. Face à l'immeuble, lorsque je débouche au dehors, la limousine. Et occupé à griller une cigarette, appuyé contre la portière…

– Jake ?

CHAPITRE 18

Jake

– Jake ?

J'ai encore l'impression que mon nom résonne dans l'air ambiant. Même endroit, même personne, mais situation différente. June pénètre dans le bâtiment déserté, tandis que moi je l'observe, à l'écart. Elle ne m'a pas vu, sans quoi… peut-être aurait-elle changé d'avis ?

Elle va le retrouver, je le sais. Pourtant, au sortir de ce bar où nous avons passé les deux dernières heures ensemble, elle semblait décidée à regagner son domicile. Que s'est-il passé pour qu'elle retourne au bureau à plus de vingt-deux heures ?

– Jake ? s'était-elle étonnée en me découvrant en bas de l'immeuble.

Je fumais une cigarette avant de rentrer, après avoir raccompagné Ryan Carter au building de la boîte. Il m'avait signifié qu'il n'avait plus besoin de moi jusqu'au lendemain.

Est-ce pour cela qu'il m'a congédié ? Parce qu'il avait prévu de la faire revenir à lui ?

Étrangement, j'ai été pris d'un élan de sympathie pour cette jeune personne. J'ai entendu les propos que Carter lui a tenus. J'ai vu comment il la regarde – et comment elle le regarde aussi. Encore une qui risquait de lui succomber et de le regretter.

– Bonsoir, June, l'avais-je saluée en écrasant mon mégot à terre.

– Bonsoir.

Dans la lumière déclinante de la fin de journée, elle m'était apparue comme une présence douce et légère, bienfaisante – aux joues rougissantes, cela dit. Nous avions partagé un moment de silence embarrassé, avant que je prenne la parole.

– Vous semblez aller bien. La soirée d'hier ne s'est pas si mal déroulée que cela pour vous…

– Oh. Le gala… oui… oui, ça s'est… bien passé, on peut dire cela.

Son regard avait glissé sur moi pour se perdre brièvement ailleurs – sans doute dans les souvenirs des propos que notre charismatique patron lui avait murmurés à l'oreille. Elle ignorait forcément que j'avais entendu la conversation grâce au micro que Carter portait ; et que je les observais de loin – en réalité, c'est Carter que je surveillais.

– J'en suis heureux, avais-je déclaré en me redressant.

Prêt à partir. Prêt à rentrer chez moi.

Le temps de jeter un œil alentour, la jeune femme m'avait souri avant de proposer quelque chose de surprenant :

– Vous avez quelque chose de prévu, ce soir ? Je vous dois un verre…

Je l'avais observée un court instant. Un petit sourire craquant, une fossette au menton, ses yeux plissés malicieusement.

Non vraiment, une fille comme ça... il ne la mérite pas ! Peut-être devrais-je la mettre en garde contre notre séducteur de patron ?

– À moins que… il n'ait plus besoin de vos services ?

Inutile de demander à qui elle faisait référence.

– Ma journée est finie, avais-je dit.

Je réfléchissais à toute allure. June me semblait une fille bien. Une fille… que malgré moi je commençais à apprécier. Sa franchise, sa spontanéité lézardaient peu à peu la chape de méfiance et de réserve dont je m'entourais habituellement. J'étais revenu à ses yeux clairs. Un verre… après tout… La limousine pouvait bien patienter là un peu, l'immeuble était gardé par une équipe de vigiles plutôt efficaces dans leur genre… quant à Carter, il disposait de son propre véhicule au sous-sol, et comme souvent, l'utiliserait pour rentrer chez lui.

– Pourquoi pas, avais-je cédé. Je connais un bar tranquille à deux pas.

Et c'est comme ça qu'on s'était retrouvés attablés tous les deux devant deux cocktails à se raconter l'un l'autre. Sans trop savoir pourquoi, j'avais eu envie de me livrer un peu à cette jeune femme pétillante et pleine de surprises. J'avais évoqué mon passé de militaire, cette fichue guerre que je traîne derrière moi comme un boulet étouffant ; et étrangement, June n'en avait semblé ni effrayée, ni peinée. Juste compatissante. Et sa douceur et sa sollicitude avaient été un baume incroyablement apaisant pour l'être écorché que je suis.

À son tour, elle s'était un peu livrée, m'expliquant qu'elle comprenait parfaitement le sentiment dérangeant que j'éprouvais à en être revenu, quand tant d'autres y sont restés – parfois sous mes yeux.

– Moi aussi, m'avait-elle dit, j'ai ce même sentiment. Ma famille entière est décédée. Un accident d'avion. Celui de mon père. J'aurais dû en être, mais... Je n'ai plus personne. Et tu vois, Jake, avait-elle ajouté en passant au tutoiement, il s'en est fallu d'un rien que je sois avec eux, ce jour-là... Un simple oui au lieu d'un non, et...

– Et tu ne serais plus là, à présent, avais-je achevé tout bas.

– Exactement.

Nous n'avions rien ajouté pendant un moment, chacun absorbé par ses propres démons. Nos verres s'étaient vidés et je m'étais surpris à la regarder plus d'une fois. À l'observer, à apprécier sa présence. Une belle jeune femme comme ça, vive, intelligente, droite et honnête. Parler avec elle se révélait facile, et nier l'attirance que j'éprouvais désormais aurait été désobligeant pour elle.

Alors pourquoi faut-il qu'elle tombe dans ses filets ?

À les écouter la veille, à les observer ensemble, à la voir s'engouffrer maintenant dans l'immeuble avec empressement, le doute n'est plus permis. Il l'attire – il la tente ; et elle n'a aucune envie de lui résister. C'est flagrant !

Je quitte le recoin d'ombre où je me suis arrêté. Peut-être aurais-je préféré ne pas la voir entrer ? Je ne revenais que pour prendre la limousine et la parquer au garage… pas pour assister à sa reddition face au P.-D.G. !

Ce n'est pas faute d'avoir tenté de la mettre en garde, tantôt… à mots couverts, à évoquer les apparences trompeuses, les manipulateurs ; et ma condition de chauffeur qui m'amène à voir – à entendre –, parfois, certaines choses.

Elle ne m'a pas écouté. L'alcool, les sentiments, la fin de la journée… nous nous sommes quittés après ces deux heures de confidences inattendues et j'avais la sensation que nous étions comme accordés.

Et la voici à courir dans ses bras !

Je lève le regard vers les étages. Vers ces sommets d'où les grands de ce monde régentent les vies et prennent les décisions. J'inspire sourdement, chope une cigarette dans mon paquet, l'allume. Pourquoi rester là ? Pour espérer la voir ressortir de là, peut-être… afin de réaliser qu'elle ne s'est pas fait piéger par ces yeux gris et ce palmarès de jeune milliardaire – si elle ressort du building rapidement… Or les minutes s'égrènent et ma clope se consume sans que June revienne. Fataliste, je jette mon mégot, ouvre la portière et prends place au volant. Un instant je voudrais m'engouffrer dans l'immeuble, monter les étages, jaillir dans le bureau de Carter et lui ordonner de la traiter avec douceur et respect. Lui faire comprendre qu'elle n'a rien à voir avec les filles qu'il a pu côtoyer jusque-là. Lui dire, aussi, de se tenir loin d'elle, parce qu'avec les menaces qui s'accumulent autour de lui, les dommages collatéraux, c'est hélas trop fréquent…

Or je ne voudrais pas que June se retrouve être un dommage collatéral.

Elle ne mérite pas ça.

Il faudra que je lui parle. Que je lui fasse comprendre.

Je démarre. Dernier regard au building enténébré. Personne.

Et merde…

Ramenant mes yeux sur la route, j'accélère et m'insère dans la circulation.

CHAPITRE 19

Ryan

J'attends. Étonnamment nerveux, pour une fois. Cela ne me ressemble pas. Face à elle, je ne me reconnais plus. Cette envie d'impulsivité, comme ça… non, ça ne me ressemble pas.

Mon regard se perd de nouveau au-delà de la baie vitrée, dans la noirceur qui a envahi la ville. Ma main enserre mon smartphone avec fermeté. Un peu plus tôt, je lui ai demandé de me rejoindre. Et elle a accepté. Elle sera là d'un instant à l'autre.

Est-ce bien raisonnable ?

Non. Mais ça ne l'était pas non plus de la transférer, à *mes* côtés…

Trois coups à la porte. *Elle.*

– Entrez.

Par le reflet sur la vitre, j'observe une frêle et désirable silhouette pénétrer dans la pièce et refermer la porte derrière elle.

June.

Lentement, je pivote et dépose mon smartphone sur le bureau, près du dossier qu'elle m'a apporté quelques heures plus tôt. Mon regard reste rivé à elle, insistant. J'aime la sonder ainsi, lire en elle…

– Monsieur, murmure-t-elle.

Ses joues sont un peu rouges, et cela la rend adorable. J'aime cette manière qu'elle a de me dévisager, avec franchise et sans s'en cacher. Ma main vient malmener mon bouton de manchette, tandis que je contourne le meuble pour m'approcher. Et il me semble devenir en cet instant la proie de son regard, quand je me croyais le chasseur.

– Vous vouliez me voir ? demande-t-elle, sans me quitter des yeux.

Une étincelle y brille – d'envie ? d'appréhension ? de satisfaction ? Un peu des trois très certainement.

– Oui, je réponds, la voix rauque.

Difficile d'articuler autre chose. Sa présence me trouble et me transporte. Elle m'emmène dans des abîmes de perspective dont je ne suis pas familier. Des perspectives… troublantes, effrontées… débridées.

– Eh bien, je suis là, enchaîne-t-elle tandis que je me rapproche encore un peu.

Et il me semble qu'elle a frémi. Un sourire délicat passe sur ses traits, qui me ravage le cœur. Il me démange de saisir ses lèvres presque moqueuses, là tout de suite.

Je n'en peux plus. Un mot encore, et je crois que je la bâillonne de la plus agréable des manières. J'avance jusqu'à la frôler – la toucher – et elle ne se dérobe pas. Au contraire, elle me fait face, sans se dissimuler. Comme hier. Son regard accroche le mien et le soutient sans faiblir. Ses lèvres se rouvrent, tentantes au possible.

– Monsieur…

– Chut… lui intimé-je en posant mon doigt sur sa bouche. Ne m'obligez pas à vous faire taire.

– Me faire taire ? réplique-t-elle malgré tout. D'autres s'y sont essayés avant vous et n'y sont pas arrivés.

– Vous me mettez au défi ?

Son sourire s'accentue sous mon doigt toujours posé sur ses lèvres. À son regard, je sens qu'elle a pertinemment compris pourquoi je l'ai fait venir… et puisqu'elle est venue…

– June, marmonné-je tout bas.

La jeune femme se fige, se tend vers moi ; et je suis presque tenté de céder… là, juste comme ça.

Non, me raisonné-je. *Pas encore.*

Pas comme ça.

Je dévore un moment sa bouche du regard, avant de prendre sur moi et de m'écarter. Et cela me coûte plus que je ne le laisse paraître !

June garde les yeux rivés sur moi, et lorsque je me tourne vers elle, c'est pour être happé par son regard. D'un geste, je relâche le nœud de ma cravate, me rive à elle. Je lutte entre deux envies, deux attitudes. Laquelle adopter ? Laquelle repousser ?

– Monsieur, fait-elle encore, il va falloir m'expliquer à quoi rime ce jeu…

– Un *jeu* ?

June hausse une épaule, incertaine.

– Pourquoi me faire venir ici à cette heure ? Pourquoi… hier soir…

Mais j'en suis resté à sa déclaration précédente.

– Vous pensez que je joue ?

De nouveau, un mouvement d'épaule, si désirable. Totalement désarmante.

– Avouez qu'il y a de quoi se poser la question…

Son aplomb m'arrache un sourire. J'aime quand elle me tient tête comme ça. J'aime cette spontanéité venant d'elle. Cette franchise sans fard, même face à moi. *Surtout* face à moi. Et ce je-ne-sais-quoi, en elle, peut-être. Cette assurance, cette manière de faire front, sans hésiter, sans s'abaisser non plus aux bassesses habituelles.

Oh oui, j'aime tout cela en elle… et bien plus encore.

– Je ne joue pas avec vous, affirmé-je.

Je faiblis, je le sais. La voir ainsi devant moi est une tentation irrésistible à laquelle je vais, je le crains – je l'espère –, céder. Encore un mot de sa part, un seul… et je crois que je renonce à me maîtriser.

– Permettez-moi d'avoir quelques doutes…

– Vous êtes exaspérante, vous savez ? répliqué-je.

Ce regard, cette moue, cette attitude…

June, tu vas me faire chavirer.

– Exaspérante ? répète-t-elle, tout à la fois surprise et amusée.

Qu'ai-je dit ? Un mot de plus… la limite est clairement dépassée…

Un petit soupir m'échappe et je reviens à elle. Inutile de persister plus longtemps. Elle et moi savons très bien pourquoi nous sommes là. Pourquoi je l'ai fait revenir. Pourquoi elle m'a rejoint.

– *Chut*… répété-je en déposant de nouveau un index au travers de ses lèvres.

– Je crois vous avoir dit que ça ne marchait pas, réplique-t-elle encore, et…

Sa phrase meurt entre mes lèvres. Contre ma bouche. Dans un même mouvement fluide, j'ai enroulé mon bras autour de sa taille et plaqué mes lèvres contre les siennes. D'abord surprise, June laisse échapper un son inarticulé et s'abandonne contre moi. J'en profite pour happer sa lèvre et forcer un accès à sa bouche. Je m'en empare goulûment, comme assoiffé d'elle.

Ce que je suis en réalité.

La sensation est déroutante. Elle me prend violemment, tel un électrochoc. Je ne m'attendais pas à cela. Oh, certes, depuis le début June attise en moi une multitude de sentiments : curiosité pour sa personne, étonnement à la découvrir si fraîche et spontanée, et parfois un léger agacement à la voir négliger son potentiel. Mais ce qui m'étreint à sentir ses lèvres contre les miennes est au-delà de toute raison. C'est comme trouver à respirer soudainement, comme découvrir une nouvelle senteur. Un aiguillon de feu me transperce l'instant suivant, et il me semble que toutes les entraves que je maintenais entre nous cèdent alors – enfin. L'envie furieuse de lâcher prise me prend – de me laisser porter par la vague qui enfle en moi, par le désir attisé de ces jours de proximité, de cette découverte lente et progressive d'elle…

Ma main glisse dans son dos, remonte sur elle, contre elle. Je veux la découvrir, la toucher, la goûter… C'est plus fort que moi, et à présent que j'y ai de nouveau cédé… il m'est presque impossible de reculer. Je le dois, pourtant. Lui laisser la possibilité de renoncer. Tout arrêter avant l'inéluctable…

Non pas que je ne la désire pas. Mais nous frôlons sérieusement certaines limites, et si nous persistons ainsi… dans quelques secondes, il n'y aura plus de retour possible et je ne souhaite ni la forcer, ni qu'elle ait des remords. Au prix d'un effort phénoménal, je m'arrache à cette bouche et pousse un râle de frustration.

La torture est puissante, l'envie et le désir tout autant. Délaisser ces lèvres, laisser la froideur de l'air s'infiltrer entre nous est atroce. Insupportable.

À présent que j'ai goûté à sa bouche, que j'ai ouvert la porte à mon envie, laissé libre cours à cette pulsion irraisonnée, je ne souhaite plus reculer. Mais en ai-je le droit ?

Deux forces diamétralement opposées luttent en moi : mon envie contre ma raison. Je me retiens à la seconde, m'écarte d'elle grâce à une volonté vacillante. June rouvre les yeux, le souffle un peu court, les joues un peu roses, et la contempler ainsi met à mal le peu de self-control que j'arrive à conserver.

Elle est tout simplement sublime. Désirable. Nos regards se cherchent, se trouvent et se crochètent l'un à l'autre. Son souffle se fige entre ses lèvres. Le mien est rapide. Je l'interroge avec mes yeux, et elle me répond d'un léger sourire.

Tout mon corps me crie de la reprendre contre moi. De m'emparer de ces lèvres pulpeuses, de ce corps frémissant. Et plus je la contemple, moins j'arrive à me contenir. À vrai dire, je souhaite seulement, à présent que j'ai lu dans son regard ce tacite consentement, cette même envie muette, abandonner toute attitude convenable pour laisser parler mes émotions. Reculer, attendre encore ? Feindre la distance ?

Je ne le peux plus.

Je m'abandonne à ce que dictent mon cœur, mon corps, mes perceptions, et tant pis pour la raison ou la volonté ! Je reviens à elle – tout contre elle, l'attire de nouveau à moi. Je n'arrête mon mouvement que lorsque mes lèvres se retrouvent à presque toucher les siennes.

– Sois à moi, articulé-je, le visage contre le sien. Donne-toi à moi, June.

Mon regard glisse sur son corps et ma main esquisse un mouvement pour faire de même. Je me maîtrise, inspire lourdement, tout contre elle. Dernier rempart de volonté mourant au fond de mon être.

– Ne jamais perdre le contrôle, n'est-ce pas ?

Elle a donc remarqué mon geste… Je remonte à ses yeux, m'y noie.

– Jamais, affirmé-je. Sauf lorsque je sens tes courbes contre moi.

Sauf quand tu es si près de moi.

Et cette simple mention achève de briser le peu qui me retenait encore de perdre toute mesure. Je la contemple, oublie ma volonté face à son corps, dans ses yeux… Ultime sursaut de réflexion agonisante. Certes, June m'a attiré dès le premier moment. Son charisme, cette attitude simple et humaine… sa personnalité, sont autant d'éléments qui me poussent à l'apprécier telle qu'elle est. Et je ne souhaite pas rompre le lien naissant qui s'établit entre nous. Pour autant, lui résister m'est devenu impossible. Ce que je ressens face à elle va bien au-delà de la simple relation de connivence. Il y a là une alchimie à l'œuvre, des plus subtiles, qui achève d'oblitérer mes pensées pour n'en laisser qu'une : celle que je veux simplement céder à la jeune femme qui se tient devant moi.

Je m'empare une nouvelle fois de sa bouche. Repousse June jusque contre la paroi.

Cette fois, je laisse libre cours à mon envie et mes mains partent à la découverte de son corps. June ne s'oppose en rien à moi. Mieux, même : après un vague mouvement d'hésitation, elle happe mes lèvres et se presse contre moi. Ses petites mains se posent sur moi, frôlent le tissu de mon costume, errent sur ma nuque, sur ma mâchoire ; et c'est comme si elle me découvrait – un toucher lent, fragile, rempli d'espoir et d'un peu d'incrédulité, dirait-on. Un contact qui me frappe de plein fouet. Jamais je crois on ne m'a touché de la sorte, et cela m'atteint directement au cœur. C'est à l'image de June : doux et délicat. À l'image de ce qui m'a attiré chez elle…

Un moment encore ses mains me parcourent tandis que nos lèvres se prennent, puis quelque chose change. June dépose ses doigts sur ma cravate, et entreprend d'en desserrer davantage le nœud. Cela achève de me porter au summum de mon désir.

– Doucement, tempéré-je.

Je m'empare de ses mains, les éloigne de mon costume et les repousse contre le mur. June élève le menton, une lueur de défi au fond des yeux, un peu provocante. Du genou je m'immisce entre ses jambes et, libérant ma main droite, j'entreprends l'ascension de sa cuisse. La limite est franchie, le consentement, mutuel, et plus rien ne me retient de briser cette barrière purement professionnelle qui existait encore entre nous. Elle comme moi le souhaitons, c'est écrit dans son regard – et dans le mien aussi.

Ma progression est volontairement lente et délicate. Tortueuse, proche du supplice. Je me fais désirer, j'attise ses perceptions, son envie – et la mienne aussi. Un petit cri lui échappe quand enfin j'effleure sa lingerie sous sa jupe trop sage : un cri que je fais taire avec ma bouche, d'abord doucement, puis plus follement. Passionnément. L'heure n'est plus à la retenue ou à la timidité désormais.

L'instant suivant, June m'embrasse, suspendue à mon cou. Ses bras m'entourent, ses mains agrippées à ma nuque. Moi, je remonte à sa taille, à sa poitrine, à son cou… à ses bras. Je retrouve ses mains, les reprends dans les miennes et les plaque au mur, contre son corps.

Elle me rend fou.

– Ryan… articule-t-elle.

– Chut, t'ai-je dit, exigé-je en quittant sa bouche pour explorer son cou.

Et mon baiser au creux de sa clavicule la fait chavirer. Lentement, je glisse le long de son corps et l'enserre de mes bras. Un moment d'éternité entre nous, je la soulève de terre, l'emporte contre moi, vers le bureau. Ma bouche explore son visage, son cou, son épaule, et je laisse courir mes lèvres sur sa peau avec avidité. June est parcourue de frissons délicieux.

– Ryan, tente-t-elle encore.

– Chut, je contrôle, affirmé-je. Ferme les yeux.

Je ne m'attarde pas pour savoir si elle s'exécute – elle le fera, je le sais. Je préfère parcourir sa peau de baisers de plus en plus indécents tandis que du bout du doigt je serpente sur elle, contre elle, me frayant un passage entre les plis de ses vêtements pour éveiller chacune de ses terminaisons nerveuses.

Une infime hésitation… puis ma main revient s'emparer de sa cuisse, en parcourir l'intérieur satiné, en effleurer l'extrémité désirable. June frissonne et se crispe brièvement lorsque mes doigts s'aventurent plus hardiment vers le centre de mon envie, et je m'interromps. Lui laisser le temps, une fois de plus, de me repousser. De tout arrêter. De reprendre le contrôle que nous perdons à chaque instant. Car dans quelques secondes, il n'y aura plus de retour possible.

– Ryan, murmure-t-elle encore, tremblante.

Et la supplique dans sa voix ne laisse aucun doute sur son désir : continue, me dit-elle. Je m'exécute et pousse ma découverte d'elle encore et encore. Sous ma caresse impudique, mon assistante frémit, se crispe, étouffe quelques petits cris. C'est presque plus que je n'en puis supporter et, reculant, je lève les yeux pour la contempler. Abandonnée à son envie, les yeux clos, elle est à couper le souffle. J'inspire, pour museler ce volcan qui me brûle les reins, touche le contour de sa bouche du bout du doigt, légèrement… Avec audace, elle tend le menton et le happe dans sa bouche. Ses yeux se sont rouverts et me contemplent – me défient. Un moment elle joue le long de mon doigt avec sa langue tortueuse, me soumettant au supplice.

– Serait-ce une suggestion, mademoiselle Brown ? questionné-je tout bas.

Mon membre déjà durci commence à n'en plus pouvoir. Sentir sa langue courir sur mon doigt appelle furieusement à d'autres sensations, d'autres… expériences… sur une autre partie de mon corps, tout aussi réceptive à ce genre d'attouchements.

Et l'idée que sa bouche me prenne et m'englobe, que sa langue vienne me caresser de la sorte, est aussi puissante qu'un feu liquide au fond de mon propre corps. Je n'ai jamais ressenti un tel désir.

– À vous de voir, monsieur Carter, réplique-t-elle, joueuse. Qu'en pensez-vous ?

– J'en pense…

Mon désir atteint des sommets. J'ai envie d'elle. Je ne souhaite qu'une chose : la posséder. Aussi je l'attrape par la taille et la soulève du meuble. Surprise, la belle pousse un cri étranglé qui s'achève par un hoquet étonné quand je la dépose sur le divan.

– J'en pense, je répète en la versant sur les coussins, que tu me rends fou, June… Laisse-moi te prendre. Ici. Maintenant.

– Je suis à votre disposition, me répond-elle.

Impudiquement, elle relève ses jambes pour me crocheter la taille. Cela termine d'abattre mes résistances. Je détache ma ceinture, glisse mon pantalon sur mes jambes et me place entre les siennes. Le temps de trouver de quoi nous protéger dans un tiroir, je reviens à elle, et très lentement, très doucement, je m'étends contre elle – tout contre elle. Nos corps se touchent, s'épousent mutuellement, et la nouvelle décharge qui me transperce est plus puissante encore.

Mon regard glisse sur elle, s'attache à son visage, parcourt sa peau, ses lèvres, son nez et se rive au sien. Il me semble alors ne plus pouvoir m'en détacher, tant il m'hypnotise et me retient. Avec délicatesse et lenteur, je dégrafe son chemisier, dénude la peau de sa poitrine et de son ventre. Satinée. Douce. Envoûtante. Je la caresse du bout du doigt, tandis que sa respiration se fait plus rapide, plus haletante. Et peu à peu, en savourant cette attente proche de l'insupportable, je glisse vers son ventre – vers la ceinture de sa jupe si sage, que je repousse tout naturellement. June n'a pas esquissé un seul geste. Abandonnée, elle savoure ma progression, les lèvres entrouvertes.

Et se laisse aller plus encore quand je commence doucement à la préparer. Lentement. Savoureusement. D'un doigt sur elle – en elle.

La découverte est intense, éblouissante. Elle me surprend, une fois encore, par ses réactions, son naturel et son abandon. Aucun faux-semblant, aucun artifice. June aime et ne s'en cache pas. J'adore !

Finalement, n'en pouvant plus, je la laisse me guider jusqu'à elle. Je ne suis plus qu'électricité lorsque j'entre en elle une première fois.

En me délectant de la sensation. Puis plus fort, plus vite, à mesure qu'elle s'adapte à moi, que je l'emplis, que le plaisir qui me vrille le ventre croît et me domine – me possède.

– Ryan… Ryan… laisse-t-elle échapper, alors que je laisse mes coups de reins prendre l'ampleur que mon envie leur donne.

– Viens là, commandé-je.

Mes mains l'agrippent, la redressent, la poussent vers moi – m'enfoncent en elle.

Enfin, j'ôte son chemisier, la déleste de ses derniers effets. Ses doigts fébriles défont les boutons de ma chemise, un peu malhabiles, nerveux sans doute, tandis que je continue de la posséder.

– Tu es à moi, déclaré-je en plaçant mes mains sur ses fesses.

Je la soulève, l'assois sur moi, la caresse, le temps de quelques va-et-vient fiévreux. Le baiser qui les accompagne nous coupe le souffle, nous porte un peu plus loin dans l'extase débridée. Je la laisse chuter vers les coussins, plaque son ventre contre le mien. Un bref instant. Me couchant sur elle, j'exige qu'elle me laisse entrer en elle encore, et je la prends pleinement. Et ses cris de plaisir à mesure que mon ardeur monte, à mesure que je me laisse emporter par la vague d'envie, de désir encore quelque peu retenu, me transportent. J'aime. Le reste ne compte plus. J'aime pleinement et je fais l'amour à celle que je désire. Sans filtre, sans contrainte, juste porté par mes émotions.

À présent mon sexe occupe pleinement son intimité et June a relevé les jambes. Son regard fiévreux me réclame, me demande.

– Plus vite. Plus fort, exige-t-elle.

Je m'exécute et, maintenant sa cuisse fermement, plonge en elle jusqu'à l'extase.

CHAPITRE 20

June

Aucun son ne me parvient, le silence est total. Une lueur matinale filtre au travers de mes paupières mi-closes. Je m'éveille très lentement. Sur ma peau, sous mes doigts, la caresse légère de draps de satin. Je m'étire paresseusement. Et laisse un sourire venir sur mes lèvres.

Carter. Le bureau. Une fièvre brûlante. Un abandon total dans ses bras.

Sa voiture. Son loft spacieux, dans les quartiers les plus chics de la banlieue new-yorkaise. La vue époustouflante depuis sa baie vitrée. Son divan. L'îlot central de sa cuisine. Sa douche à l'italienne. Son lit.

Carter. Son corps puissant sur le mien. Sous le mien. Contre le mien. Ses caresses brûlantes sur ma peau réactive. Sa bouche. Sa langue. Ses doigts. Son…

– Bien dormi ?

La voix grave, virile, me fait sursauter et m'extrait direct de mes songes enflammés. Je me redresse vivement. Sur le pas de la porte ouverte de la grande chambre se tient Ryan Carter. Polo simple mais seyant, pantalon d'intérieur à la coupe impeccable, un sourire à se damner et un plateau de petit-déjeuner à la main.

La vision, presque idyllique, achève de me réveiller instantanément et dans un flash aveuglant, nos ébats de la nuit passée me reviennent en tête. J'observe Ryan – cet homme fier, charismatique, dont le regard, la présence, le magnétisme m'ont fascinée puis peu à peu attirée et subjuguée au fil de ces jours à évoluer à ses côtés. Cet homme à la pensée rapide, aux décisions tranchées, à la douceur surprenante et à la profondeur d'âme édifiante. Il ne semble aucunement gêné que je me réveille dans son lit, et pas le moins embarrassé de nos activités nocturnes.

En même temps… c'est lui qui m'a demandé de le rejoindre. Lui qui a initié tout cela.

Et moi qui ai accepté. Qui ai continué… Jusqu'à ce qu'on franchisse la ligne. Jusqu'à ce que ça devienne tellement intense, tellement puissant, qu'on ne pouvait plus reculer.

En même temps, comment aurais-je pu reculer ? Cet homme est fascinant à plus d'un titre, et j'ai été attirée par lui dès le premier regard…

– Oui, je réponds finalement. Oui, bien dormi.

Mouvement nerveux de la main dans mes boucles emmêlées sous le regard perçant de l'homme face à moi. Mon Dieu, je dois avoir une de ces têtes ! Les yeux gris de Ryan suivent mon manège et reviennent se fixer un peu plus bas. Un fin sourire s'étire sur ses lèvres, accentuant son charme indéniable. Puis il hausse un sourcil et son regard se fait insistant.

Je me rends compte alors que le drap a glissé, révélant ma poitrine nue à sa vue. Et qu'il ne se prive pas de contempler de tout son saoul. Relever le drap ? Rougir ? En être gênée ? Je pourrais, effectivement. Mais Ryan Carter n'est pas du genre à aimer les filles effarouchées ou timides – je l'ai compris cette nuit…

Et puis, il m'a vue hurler son nom en plein orgasme, me mordre la lèvre, m'empaler sur lui sans retenue et le chevaucher de manière pour le moins… impudique. Alors bon, ma poitrine…

Je lève les yeux pour happer son regard et le soutiens, mutine. Ses iris gris s'assombrissent, et d'un coup il me semble presque… prédateur.

– J'ai pensé que tu aurais faim, après toute cette dépense énergétique, lance-t-il en entrant dans la pièce.

Je ne relève pas l'ironie de sa phrase et m'assois plus droite dans le lit. Ryan vient déposer le plateau à côté de moi avant de prendre place sur le matelas et la simplicité du geste m'atteint droit au cœur. Comment un homme occupant une fonction aussi importante peut-il tout simplement amener un plateau-repas au lit ? et s'installer comme ça, sans plus de manière…

Il ne cesse de me surprendre…

– Pain de campagne, confiture, fruits du verger…

– Ça m'a l'air succulent, m'extasié-je.

– Un *délice*, réplique-t-il, une lueur d'amusement dans les yeux, en me tendant une tartine.

J'amorce un geste pour m'en emparer, mais il m'en empêche et l'approche de mes lèvres. Petit regard en coin à ses yeux gris déroutants. Oui, décidément, Ryan Carter ne cesse de m'étonner… et même si sa présence à mes côtés, en toute simplicité, a tout pour me déstabiliser, moi aussi, je peux me révéler pleine de surprises… et je crois avoir compris que Ryan n'est pas sans apprécier un peu de nouveauté et de piquant dans sa vie privée.

Il veut jouer ? Jouons.

Sans quitter son regard, j'ouvre la bouche et mords dans la tartine. Je croque ma bouchée et passe le doigt sur mes lèvres pour en ôter un peu de confiture. Les yeux de Ryan suivent chacun de mes mouvements, chacun de mes gestes. Lorsque je place mon doigt dans ma bouche, une ombre nouvelle passe dans son regard.

Mutine, je le dévisage, avant de sourire.

– Tu as raison, c'est un véritable *délice*.

Je trempe mon index dans la confiture pour le porter de nouveau à mes lèvres. Ryan n'a pas perdu une miette de mon petit manège ; et sa main s'empare avec autorité de mon poignet qu'il immobilise en pleine course.

– Voyons cela, exige-t-il.

Il amène mon doigt à sa bouche. Un frisson me traverse lorsque sa langue vient en titiller la pulpe. Et la manière dont il me dévore des yeux…

Ne pas défaillir. Se faire désirer. Mais lui céder de toute façon.

Ce type est irrésistible. Et je ne parle pas que du sexe ! Il a ce quelque chose qui me pousse à m'approcher, à avoir envie de le découvrir, de connaître l'homme qui se dissimule derrière ces costumes sur mesure et ces cravates de soie trop sages. Et même si j'ai eu un aperçu de sa passion et de sa douceur en *privé*, j'ignore encore tant sur l'être qu'il est, que je voudrais rester là encore un long moment à l'observer – à le découvrir.

Ryan plonge son regard gris métallique dans le mien, le temps d'ôter la confiture de mon doigt avec une lenteur qui me fait frémir de la tête aux pieds. Je verrouille mes yeux aux siens, refusant d'être la première à rompre le contact.

– Exact, déclare-t-il en relâchant finalement mon doigt. Succulent. J'ai bien fait de m'inspirer de ce petit-déjeuner recommandé par un blog de cuisine très instructif.

Une lueur passe à nouveau au fond de ses prunelles et, à dessein, il laisse passer une seconde. Moi, je m'interroge, saisie d'un doute nouveau.

Non ? Il n'a quand même pas…

– Ça s'appelle *Les Desserts de June*, un nom comme ça… ajoute-t-il finalement. Tu connais ?

Les yeux écarquillés, j'étudie ses traits. Il se moque ? Non. Je suis prête à parier qu'il a osé !

OK, monsieur Regard Intense. Puisque vous le prenez comme ça...

– Non, je ne connais pas, je réponds, et cela semble l'amuser. J'ai bien vu une fois un blog qui s'intitulait *Les Délices de June* ; mais celui dont tu parles... non, ça ne me dit rien.

Ryan esquisse un sourire et plisse le regard. Je lutte contre moi-même pour me maîtriser et ne pas le dévorer, tant il m'enflamme de l'intérieur à me regarder comme ça !

– Dommage, fait-il mine de se désoler. Ce blog fourmille d'informations intéressantes au possible. Des recettes très savoureuses, j'en ai noté plusieurs pour les tester. Peut-être souhaiterais-tu en essayer quelques-unes ?

– Peut-être... balbutié-je.

– Je sais combien la bonne cuisine t'est chère.

– En effet...

À quoi joue-t-il avec moi ?

– Le mélange des saveurs est tellement excitant à goûter, reprend-il.

Son regard court sur mon corps avec une telle intensité que je pourrais presque en sentir la morsure.

– Dommage que la personne qui gère ce blog ne travaille pas un peu plus ses feedbacks et ne développe pas sa visibilité, il y a matière à fidéliser encore plus de followers et à pérenniser tout cela.

Les recettes, les tests et les avis… J'y ai même trouvé plusieurs idées fort utiles. D'ailleurs…

Faisant mine d'hésiter, il recule pour laisser pendre sa main hors du lit… et se redresse très vite avec en main une cravate de soie bleu pastel.

Oh non. Il a vraiment consulté mon blog !

Je vire à l'écarlate, j'en suis certaine. Ryan laisse courir sa main sur le tissu, et lorsque son regard rencontre de nouveau le mien, un éclat nouveau l'habite : celui du fauve qui a repéré sa proie et s'apprête à lui fondre dessus !

– D'ailleurs le blog évoquait ce genre d'accessoire à un moment donné, achève-t-il d'une voix posée. J'ai trouvé ça étrange, mais…

– Étrange, en effet.

Ses yeux m'hypnotisent et le va-et-vient de ses doigts sur la soie n'est pas fait pour apaiser mon rythme cardiaque.

– … Mais je suis du genre curieux, continue-t-il en avançant le bras.

D'un geste, il écarte le plateau et lorsqu'il s'approche de moi, il a tout du prédateur prêt à ne faire qu'une bouchée de la pauvre brebis égarée que je suis.

– Et j'adore tester de nouvelles sensations, termine-t-il en levant la cravate à hauteur de mon visage.

OK. Battements de cœur à mille à l'heure, ventre en feu, une envie de lui incroyable… toutes mes pensées s'éparpillent face à l'intensité qui se dégage de lui et, comme la nuit passée, je me surprends à oublier qui j'ai face à moi – mon patron – pour ne voir qu'un homme qui m'attire irrésistiblement et qu'il me démange de découvrir. Mais ma volonté reste vivace. Malgré le feu des émotions qui me dévore, je ne me laisserai pas attraper aussi facilement… et puisque visiblement Ryan aime jouer…

Du bout du doigt, j'abaisse la cravate et le fixe quelques secondes.

– Monsieur, minaudé-je, la proposition est tentante et les nouvelles expériences toujours enrichissantes, mais… il commence à se faire tard et je vais être en retard pour prendre mon poste. Et mon patron… est du genre à apprécier ma ponctualité.

– Je m'occupe d'expliquer votre retard à votre patron, mademoiselle, réplique-t-il en se rapprochant encore.

L'intensité de ses yeux et sa proximité craquellent un peu plus ma fragile muraille de volonté. Et elle explose littéralement en morceaux quand il s'empare de mes lèvres pour les dévorer. Muselée par son baiser, je n'oppose nulle résistance lorsqu'il pose la cravate sur mes yeux et la noue autour de ma tête.

Noir total.

Je me fige, indécise.

– Ryan ?

Je penche la tête sur le côté. Mon amant s'est écarté et je n'entends rien – ni ne sens rien.

– Ryan ?

Puis soudain, une main sur mon épaule. Je sursaute. La main rampe vers mon cou, glisse sur ma poitrine, effleure l'arrondi de mes seins…

– Ryan…

… et dévale jusqu'à mon ventre. Je frémis, étouffe un petit cri lorsque le drap glisse sur mes jambes, les exposant à l'air matinal. Et inspire sourdement quand la main revient arpenter mes pieds et mes mollets dans une alternance de lentes caresses qui ravivent mon brasier intérieur.

– Allonge-toi sur le ventre, m'ordonne la voix sensuelle de mon supérieur.

– Ryan…

– Je n'aime pas me répéter, mademoiselle Brown.

Je m'exécute. De toute manière, l'autorité qui émane de la personne de Ryan est juste indiscutable. La tête dans l'oreiller, je me focalise sur les sons, les sensations. Et le souffle qui soudain vient caresser ma nuque a tout pour me rendre folle d'envie dans la seconde !

– Ryan…

Ses lèvres déposent un furtif baiser dans mon cou, libérant un feu d'artifice de frissons délicieux dans tout mon corps. Lentement, elles dérivent en un sinueux chemin de feu, jusqu'à ma chute de reins. Et ses mains s'activent, décrivant d'indicibles sentiers sur ma peau, mes courbes… pétrissant mon dos et mes muscles en un massage à la lenteur délectable et sensuelle. Lentement, je sens mon corps se détendre, et le massage se muer progressivement en une caresse insistante, puis de plus en plus légère. La pression sur ma peau se déplace, glisse, me parcourt, allant s'insinuer jusqu'à ma poitrine, mes tétons, mon ventre…

– Ryan.

J'ai murmuré. Une envie montante commence à me marteler le corps et pulse de plus en plus fort au creux de mon intimité. Si cela continue, cela deviendra très vite intolérable. Ryan laisse errer ses mains quelque part entre mon ventre et ma poitrine, s'attardant parfois à exacerber mes tétons, à dériver vers d'autres lieux secrets… Il attise soudain mon désir du bout de la langue au creux de mon dos. J'inspire sourdement. Ses mains descendent, encore… encore…

Leur effleurement intime provoque un bouleversement intense aux tréfonds de mon être. Je me cambre et me redresse mais d'une main ferme, lui me réinstalle sur le matelas.

– Chut… m'ordonne-t-il. On ne bouge pas.

Et de faire pencher le matelas sous son poids quand il se déplace. Quelques instants de complet isolement… le bruit d'habits froissés… puis d'un coup, le corps de Ryan sur le mien.

– Ryan.

Supplique tout juste contenue dans ma voix. Instinctivement, j'écarte les cuisses, offerte, désireuse, quémandeuse… Mais Ryan, semble-t-il, a décidé de me torturer. S'écartant, il laisse son doigt glisser le long de ma colonne et serpenter vers ma nuque. Puis, tout doucement, il dépose les paumes à plat sur mes épaules, avant de retourner arpenter mon corps. Et c'est très lentement, avec maints détours affolants, qu'il descend de nouveau le long de moi. Lorsque ses doigts m'effleurent une nouvelle fois… intimement… je ne suis plus rien d'autre qu'une petite boule d'impatience et de désir mêlés. Ses doigts me caressent, me préparent avec agilité, me retournent les sens. Je bous. Je le veux. Je ne suis que désir inassouvi dans l'attente d'être comblée. Sa bouche caresse l'intérieur de ma cuisse et ses doigts l'intérieur de mon sexe ; et ma respiration se bloque. Je veux qu'il remonte. Je veux qu'il me prenne. Je veux…

– Ryan…

Ses lèvres atteignent l'orée de ma fente et frôlent mon bourgeon.

– Ryan.

Rapide coup de langue, doigts insistants.

– Ryan.

Premier baiser intense sur mon intimité. Une première vague de plaisir pur déferle dans mon ventre et le tord délicieusement.

– Ryan !

Nouveau baiser, nouvelle pression, nouveau plaisir, encore plus fort. Un tourbillon m'enveloppe et m'entraîne vers un abîme de sensations. Je redresse les fesses, m'élève sur les genoux. La tortueuse bouche de mon partenaire suit le mouvement et s'active à m'affoler plus encore.

– Ryan ! RYAN !

Je crie. J'appelle. Je ne me contiens plus. L'envie a pris possession de moi et m'emporte sans que je lui résiste.

– Laisse-toi aller, June… me susurre-t-il en me caressant.

En m'embrassant. En m'affolant.

– Prends-moi, haleté-je. Prends-moi.

– À vos ordres, mademoiselle…

Ses mains se déplacent, agrippent mes hanches. Je sens son membre frôler mes cuisses, ma fente. Je gémis, cambre le dos. Un instant encore il joue à me caresser le dos, les fesses… avec… puis d'un mouvement souple, il se place et me pénètre profondément. Je hurle mon plaisir le temps de quelques coups de reins, puis la jouissance déferle, l'orgasme m'emporte et je ne me contiens plus.

CHAPITRE 21

June

C'est étrange comme la vie peut vous jouer des tours, parfois. Regardez-moi : un jour assistante de comm', le lendemain, assistante personnelle du P.-D.G...

– Et le jour suivant, son amante passionnée.

Je lève les yeux de mon écran, pensive. L'intérieur de mon appartement est comme d'habitude, chaleureux et, hormis Frimousse, dans sa cage, qui s'attelle à faire des réserves superflues de graines pour l'hiver, le silence règne. J'ai un bref regard en direction de la fenêtre. La nuit s'installe sur New York. Ce soir, je reste ici.

Ces derniers jours ont été bouleversants à plus d'un titre et les heures auprès de Ryan, étonnantes.

Cet homme ne cesse de me surprendre. Il affiche en toutes circonstances une telle assurance que je me sentirais en infériorité s'il n'arrivait à me donner constamment ce sentiment étrange et incroyable que je vaux autant que lui. Plus exactement : que je peux réussir, tout comme lui. Et il en semblait tellement convaincu, que j'ai presque fini par le croire. Presque. Car je ne me sens pas l'étoffe d'une dirigeante, et je le lui ai fait savoir.

Et puis… j'ai tellement apprécié qu'il cherche à me connaître, qu'il me permette de le découvrir un peu, que j'ai voulu orienter autrement la conversation. Ryan s'est montré très intéressé par mon blog, par ma passion de la cuisine, par mes expériences culinaires aussi. Être à ses côtés, c'est comme plonger dans un livre rempli de mystères à décrypter. Il est tellement complexe ! Je pourrais passer des heures à l'observer, à l'étudier, à apprendre de lui, à le découvrir…

Mais pas ce soir, non. Ce soir, je l'ai convaincu de nous accorder une soirée off – difficilement… c'est que monsieur le P.-D.G. sait se montrer insistant, et il n'aime guère qu'on lui dise non. Mais, présentée comme pimentant notre relation, cette microphase de séparation – une nuit – a été acceptée. Il n'empêche. Il sait que je lui reviendrai vite – je suis déjà presque en manque de lui. Sa présence, nos discussions, son charisme et ses attentions me manquent déjà. Ne parlons même pas de nos étreintes passionnées… Ses doigts, sa bouche, ses mains, son membre raidi en moi… l'envie me tenaille rien qu'à songer à ces instants de folie entre nous, à ces moments intimes où je ne me reconnais plus, tant il m'affole, tant il m'attise – tant il comble ce je-ne-sais-quoi qui me faisait défaut. C'est certain. Dès demain, je reviens auprès de lui, l'écouter et apprendre à le connaître, et je replonge dans ses bras. D'autant qu'avant de me laisser partir, il a su s'assurer que je lui reviendrais vite.

Je souris au souvenir de mon beau et viril patron débarquant d'un coup, comme ça dans mon bureau, alors que je m'apprêtais à lever le camp.

Affolant, excitant, il était venu à moi, l'œil brillant, pour me soulever de terre, m'asseoir sur le bureau et se coller à moi. Sa main ferme et décidée avait glissé sur ma jambe, la relevant tandis qu'il remontait toujours plus haut ; ses yeux plongés dans les miens et sa langue ayant investi ma bouche d'autorité. De baisers en caresses, j'avais très vite été mûre à point, excitée, trempée d'envie et gémissante. Ses doigts jouaient sous ma lingerie, si intimement que l'envie de m'empaler sur ses doigts ou sur son sexe avait occupé toutes mes réflexions… jusqu'à ce qu'il recule, rajuste sa cravate et me laisse pantelante et dans un état de frustration interdit.

Oui, si j'avais présenté cette nuit sans lui comme un moyen de rendre plus piquante ce… cette sorte de… relation entre nous, lui s'était chargé de la rendre effectivement pétillante à souhait.

Car après une telle mise en bouche, il est certain que je n'aurai rapidement plus qu'une envie : le retrouver pour faire follement l'amour avec lui !

Et rien que d'y penser…

– J'aurais besoin d'une dose, m'amusé-je.

Une dose de Carter...

Je reviens à mon écran, les doigts sur le clavier. J'hésite à développer mon billet sur ma vie personnelle et à parler d'autre chose que de cuisine sur mon blog... Surtout maintenant que je sais que Ryan en connaît l'existence et en a lu au moins une partie.

À la place, je décide d'évoquer plutôt mon dernier essai culinaire, qui finit de cuire dans mon four : un feuilleté de haddock aux tomates confites. Recette inédite que j'ai découverte en furetant sur le web.

Mais je vous rassure tout de suite : ce n'est pas pour autant que j'en délaisse ma cuisine et mes ingrédients. Et même si je suis actuellement chargée de l'événementiel d'une inauguration – et, de ce fait, du menu... à croire que c'est ma principale qualité pour cette entreprise –, je compte bien continuer à cuisiner ! La preuve : ce soir, je m'apprête à tenter une recette inédite qui surprendra vos papilles. Je n'attends plus que ma testeuse en chef pour m'y essayer et vous faire part de nos impressions. À tout à l'heure.

Je valide le post et repousse l'ordinateur. Au même moment, plusieurs coups retentissent à ma porte. Je me lève vivement pour ouvrir. Le visage enjoué de Lisa s'inscrit dans l'encadrement.

– Salut toi ! s'exclame-t-elle en entrant.

Tout juste si elle prend le temps de poser son sac et de virer ses chaussures avant de m'assaillir de questions.

– Je veux TOUT savoir !

Je ne peux m'empêcher de sourire. Lisa, c'est une copine, ma collègue, mais aussi ma confidente. C'est à elle que je raconte mes petits malheurs et mes grands bonheurs. Depuis qu'elle est dans ma vie, j'ai retrouvé un peu de ce que j'ai perdu ce funeste jour… elle est en gros ce qui se rapproche le mieux d'une famille à mes yeux.

Je m'installe sur le canapé pour lui parler de mes soirées avec Ryan, et de mes journées bien sûr.

– J'en étais sûre ! lance-t-elle. Je savais que le P.-D.G. n'était pas aussi sage et sérieux que son entreprise le laissait croire !

– Et encore, j'ajoute d'un ton léger, tu ne l'as pas vu avec sa cravate ! Il…

– Quoi ? rugit littéralement Lisa en posant la main et les yeux sur moi. Là, ma petite June, tu en as trop dit ou pas assez ! Raconte !

– Ben en fait, tout est parti d'un article sur mon blog. Carter l'a lu, et ça lui a donné des idées.

Lisa en écarquille les yeux de stupeur.

– Je VEUX lire ce post ! décrète-t-elle.

– Tes désirs sont des ordres, m'esclaffé-je en saisissant l'ordinateur.

Je navigue quelques instants sur le blog, ouvre la page en question et lui tends la machine. Lisa se rue sur l'écran ; et mon four sonnant la fin de cuisson m'oblige à l'abandonner un court instant.

– Waouh, c'est du lourd ! commente-t-elle alors que je sors le plat du four.

– Oui, hein ! J'avoue, je me suis un peu lâchée cette fois-ci, je réponds en déposant le plat sur le comptoir. Ça sera prêt dans quelques instants, faut juste laisser refroidir un peu.

Mais mon amie conserve les yeux rivés sur l'écran.

– Lisa ? j'insiste. C'est si passionnant que ça, ce que j'ai écrit ?

– C'est louche, si tu veux mon avis, me répond-elle.

– Quoi ?

Mon amie quitte enfin l'écran pour se tourner vers moi et son regard sérieux m'inquiète.

– De quoi tu parles ? En quoi une blague sur les cravates…

– Je te parle de ça, m'explique-t-elle en désignant le blog d'un doigt manucuré. Ce commentaire, là…

Je m'avance pour lire. Parmi les réponses à mon message initial, une se détache du lot – et elle m'interpelle aussitôt.

Abandonne, tu n'es pas faite
pour ce monde-ci. Perséphone.

– Mais…

J'échange un regard avec Lisa.

– Tu l'avais pas vu ? me questionne-t-elle.

– Non. J'ai été un peu occupée et…

– Il y en a d'autres, m'indique ma copine en faisant défiler la page.

– Fais voir !

***

Abandonne.
Tu joues à un jeu dangereux.

Ce n'est pas pour toi.

Tu n'es pas de ce monde.

Attention que ce ne soit pas toi
qu'on mange.

Autant de messages d'avertissement de ce mystérieux « Perséphone », laissés sous mes divers articles, que Lisa et moi avons découverts hier soir. Si j'ai choisi d'en rire, Lisa, elle, s'en est inquiétée et m'a vivement incitée à tenter d'en découvrir l'auteur. J'ai fini par accepter, plus pour la tranquilliser qu'autre chose. Mais malgré ce que j'ai pu lui dire, ces messages tournent en boucle dans ma petite tête tandis que j'attends l'ascenseur pour rejoindre mon étage et mon bureau.

– Mademoiselle !

La clameur, pas vraiment sympathique, me tire de mes pensées et je tourne la tête. Juste derrière moi, la peste de service, le dragon le plus irascible, irritable et siliconé de toute l'entreprise : la DRH Cassidy Sparke.

Et croyez-moi, tous ces superlatifs sont encore trop faibles pour la qualifier ! Cassidy Sparke, c'est une légende, mais pas dans le bon sens du terme. Arriviste, égoïste, opportuniste, jouissant du pouvoir que son statut lui donne sur les salariés comme un chat joue avec une proie, elle est la cible des regards agacés et aigris. Rarement à son poste, toujours à fureter dans les couloirs et les open spaces, il se murmure beaucoup de choses sur sa nomination et sa… promotion. On évoque une large et généreuse ouverture… « de corps et d'esprit »… et on raconte que rien ne la fait reculer pour monter en grade… pas même une alliance… ou un meuble de bureau.

Elle est la bête noire des salarié(e)s et son sourire trop parfait ne dissimule que trop mal ses aptitudes à pourrir l'existence de ceux et celles qui ont la malchance de ne pas être, à ses yeux, dignes d'occuper leur poste…

– Vous prenez racine ? me lance-t-elle, d'un ton aigre.

Je m'avise alors que la cabine est là et m'y engouffre vivement. Forcément, la peste suit le mouvement avec d'autres employés ; et il faut qu'elle décide justement de se placer à côté de moi. Je louche sur son chignon trop lisse, son chemisier trop échancré, sa poitrine trop refaite, son maquillage un peu trop insistant.

– Non mais franchement, maugrée-t-elle, je ne sais pas ce que vous avez fait, mais si ça ne tenait qu'à moi, vous repartiriez…

Eh oui. Comme tant d'autres, je suis aussi et constamment dans son viseur…

– Quelque chose à dire ? l'interrompé-je sans même la regarder.

– Et insolente avec ça ! crache-t-elle. Je ne sais pas ce qui me retient de faire un rapport à votre supérieur et…

– Et dois-je vous rappeler qui est mon supérieur direct ? répliqué-je.

Ses sarcasmes, ses menaces déguisées, la chape de suspicion qu'elle impose constamment dans l'entreprise, c'est bon, je connais et j'admets que je ne le supporte plus vraiment, à force ! Alors donc, pour une fois, on inverse un peu les rôles !

Le *ding* caractéristique de l'ascenseur retentit et dans un son feutré, les portes s'ouvrent pour déverser la masse de travailleurs. Je pivote vers Cassidy, un sourire forcé aux lèvres.

– Votre étage, persifflé-je. J'imagine que vous avez hâte de vous mettre au travail. En tout cas mon chef sera ravi d'apprendre avec quel zèle vous exécutez votre tâche. Bonne journée. Moi je continue, mon bureau est *plus haut*.

La peste me décerne un regard de pure animosité avant de s'extraire de la cabine dans un déhanchement provocant. Je souffle, énervée. Perséphone ; et maintenant Cassidy… ça fait beaucoup en peu de temps.

Sans compter que je suis en manque de mon P.-D.G., moi !

Je me prends à rêver un bref instant de la soirée à venir. Je nous vois bien aller dans un restaurant chic, puis nous lover sur son divan, pour discuter, nous confier l'un à l'autre… quelle facette de lui vais-je découvrir ce soir ? Celle de l'homme d'affaires, je commence à la connaître, tout comme celle de l'amant passionné… mais plus je suis auprès de lui, plus je devine sous ce vernis trop lisse d'autres choses, plus profondes, peut-être… poignantes… Ryan est certes un businessman déterminé, mais il n'y a pas que cela : le projet Water dont je m'occupe le laisse entendre… on ne réalise pas des travaux pareils juste pour avoir son nom en haut des tabloïds… non, il a d'autres motivations, je le sais !

Une discrète vibration m'indiquant qu'un message vient d'arriver brise mes réflexions. Carter ? Je fouille fébrilement le bazar de mon sac tandis que la cabine m'emporte vers les sommets du building. Je tapote l'écran, fébrile.

Bon sang, mais je suis mordue, moi !

L'icône messagerie s'agite sur l'écran, et je la presse vivement. Matt. Cruelle déception !

Il m'ignore pour attiser mon désir de lui ! S'il veut jouer à ça, il ne sait pas à quel adversaire il se mesure !

Un petit sourire passe sur mes lèvres. Une petite idée se forme dans ma tête – un moyen de faire monter un peu la pression du côté de ce cher Ryan, en attendant de le revoir en toute… intimité.

Mais pour l'heure, j'ouvre le message de mon ami.

Eh. Lisa m'a parlé de ton ghost avec
ses messages relous. C'est louche
et j'aime pas ça. J'en cause ce midi
à Colin, on va gérer ça !

Matt, toujours là pour moi… Je pianote un vif remerciement, même si je suis gênée qu'il dérange Colin pour cela. J'appuie sur envoi au moment même où je débouche à mon niveau… et je heurte une épaule de plein fouet.

– Oh bordel !

– Pardon !

Je relève les yeux de mon écran… et me laisse happer par un regard sombre, plutôt profond, et qui m'interpelle immédiatement. Un regard… que je n'ai pas croisé depuis quelques jours et qui, alors, avait su recueillir les confidences de l'orpheline que je suis.

– Jake ! m'exclamé-je. Oh non, décidément, je…

– June. Bonjour.

Je m'empourpre. Nom de nom, mais je suis pas possible ! Franchement !

– Je suis désolée, m'excusé-je, je…

– Tout va bien.

Esquisse de sourire pour appuyer ses propos, et ton un peu trop formel et détaché. Cela m'alerte tout aussitôt. Que se passe-t-il ? Un souci pro ? Perso ? La dernière fois, lorsque nous nous sommes parlé, il ne semblait ni triste, ni déprimé…

– Ça va ? m'inquiété-je.

Puis, réalisant l'endroit où nous nous trouvons, j'ajoute, un peu hésitante :

– Tu es venu voir Ry… monsieur Carter ?

Tu es venu me voir ?

Le jeune chauffeur hausse une épaule et je note que ses mâchoires se sont crispées. Il est contrarié.

– Pas vraiment, me répond-il, laconique. Comme je te l'ai dit, j'ai à faire un peu partout ici.

Son regard se fixe brièvement sur moi, avant de me fuir. Il expire et se décale d'un pas. Visiblement énervé.

– Si tu veux bien m'excuser, j'ai encore beaucoup à faire.

– Je… oh, oui, bien sûr.

Non, tu n'es pas venu pour moi.

Je m'écarte, penaude. Jake rappelle l'ascenseur et s'y engouffre tout aussi vite, me saluant d'un signe de tête.

– June ! me rappelle-t-il soudain au moment où les portes se referment.

Il place vivement sa main face au capteur pour empêcher la fermeture des portes.

– Quoi ?

– Je ne sais pas ce qu'il y a entre Carter et toi…

– Mais… balbutié-je en m'empourprant sur-le-champ.

– … mais essaye de lui faire comprendre qu'il doit se montrer un peu plus prudent. OK ?

– OK, je réponds, interdite. Mais, Jake…

M'a-t-il seulement entendue ? Les portes se ferment définitivement cette fois et je reste un instant à les contempler ; avant de regagner mon bureau aussi vite que mes escarpins me le permettent.

Perséphone, Cassidy, Matt, et maintenant Jake ! La journée commence bien !

CHAPITRE 22

June

Oh oui, la journée commence bien !

Je lorgne du côté de la volumineuse boîte d'archives qui trône dans mon bureau. Un tas de paperasse à compulser, histoire que j'achève d'acquérir certaines notions fondamentales sur l'entreprise.

Quand la secrétaire d'accueil a toqué à la porte de mon bureau pour faire entrer le commis et son chargement, j'ai tout de suite su à son petit sourire narquois que ça n'allait pas être une partie de plaisir !

Une boîte entière d'archives !

Et moi qui pensais pouvoir en terminer avec l'organisation de l'événementiel NewTech Levels ! J'avoue que finaliser l'organisation d'un buffet, gérer le matériel nécessaire, la déco et la sono, et pointer les réponses reçues des invités me tente énormément… mais me documenter et apprendre fait aussi partie des missions du jour… et je n'ai pas vraiment le choix !

J'avance, retire le couvercle et commence à parcourir les documents. Rapports, expertises, financements, projections environnementales, sociales et culturelles… Le parfait complément de dossiers que l'autre jour encore j'évoquais avec Mark Leviels. Je m'installe à mon fauteuil et commence ma lecture. Je ne dépasse pas les quelques pages, cependant… Sur le desk, mon smartphone s'agite et la petite diode s'anime. Un message. Matt ? Lisa ?

Je tends le bras et chope l'appareil, pour découvrir un message de… Carter.

Ryan Carter
Comment se déroule votre matinée,
mademoiselle Brown ? RC

Mon cœur fait un bond dans ma poitrine, et le manque de mon P.-D.G. favori se fait cruellement ressentir. Est-il dans le building ? Et si j'allais le rejoindre ? Rien que la perspective de me retrouver près de lui, et pourquoi pas dans ses bras, me rend toute chose. Et c'est avec espièglerie que je compose ma réponse.

June
Plutôt bien, je vous remercie.
Cependant j'aurais préféré une autre
compagnie que celle d'une boîte
à archives. JB

Et avec un sourire encore plus accentué, je me recule dans mon siège. Oubliés le dossier, les documents, l'événement ou les e-mails en souffrance, les appels à passer et les réunions à planifier. J'attends sa réponse. Et celle-ci ne tarde pas.

Ryan Carter
Une compagnie du genre amicale ?

Mon sourire se fait plus franc. Je devine le jeu s'instaurer entre nous, et ça me plaît. Un autre aspect de Carter, qui pique ma sensibilité et ma curiosité naturelle. Je pianote à toute allure sur le clavier virtuel.

June
C'est une idée. Mais j'avais plutôt
en tête une compagnie virile.
Hélas pour moi,
le livreur est déjà reparti.

Et toc, monsieur Regard Intense. Son retour ne se fait pas attendre.

Ryan Carter
C'est contrariant.
Je me serais bien dévoué mais je suis
à l'autre bout de la ville.

Oh, vraiment ? Je me retiens de rire. L'envie me tenaille de lui dire de rappliquer tout de suite, tant ce petit jeu commence à affoler mes sens.

Me mordant la lèvre, je me recule pour m'abîmer dans la contemplation de New York. Que lui répondre ? Qu'il me manque ? Que je me languis d'être à ses côtés ? Que j'ai envie de lui ? Je choisis d'opter pour une plus subtile provocation.

June
Quel dommage. Il ne me reste plus
qu'à trouver de la compagnie ailleurs.

J'imagine très bien les yeux gris de Ryan virer au sombre face à ce message et j'envisage immédiatement plusieurs réactions possibles de mon beau directeur… J'avoue que je ne sais pas trop laquelle serait la plus appropriée… qu'il me réponde en élevant un peu plus encore le niveau du jeu, ou qu'il plaque là sa réunion pour débouler ici… ou encore qu'il réagisse d'une manière à laquelle je ne m'attends définitivement pas… franchement, moi, j'ai juste envie de le pousser encore un petit peu pour voir jusqu'où peut aller ce jeu…

Ryan Carter
Je vous ferai regretter cela,
mademoiselle…

Oh ! Des menaces à présent ?

June
Ah oui ?

Ryan carter
Oui.

Je fronce les sourcils. Va-t-on trop loin, soudain ? Après tout, notre relation est incroyablement récente, et qui plus est notre statut professionnel complique un peu le tout… Que dire ? S'excuser ? Une nouvelle enveloppe s'affiche sur l'écran. J'ouvre.

Ryan Carter
Tu m'as manqué hier soir…

Oh !

Nouveau coup au cœur, qui effectue un triple salto piqué quand je lis le reste du message.

Ryan Carter
… il va falloir te faire pardonner.

Ah oui ?

June
Carrément ?

Ryan Carter
Parfaitement. Que portes-tu ?

June
On devient curieux,
monsieur le directeur ?
Devine, ou viens voir par toi-même…

Je repose l'appareil, dans l'attente de sa réponse… qui ne vient pas.

Merde !

Un milliard de suppositions me passent par la tête. L'ai-je vexé ? Déçu ? Peut-être est-il occupé ? Je m'accorde une seconde de réflexion. Ryan n'est pas du genre à se vexer. Je gage plutôt qu'il s'agit là d'un nouvel aspect dans ce petit jeu entre nous. Me faire attendre jusqu'à ce que je cède à la pression… Il ne m'aura pas comme ça !

Je hausse les épaules et retourne à ma boîte remplie de dossiers. Un bref instant, je songe à la demande de Jake. Insister auprès de Carter pour qu'il soit plus prudent. Envers quoi ? Qui ? Bientôt vingt minutes et pas de réponse.

– OK, monsieur Carter. Voyons voir si vous restez muet face à *ça*.

Moi aussi je sais faire monter la pression… Je reprends l'appareil, mode selfie cette fois, et l'oriente de manière stratégique sur mon décolleté. Un, deux essais… je tente de ne pas songer à la tête que ferait le dragon Sparke si elle déboulait à cet instant même dans mon bureau !

Lorsque je suis satisfaite du résultat, j'envoie à Ryan avec un petit message d'accompagnement.

June
Vous semblez sécher,
monsieur… voici un indice
pour vous mettre sur la voie…

Et sans plus me formaliser de son absence de réponse, je retourne à mes dossiers.

***

Une heure ou deux plus tard, je suis toujours penchée sur les documents et cela m'absorbe à cent pour cent. J'en termine un et redresse la tête, pensive.

Plus je compulse ces éléments, plus le projet Water que je gère avec Mark Leviels m'apparaît sous un jour différent. Il n'y a pas seulement une volonté d'acheminer une eau potable dans une région de pauvreté intense. Non, je devine d'autres implications plus profondes, plus visionnaires. L'eau potable, c'est le début de l'urbanisation. Un moyen de mettre sur la route d'une avancée humaine et sociale une population qui n'a pas la possibilité de faire autre chose que survivre dans l'immédiat. Se pourrait-il que, sous ses apparences de jeune milliardaire irrésistible, Ryan soit profondément humain ? Je soupire, me redresse et gagne la boîte d'archives pour ranger la pochette et en prendre une autre. Mais, tout à mes songes, je saisis un peu maladroitement la nouvelle pochette… dont le contenu m'échappe.

– Oh non !

Je contemple le désastre au sol et pousse un soupir exaspéré. Décidément… Je m'agenouille, rassemble les feuilles éparses… et peste encore en constatant que l'une d'elles s'est fait la malle dans un endroit presque inaccessible. J'en suis à me contorsionner pour tenter de la récupérer… quand une voix grave m'interrompt. Une voix… affolante à souhait.

– Une jupe un brin trop sage et des bas satinés. Je l'avais deviné.

Oh bordel !

Je me redresse aussi vite qu'un cobra dérangé pendant sa sieste, pivote… et me retrouve happée par deux yeux d'un gris intense.

– Ryan !

Ses yeux se plissent tandis qu'il me contemple, et je prends conscience de ma position assez… particulière.

– Quand tu m'as suggéré de venir voir par moi-même ce que tu portais, je ne pensais pas que tu m'attendais pour m'accueillir de manière aussi… explicite.

Je rougis – je suis certaine que je rougis sous son regard pour le moins pénétrant. Et du fait aussi que plusieurs images très… suggestives… de nos deux corps jaillissent dans mon esprit coquin.

En moins de deux je suis debout, les feuilles en désordre contre ma poitrine.

Ryan laisse courir son regard sur moi et je frissonne. Sa caresse virtuelle a tout de l'homme prêt à fondre sur sa proie, et mon corps y réagit illico !

– Je vais devoir songer à t'offrir quelques jupes fendues si tu persistes dans ce type de garde-robe !

– Parce que ma tenue ne vous convient pas, monsieur ?

– Elle est assez évocatrice, c'est vrai, admet-il. Mais avec un peu plus d'audace, elle en deviendrait… irrésistible.

Ma respiration se bloque sous le feu des émotions que ces propos attisent. Et je suis certaine que Ryan sait parfaitement l'effet qu'il me fait.

Je suis un véritable livre ouvert pour lui ! Un livre qu'il parcourt chaque jour avec une facilité un peu plus déconcertante. Aussi l'envie me prend d'y mettre un peu de piquant, histoire qu'il entraperçoive une autre facette de moi-même… celle qui il y a quelques heures à peine, se plaisait à jouer avec lui, justement…

Rivant mes yeux aux siens, j'esquisse une ébauche de sourire avant d'entrouvrir la bouche. Lentement, je me mordille la lèvre avant d'accentuer mon sourire. Son regard s'est assombri, une ombre nouvelle l'habite. Monsieur est donc réactif à ce genre de choses… Bien. Je penche la tête sur le côté et recule de quelques pas jusqu'à buter contre le bureau.

– Est-ce déjà plus audacieux, monsieur ? demandé-je, ingénue.

En deux pas, Ryan est sur moi. De surprise, j'en laisse tomber le dossier lorsqu'il caresse ma joue du bout du doigt avant de m'embrasser délicieusement. Les feuilles s'éparpillent autour de nous, tapis blanc moucheté de noir sur la moquette feutrée, mais aucun de nous ne s'en préoccupe. Nous sommes bien trop occupés à nous dévorer mutuellement. Les mains de Ryan explorent mon dos et ma taille, se glissent dans mes cheveux, malmènent mon chignon. Je m'en moque. Il est là et c'est tout ce qui compte. Il est auprès de moi.

– Ryan… soufflé-je entre deux baisers.

– Tu ne sais toujours pas l'effet que tu me fais, n'est-ce pas ? murmure-t-il à mon oreille, ravageur.

– Je crois en avoir une petite idée, je réplique en laissant courir ma main stratégiquement sur lui.

– June… halète-t-il, le souffle court.

Son baiser cette fois est plus fiévreux, rempli d'une urgence qui me fait bouillir le sang. Je l'attire à moi, me laisse emporter par le désir qui a pris possession de nos corps. Nos caresses se font plus précises, plus troublantes.

– June… répète Ryan en s'écartant, et l'effort qu'il fait pour reprendre la maîtrise de lui-même est clairement perceptible. Si tu persistes à me caresser comme ça, je vais te faire mienne, ici et maintenant.

J'ose un sourire coquin.

– Et qu'est-ce qui te fait croire que le programme me déplaît ?

– C'est vrai qu'il est assez tentant… répond-il, faisant mine de réfléchir. Mais j'ai prévu autre chose.

Déjà redevenu maître de lui-même. Je recule la tête pour plonger dans son regard.

– Autre chose ? Comme quoi ?

– T'enlever, me déclare-t-il, sérieux au possible.

Je hausse un sourcil, hésitant entre amusement et moquerie.

– D'ordinaire, lui fais-je remarquer, les kidnappeurs n'annoncent pas leurs intentions.

Un mince sourire marque ses lèvres, me donnant illico l'envie de l'embrasser encore.

– Je suis un kidnappeur des temps modernes, argue-t-il. Je fais toujours en sorte que ma victime soit consentante.

– Est-ce toujours une victime, dans ce cas ?

La main de Ryan se lève à hauteur de mon visage, et avec une douceur infinie, il vient caresser ma joue. Je penche la tête pour me presser contre ses doigts et renforcer ce contact charnel si plaisant. Si tendre. J'aime quand il se fait doux, comme ça. Ça comble un vide béant en moi, cette absence si profonde – cette solitude si poignante…

– Souhaitez-vous vraiment qu'on lance le débat, mademoiselle Brown ? demande-t-il tout bas.

Je réponds non avec mes yeux. Ceux de Ryan s'adoucissent alors qu'il me contemple. Lentement, il s'écarte, me permettant de quitter le bureau.

– Viens, me propose-t-il, main tendue. On passe chez toi prendre tes affaires, et je t'enlève de la face du monde. Ce week-end, je te veux rien qu'à moi.

CHAPITRE 23

June

« Ce week-end, je te veux rien qu'à moi. »

Ou comment affoler encore plus mon cœur fragile ! Nous avons quitté le bureau plutôt discrètement et Ryan m'a entraînée jusqu'au sous-sol, où sa voiture personnelle est garée. Pas de limousine, mais une Aston Martin grand luxe, pure et racée. Une voiture nerveuse et sportive, exigeante en tenue de conduite – à l'image de son propriétaire. Ryan gère la voiture avec flegme et assurance, mais je devine le véhicule puissant et le conducteur aguerri. Et quelque part, je ne suis pas plus surprise que cela du choix du bolide… il correspond à son propriétaire à plus d'un titre…

L'autre soir, après cette folle étreinte dans son bureau, je n'y avais pas vraiment prêté attention. Je n'avais d'yeux que pour cet homme incroyable à qui je venais de me donner corps et âme – Ryan Carter, P.-D.G. de Carter Corporation, et accessoirement mon patron.

Pour le coup, en plein jour et la tête un peu moins retournée, j'étudie la bête en détail tandis que Ryan nous conduit jusqu'à mon appartement. Il n'y a pas à dire, des voitures comme ça, ça fait rêver… et ça ne passe pas inaperçu.

Lorsqu'il se gare au pied de mon immeuble, je mets quelques secondes à me décider à bouger.

– J'en ai pour quelques instants, déclaré-je en sortant.

Je file dans la cage d'escalier et jusqu'à mon étage. Penderie ouverte, sac jeté sur le lit, j'extrais des affaires des étagères, fébrile. Que prendre ? Robe, pantalons, shorts ? Lingerie sexy ?

J'opte pour un panel plutôt éclectique, me déplace dans la salle de bains pour ajouter des éléments indispensables à tout week-end sulfureux… Retour au salon. Un petit couinement attire mon attention. Frimousse !

Je m'agenouille devant la cage, ouvre la porte et laisse mon hamster grimper sur ma paume.

– Oh mon gros. Je suis désolée, je ne vais pas être là pendant quelques jours.

Dans une sorte de gazouillement, Frimousse se roule sur lui-même afin de quémander une caresse. Je passe le bout de mon doigt dans sa fourrure, en me sentant un peu coupable de le délaisser.

– Pardon Frimousse. Je te promets que lundi c'est open pour toi toute la soirée !

Je replace la petite bête dans son habitat et remets de l'eau fraîche et une montagne de graines avant de me lever pour terminer mon sac. Le temps de changer de chaussures et d'enfiler une tenue moins *working girl*, je referme la porte de mon appartement et redescends jusqu'à l'Aston Martin. La vision de Ryan, nonchalamment appuyé contre le véhicule, sans cravate ni veste, bras croisés, est à couper le souffle !

Il se redresse lorsqu'il m'aperçoit, un fin sourire aux lèvres.

– Je me doutais que je prenais un risque en te prévenant au dernier moment.

– Mais j'ai mis trente minutes tout au plus ! m'offusqué-je.

– Justement… rétorque-t-il.

Et son regard pétillant achève de me faire fondre. Refusant d'être en reste, j'avance la main comme pour le menacer ; mais il est plus rapide que moi. Il profite du mouvement pour m'attirer dans ses bras – et, je l'admets, je n'oppose guère de résistance… Nos lèvres s'unissent et sa proximité réveille ce volcan au creux de mon ventre, qui commençait tout juste à s'apaiser.

– Kidnappée, murmure-t-il.

– C'est à vérifier, monsieur le P.-D.G. Où as-tu prévu de me retenir prisonnière ?

– Tu verras.

***

« Tu verras. » Oh, oui, ça pour voir, j'ai vu… Quelques dizaines de minutes de route dans un véhicule rapide, les buildings qui se raréfient, qui s'éloignent. Et l'horizon soudain dégagé. Je tourne un regard surpris vers Ryan tandis qu'il enfile les virages. Ses yeux gris se posent brièvement sur moi avant de revenir à la route.

– Ne me dis pas… commencé-je.

– Je ne le dis pas, alors, réplique-t-il, souriant.

Monsieur Intense qui s'essaye à l'humour ? Intéressant…

Quelques moments encore, je l'observe discrètement de biais. Un profil racé, fier, une allure décidée, un visage taillé dans le marbre, des cheveux soigneusement peignés… à le voir comme ça, il a tout du jeune cadre qui a réussi – et c'est le cas, je dois l'admettre. Mais je décèle autre chose en lui… peut-être est-ce dû à sa chemise ouverte au col, à ces manches qu'il a retroussées, à la nonchalance qui émane de lui… Ryan hors du building de Carter Corporation et loin de son rôle de P.-D.G., ou même d'amant passionné, m'apparaît de plus en plus comme un être profondément humain et empli de principes que j'aimerais connaître davantage…

Lorsqu'il se gare sur un parking presque désert, je m'aperçois que je n'ai pas cessé de le contempler. Et lorsque ses iris se verrouillent à mes yeux, je ne peux que lui sourire. Cet homme m'impressionne. Il m'intrigue.

Il me fascine.

Je finis par détourner les yeux, et quitte le véhicule à son invitation. Je pousse une petite exclamation de surprise quand je contemple l'environnement extérieur.

Une dune de sable parsemée de petits buissons. L'horizon à perte de vue. Le son d'un ressac régulier, faible, porté par le vent. Et l'odeur si caractéristique de l'iode.

– L'océan…

Ryan me rejoint, un sac dans une main, et ses doigts libres s'emmêlent aux miens. Je le suis tandis que nous descendons la dune jusqu'à une vaste plage de sable.

***

– Dommage que tu ne m'aies pas prévenue, j'aurais pris un maillot.

Le regard gris se porte sur moi et m'enveloppe presque tendrement.

– Ça n'aurait plus été une surprise, rétorque-t-il placidement. Et puis… le maillot de bain n'est pas forcément nécessaire. Je te préfère au naturel.

Je tourne un regard surpris vers lui. En cette fin d'après-midi, nous nous sommes étendus sur une serviette de plage, à même le sable. Ryan y a dressé une « table » sommaire et nous avons dégusté un repas digne de celui d'un restaurant gastronomique, composé de chips, salade mélangée, sandwich aux crudités, et quelques fruits en dessert. Frugal, mais l'intention m'a touchée.

Et même si nous avons été plusieurs fois dérangés par son smartphone et ses messages de bureau, il s'est arrangé pour me donner la sensation que le moment m'était exclusivement réservé. Nous avons parlé très longuement. Ryan a su se montrer profondément intéressé par mes passions et mon mode de vie, par mes espoirs et mes attentes, mais par mes inquiétudes aussi. J'ai apprécié son écoute, sa présence, bref le moment dans son ensemble.

Lui est resté évasif face à mes timides questionnements. Je n'ai pas insisté. Je comprends qu'il ne se dévoile pas encore entièrement à moi. Un jour prochain, très certainement…

Qu'il m'ait déjà offert ces heures de liberté avec lui, comme ça, loin du bureau, loin de la foule, me fait du bien. Et puis, à mon sens, nous avons assez parlé pour aujourd'hui…

– J'ai cru remarquer, effectivement. Mais puisque je reste ta prisonnière jusqu'à lundi…

Souplement, je me déporte pour me déposer sur lui et souder mes lèvres aux siennes.

– Doucement, June, tu ne sais pas à quel risque tu t'exposes, me prévient-il en déposant ses mains sur mes hanches.

– Je n'y peux rien. Je suis affamée de toi ! répliqué-je en bécotant sa bouche.

– Le repas ne t'a pas suffi ?

Je m'esclaffe et me redresse pour le contempler. Allongé sur le sable, presque abandonné, Ryan Carter, patron d'une multinationale en forte croissance, semble incroyablement humain, et presque… un homme tout ce qu'il y a de plus ordinaire – *presque*, cependant… Qui irait se douter de la teneur de son poste et de ses responsabilités, à le voir ainsi ? Si détendu d'ailleurs, que c'en est surprenant. Comme si j'avais face à un moi une tout autre personne, débarrassée du stress, de la tension, des obligations et du poids de sa fonction. Un homme tout simplement, somme toute… Et qui m'attire irrésistiblement.

– Dis-moi à quoi tu penses, exige-t-il comme je l'observe, muette.

– Je me dis que tu n'es décidément pas le dirigeant que je croyais.

Le beau regard se trouble et se fait plus lointain.

– Je n'ai pas toujours été tel que tu me vois, June, me dit-il lentement. Je suis parti de rien, j'ai bâti mon entreprise de mes mains.

– Seul ? demandé-je à mi-voix.

Après notre long échange de cet après-midi, je n'ose plus vraiment faire ma curieuse…

– Seul, me confirme-t-il, et je me fais attentive. Ma mère est morte quand j'étais très jeune et quant à mon père… il s'est tué plus tôt encore. Un accident en montagne, précise-t-il face à la lueur de tristesse qui s'est sans nul doute mise à briller dans mon regard. Mais j'étais – et je suis toujours – un être humain comme les autres. C'est ma fonction qui te fait croire que je suis un autre.

Un petit moment de silence suit sa déclaration. Je l'observe, ne sachant que dire. Au fond de moi, je suis émue et touchée par la confidence. J'ai le sentiment qu'il m'ouvre une petite porte sur lui-même, sur l'être qu'il est réellement, une fois ôté le costume du P.-D.G. et cela me va droit au cœur. Ryan accroche mon regard et un délicat sourire vient étirer ses lèvres, avant qu'il ne se détourne pour contempler les vagues mourant sur la plage. Je résiste à l'envie de retourner me blottir contre lui. Ryan n'a rien d'une personne faible qui souffre de son passé. Non, il est loin de tout ça.

Et je songe soudain avec une certaine brutalité que lui et moi, nous avons plus de points en commun que ce que je croyais.

Nous sommes orphelins, tous les deux.

Mais, loin d'en être gêné ou triste, Ryan semble en tirer une force que j'admire. La tranquillité avec laquelle il m'a dit cela, l'assurance qu'il dégage…

Il s'est construit autour de cela.

J'esquisse un sourire et avance la main pour toucher ses lèvres.

– Avoue que tu n'es tout de même pas comme tout le monde.

– Ah non ?

– Non. N'importe qui aurait réussi cette salade composée mieux que toi !

Dans une sorte de rugissement, Ryan se redresse, m'agrippe et me fait basculer en arrière. J'échoue dans le sable et il se dépose sur moi l'instant suivant. Ses yeux accrochent les miens et ne les quittent plus, tandis que sa main caresse ma joue et peu à peu dérive, doucement, lentement… plus bas… toujours plus bas.

– Ryan…

– Tu as raison. Je ne sais pas faire les salades composées. Mais en même temps, ça me permet d'avoir encore faim pour mieux savourer le dessert.

Ses doigts folâtrent à présent du côté de ma cuisse, en relevant impudiquement ma minijupe. Je n'oppose nulle résistance, me contentant de le dévorer du regard, et de dessiner du bout du doigt des arabesques dans son dos.

J'aime être contre lui. J'aime être avec lui. J'aime qu'il se presse contre moi, comme ça, qu'il me regarde comme il le fait, si intensément que j'ai la sensation d'être importante et unique à ses yeux.

– Le dessert ? je répète, mutine.

– Un dessert d'un mètre soixante, au regard clair et aux courbes admirables, précise-t-il.

Je pousse un gémissement. Dans un accord parfait avec sa déclaration, Ryan a insinué deux doigts en moi. Et la caresse subtile qu'il amorce provoque immédiatement de délicieuses vagues de crispation dans tout mon être.

– Ryan…

Je relève la tête, plonge dans ses yeux, me laisse emporter par le délice de ses doigts en moi. C'est doux, insistant, brûlant et diablement excitant. Un moment je le laisse agir, savourant la perception de chaleur purement érotique qui enfle peu à peu dans mon ventre et menace progressivement de déborder. C'est puissant. Incroyablement puissant. Je lis dans ses yeux l'intensité qu'il éprouve de son côté ; et loin d'être gênée qu'il soit le témoin de mon désir naissant, je m'arrime plus fermement à son regard, refusant de le quitter une seule seconde. Il me porte. Il m'emplit. Il s'assombrit peu à peu à mesure que sa caresse s'amplifie, devient plus tentante, plus osée. À tel point que, très vite, cela ne me suffit plus. Je m'évertue pourtant à faire durer le plaisir… encore un instant. Un tout petit instant.

– Je veux plus, articulé-je finalement, au bord du supplice. Je te veux, toi !

– Vos désirs sont des ordres, répond-il.

Déjà il se relève, me happe le bras pour m'attirer à lui. Délaissant nos affaires, il m'entraîne à la voiture. Sa main dans mon dos dessine d'affolantes arabesques qui attisent mon désir plus encore. Lorsqu'il s'arrête pour m'ouvrir la portière, ses yeux brillent. Je lui souris, et vivement, l'attire à moi pour l'embrasser. Notre baiser est puissant, fiévreux. Il me ravage en totalité ; et je lutte pour conserver un brin de lucidité. Pivotant, je repousse mon amant en arrière… vers l'intérieur de la voiture.

– June…

– Chut… là, c'est moi qui contrôle.

Étonnamment, mon compagnon n'oppose nulle résistance. Plutôt docilement, il s'installe sur le siège passager et le recule au maximum. J'entre, le chevauche et referme la portière sur moi. Dans la promiscuité de l'habitacle, tout prend soudain une autre dimension et je m'empare de sa bouche avec ferveur.

Mes mains partent à l'assaut de son torse, de ses cheveux, de sa nuque… j'aime le découvrir avec mes doigts, parcourir son corps de la sorte. C'est comme prendre possession de lui. Comme s'approprier chaque parcelle de lui, une à une. J'ouvre sa chemise, trace les contours de ses muscles, m'amuse à faire frissonner sa peau. Les yeux de Ryan sont sur moi, et leur profondeur est troublante. Comme s'il lisait en mon âme, juste avec son regard…

J'ose un sourire aguicheur, m'écarte de sa bouche et abaisse les yeux vers mes mains. Elles ont gagné en audace et, dérivant entre les pans ouverts de sa chemise, s'arrêtent à la ceinture de son pantalon. Un instant je le contemple, trouve son accord au fond de son regard. Puis je défais les boutons, délivrant son membre déjà raidi et impatient. Cela met fin à mon envie de jouer, pour laisser place à une autre, plus impérieuse et immédiate.

– Je te veux, répété-je en me redressant sur les genoux.

Un geste, et ma lingerie n'est plus qu'un vague souvenir…

Les mains de Ryan s'emparent de mes hanches et m'amènent tout contre son extrémité. Le frôlement sur ma fente m'excite un peu plus, et je me dégage de son étreinte pour m'empaler sur lui.

J'ai trop envie de lui en moi pour faire durer encore tout ça.

Je le veux.

Un cri de plaisir m'échappe quand il m'investit pleinement ; et je repousse la tête en arrière, avant de commencer une danse du bassin fiévreuse.

Les mains de Ryan reviennent s'emparer de mes hanches et m'imposent un rythme contre lequel, clairement, je ne dis pas non. Un sourire passe sur ses traits, et sans prévenir, il bascule le dossier du siège en arrière, m'entraînant avec lui. L'instant suivant, il s'élève en moi à coups de reins puissants pour me prendre, encore et encore.

J'enfouis mon visage dans son cou et me laisse emporter par la déferlante qui me vrille le ventre, vers un orgasme débridé et hors de tout contrôle – comme lui seul sait m'en procurer.

Joueur, Ryan l'est, indéniablement. Et lorsqu'il me retient loin de lui, alors que je sens monter la jouissance depuis le tréfonds de mon intimité, je ne peux que râler, frustrée.

– Ryan…

– Chut, ma chérie. Viens là.

Et de se contorsionner dans l'espace restreint de l'Aston Martin. Rapidement, Ryan se redresse en position assise, me tournant pour que je lui présente le dos. Sa main court sur mes reins, langoureusement, avant de se glisser sous la ceinture de ma jupe, pour folâtrer vers mon pubis.

– Ryan… supplié-je du bout des lèvres.

Je bous de le sentir en moi, contre moi. Un désir puissant et implacable me possède – un désir que je veux par-dessus tout assouvir, là tout de suite !

– Viens là… répète-t-il en faisant pression de l'autre main sur mon dos.

La première a commencé sa délicieuse reptation entre mes replis. Je savoure, en me mordant la lèvre.

Lorsque ses doigts me réinvestissent, je renonce à étouffer mon cri de plaisir et m'abandonne pour m'empaler tout aussitôt dessus.

– Laisse-toi aller, m'encourage-t-il tandis que je glisse sur lui. June…

Puis, quelque chose change. Je perçois son gland caresser ma fente, rejoindre ses doigts en moi, se presser contre mon intimité.

Et son pouce de sinuer sur mon bourgeon, si follement…

– Oh…

Le soupir m'a échappé. Mon envie monte d'un cran, le plaisir menaçant de se déverser sans que je puisse le contenir.

– C'est ça… continue Ryan.

Ses va-et-vient sont d'une diabolique lenteur.

– Tu vas m'achever, supplié-je. Je n'en peux plus, Ryan…

– Chut.

Lentement, son rythme change, progresse. Et sa main me quitte pour courber mon dos, m'amener à me cambrer plus encore. Son sexe me reprend pleinement, me possède totalement… avec une vigueur de plus en plus éclatante – de plus en plus plaisante.

Je le devine s'enflammer, abandonner un par un les lambeaux de son self-control.

Et lorsqu'il me prend les hanches pour me presser contre lui, peau à peau, je ne résiste pas et m'ouvre davantage, pour le recevoir en totalité.

Son membre en moi, durci, me porte au septième ciel sur-le-champ et, dans un long gémissement, je me laisse envahir par l'orgasme avant de m'oublier dans ses coups de reins enflammés.

CHAPITRE 24

June

« Ce week-end, je te veux rien qu'à moi. »

Nous avons passé une partie de l'après-midi à la plage, dans sa voiture, puis dans son loft… Ryan est insatiable, inventif, attentif. Aimer dans ses bras est un délice sans cesse renouvelé, auquel je m'abandonne avec joie. Entre deux étreintes, deux caresses, nous avons continué de parler. Mon blog semble l'intriguer, et il m'a prodigué je ne sais combien de conseils et de projections pour le développer. J'ai eu beaucoup de mal à lui faire comprendre que mon seul intérêt là-dedans, c'est de partager ma passion de la cuisine – et pas d'en faire un truc qui cartonne et qui fédère des milliers de followers. Là où je pense plaisir, lui pense business… mais je l'apprécie tel qu'il est.

Et ses réflexions sont autant de marques d'intérêt pour ce que je fais et pour ma passion, je l'ai bien compris. Nous sommes rentrés chez lui et avons passé encore un moment ensemble, dans le salon, face à la baie vitrée. Je l'ai écouté me parler, se projeter dans un avenir florissant. Nous avons évoqué le boulot – un peu – nos aspirations – un peu plus – et nos points de vue sur le monde – beaucoup plus… avant que son smartphone ne l'éloigne de moi pour un temps.

Travail et obligations… je me suis abîmée dans la contemplation de la ville qui s'assombrissait, tandis qu'il gérait à distance le bureau. Puis il est revenu, pour m'embrasser, pour être à mes côtés.

La soirée s'est écoulée, douce, *caliente* et romantique tout à la fois.

***

Le dimanche soir, Ryan me raccompagne chez moi, et le retour dans mon petit appartement me déphase quelque peu. Frimousse s'est excité comme un petit fou dès qu'il m'a entendue passer la porte et je lui laisse libre accès à l'appart pour me faire pardonner mon absence.

Et pendant qu'il trottine un peu partout dans le salon, moi, j'ouvre mon ordi et me connecte à mon blog. Je le néglige, ces derniers temps, et je n'aime pas ça. Cuisiner, c'est mon plaisir, mon passe-temps, un truc que je fais pour me détendre et ce blog me permet de partager ma passion avec des accros comme moi des bonnes choses. Au fil du temps toute une petite communauté s'est ralliée à mes posts, et je dois dire que j'apprécie ces échanges par écran interposé.

Alors, les délaisser parce que ma vie professionnelle et sentimentale prend soudain une tournure plus intense, je ne trouve pas ça ultra-correct.

J'ouvre un nouveau billet et me lance dans la rédaction de mon ressenti sur une ancienne recette, que j'ai ressortie dans la semaine. Néanmoins, je me retrouve plus d'une fois les yeux dans le vague, à penser à tout autre chose qu'ingrédients et temps de cuisson.

Je songe à Ryan.

À son regard si expressif, perdu je ne sais où sur la plage. À ses quelques confidences sur son enfance, sur l'empire qu'il s'est construit. À ses conseils aussi, pour gérer mon blog. À ses silences. À ses questions. À nos moments ensemble.

Je dois le reconnaître : Ryan n'est décidément pas le milliardaire que je croyais. Je vais de surprise en surprise avec lui. Tantôt je découvre qu'il emploie les fonds de sa firme à promouvoir des actions aussi bien humanitaires qu'écologiques ou favorisant les nouvelles technologies ; tantôt je comprends qu'il s'est forgé un monde et un nom dans la solitude la plus totale, uniquement à force de ténacité.

C'est admirable.

Que me cache-t-il, encore ? Que vais-je apprendre d'autre sur lui ?

Il m'attire.

Et je devine, soigneusement dissimulée derrière sa fonction, une grande solitude, que j'aimerais estomper rien qu'un peu, avec ma présence à ses côtés. Voudra-t-il de moi ? Je n'en sais rien. Mais je n'ai rien à perdre à essayer.

Lâchant un soupir de lassitude, je poste mon message sans même le relire, referme l'ordi et pars à la recherche de mon hamster. Je le découvre dans un petit coin presque inaccessible, et tout en contorsionnant mon bras pour le récupérer, je me promets de passer à l'animalerie dès demain acheter un parc suffisamment ample pour qu'il se défoule sans que je doive faire des acrobaties pour l'amener à rentrer dans sa cage !

Après un bain moussant XXL, je m'effondre dans mon lit.

***

Lorsque je débarque au bureau, le lundi matin, je suis encore sur mon petit nuage et je décide de faire le détour par le quarante-deuxième étage. La nostalgie de mes amis, des blagues vaseuses de Mat, de la franche camaraderie… Je bipe Lisa tandis que j'attends l'ascenseur, dans lequel je m'engouffre avec entrain.

Je débouche à mon ancien étage toute souriante, et passe la tête dans le service comm' sans plus de manière. J'aperçois la tignasse échevelée de Matt dans son box, occupé à discuter avec quelqu'un au téléphone, et agite la main au moment où il se tourne vers moi.

Ses yeux s'agrandissent quand il me découvre, et un sourire chaleureux se dessine sur son visage. Je lui fais signe de me rejoindre et il s'exécute, après avoir rapidement terminé sa conversation. J'ai tout juste le temps de lire le message de Lisa, qui s'excuse de ne pas pouvoir venir, qu'il apparaît devant moi.

– Princesse ! s'exclame-t-il en passant les portes de l'open space.

– Café ? je réponds, malicieuse.

– Quoi ? celui du dernier étage est si mauvais que ça pour que tu descendes jusqu'ici ?

– Tu sais bien que rien n'égalera jamais nos pauses ensemble !

Matt me décerne un sourire amusé, et fait mine d'ébouriffer mes cheveux. Je m'écarte en râlant, et tout en plaisantant, nous approchons de la machine préférée des travailleurs matinaux.

– Comment ça se passe sans moi ? je finis par demander.

Matt hausse les épaules et je devine qu'il cherche ses mots, sans doute pour ne pas me faire culpabiliser d'avoir pris cette décision de carrière.

– On gère, t'en fais pas. June, écoute… reprend-il en posant les yeux sur moi.

– Mais tu deviens sérieux dis donc ! le taquiné-je.

Mais Matt ne rit pas. Au contraire. Je m'inquiète immédiatement.

– Un souci ?

Mon ancien collègue soupire et malmène sa chevelure d'un geste agacé. Ce geste, je le connais bien : il le fait souvent lorsqu'il est contrarié et que ça ne va pas. Ça en rajoute à mon inquiétude. Oublié, le café. Je ne songe qu'à mon collègue.

– Matt ? Qu'est-ce qu'il y a ?

– Écoute, se lance-t-il finalement. J'ai parlé à Colin de ton ghost.

– Les messages sur mon blog ? questionné-je en faisant tourner mon cerveau à toute allure.

En quoi les commentaires d'un fêlé peuvent-ils le mettre dans un état pareil ?

– Oui, approuve Matt. Perséphone.

J'acquiesce, soudain anxieuse. Qu'est-ce qu'il va me dire ?

– Colin…j'étais au téléphone avec lui. Je crois qu'il a trouvé quelque chose.

Je tourne un regard effaré vers Matt.

– Tu lui as vraiment demandé ?

– Ben oui, princesse… C'est pas à prendre à la légère quand même…

J'hésite entre sourire, touchée par l'attention manifeste, et m'agacer qu'il ait poussé Colin à mettre son nez dans mes affaires.

Et si l'un ou l'autre a lu mes billets ? Ceux où j'évoque Ryan…

– Bref, conclut mon ami. Il vaudrait mieux qu'on aille le voir. Tu as dix minutes devant toi ?

***

Je suis Matt dans l'ascenseur et jusqu'à un étage inférieur où il navigue sans hésitation aucune. Je devine qu'il a plus d'une fois fréquenté l'endroit. Matt et Colin sont de très proches amis, je ne m'en étonne donc pas.

Lorsqu'il pousse une porte et me fait entrer dans un vaste open space encombré de bureaux et de matériel informatique, j'ai besoin d'un moment pour me situer. Ici, il semble qu'il y ait plus de machines que d'êtres humains… mais je finis par apercevoir quelques têtes par endroits.

Matt slalome entre deux rangées de tours et d'écrans lancés dans je ne sais quel programme, et s'arrête dans un angle. J'ai la surprise d'y découvrir Colin, cravate lâche autour du cou, chemise débordant d'un pantalon noir et veste sombre négligemment jetée sur le dossier d'un fauteuil. Son regard, jusqu'alors rivé à un double écran, pivote vers nous et un petit sourire étire ses lèvres pincées.

– On d'scend d'sa tour d'ivoire ? lance-t-il, railleur.

Je ne réplique rien. Colin a son humour bien à lui, et puis il a visiblement bossé pour identifier mon fauteur de trouble. Je lui dois au moins de ne pas me montrer agacée par ses reparties piquantes.

– Je l'ai convaincue de se frotter au menu peuple, en rajoute Matt, hilare.

Là, je me permets de lui envoyer mon coude dans les côtes.

– Aïeeee, se plaint-il, faussement choqué.

– Tu m'en diras tant, je réplique en levant les yeux au ciel.

Matt secoue la tête puis se tourne vers son ami. Colin, lui, a suivi notre petite joute sans mot dire, imperturbable.

J'esquisse un sourire contrit et entre directement dans le vif du sujet.

– Selon Matt, tu as du neuf à propos de mon… fauteur de troubles ? Sur mon blog.

Colin acquiesce d'un mouvement sec du menton et retourne illico à ses écrans. Il pianote je ne sais quoi sur son clavier, faisant apparaître une nouvelle fenêtre Internet. Je reconnais la page d'accueil de mon blog. Quelques touches enfoncées, et des lignes de code s'incrustent sur l'image.

– C'est quoi ? demandé-je en me penchant pour mieux voir les caractères.

Autant de trucs et de combinaisons qui ne me parlent pas du tout.

– Le code source de ton blog, me répond-il sur le ton de l'évidence.

Of course !

– Si tu le dis…

Colin soupire et daigne quitter ses écrans quelques instants pour me faire face.

– C'est le codage brut de ton blog, reprend-il d'un ton neutre. Les trucs de base, la prog', ce genre d'choses.

– Ouais… et… ça te permet de savoir qui met quoi sous mes billets, c'est ça ?

– Dans les grand'lignes, me réplique-t-il en revenant à son écran.

Il fait défiler le texte, puis s'arrête sur un ensemble de lignes de code qu'il surligne.

– Là, déclare-t-il. Ça, c'est un des comm' de ton agitateur.

Je scrute en vain l'écran. Pour moi, tout ça, c'est du chinois. Et sans doute Colin s'en rend-il compte, car il abrège de lui-même la démonstration technique.

– Bref, reprend-il. J'ai tracé l'IP du serveur et r'monté jusqu'à la source. Ça a pas été trop compliqué, encore que l'gars a tenté d'brouiller les pistes.

– Et t'as trouvé ? l'interrompt Matt.

Colin lui lance un regard insondable avant de répondre.

– Ouais, j'ai trouvé son agitateur. Enfin, j'devrais mettr'ça au féminin.

– Quoi, c'est une fille ? s'exclame Matt.

Aussi bien lui que moi, nous n'avons plus envie de nous chamailler. Je reste suspendue aux lèvres de Colin, dans l'attente.

– Ouaip, confirme-t-il. Une nana friquée des beaux quartiers. Le genre rupin qui vit rubis sur l'ongle, tu vois l'truc. Une certaine… Jenny Blake.

– JENNY !

Je hurle. Les mecs sursautent à l'unisson.

– Quoi ? Tu connais ? me demande-t-on.

Si je connais ? Et pas qu'un peu…

– Oh, oui…

CHAPITRE 25

June

Tandis que je laisse l'ascenseur me ramener vers « mon » étage et mon bureau, le prénom tourne en boucle dans ma tête. Jenny…

À la lueur de cette découverte, les divers commentaires sur mon blog prennent un jour nouveau.

Ils sont apparus peu après ma confrontation avec elle dans les couloirs. Elle prétendait savoir ce que je cherchais.

Je crispe les poings. Ça me démange d'aller la trouver pour lui dire mes quatre vérités. Que sait-elle de moi ? Rien ! Alors, pourquoi ce jugement hâtif et ces messages particulièrement pénibles ? Et comment a-t-elle fait pour trouver mon blog ? S'est-elle fait aider d'un informaticien, elle aussi ? Comment savoir ?

Je débouche au dernier étage, plus que perplexe. Je n'arrive pas à savoir quelles sont ses motivations. M'éloigner de son frère ? Le protéger ? Passer le temps ?

J'hésite. Ç'aurait été Cassidy, j'aurais foncé pour me faire un plaisir de lui clouer le bec. Mais je ne dois pas oublier qu'il s'agit de la sœur de mon patron… de mon amant.

Je m'enferme dans mon bureau, l'esprit torturé. Machinalement, je retourne sur mon blog et je parcours les messages, les uns à la suite des autres.

Jenny…

Je n'arrive pas à y croire. Est-ce vraiment possible ? Après tout, peut-être que Colin s'est trompé. L'informatique n'est pas infaillible, si ?

Mon regard se perd parmi les commentaires de mes followers. J'hésite sur la conduite à tenir. Poster un message virulent, instaurer une modération sur le blog ? Non. J'ai toujours tenu à ce que ça reste un espace libre, et appliquer une modération, ou pousser une hurlante, ne me semble pas être en cohérence avec la ligne de conduite que j'ai toujours suivie. Et puis, si je fais ça, *elle* se doutera immédiatement que j'ai flairé qu'il y avait un souci.

Je dois agir autrement…

J'en suis là de mes cogitations quand la porte de mon bureau s'ouvre sur… Ryan. Je me redresse, m'efforçant de sourire et de chasser mes pensées agitées.

– Bonjour, me salue-t-il de sa voix chaleureuse.

– Monsieur, je réponds en m'adossant à mon fauteuil. On ne vous a jamais appris à frapper avant d'entrer ?

– Pas que je sache, non.

Un clin d'œil, et il se rapproche de mon bureau. Je lève les yeux vers son visage, dévorant du regard ses traits, avant de me laisser happer par l'intensité de ses iris gris.

Qu'est-ce que cet homme peut bien trouver à la pauvre personne que je suis pour me vouloir à ses côtés ?

Ryan tend le bras et happe ma main, qu'il effleure de ses lèvres, avant de se redresser, mutin.

– Ta nuit s'est bien passée ? me questionne-t-il.

– Le lit était trop grand et trop froid, répliqué-je, et une lueur s'allume dans son regard.

– C'est regrettable. Je t'inviterai donc dans le mien, il est chaud et étroit.

J'esquisse un petit sourire amusé. Deux secondes de silence suivent sa déclaration, et j'hésite à saisir l'opportunité de lui faire part de mes doutes concernant sa sœur.

Va-t-il le prendre mal si je lui dis que Jenny laisse des messages de menaces voilées sur mon blog ? Y croira-t-il ? Moi-même, j'ai déjà du mal à y croire, alors lui…

– June ? lance-t-il.

Je sursaute. Mes pensées m'ont égarée loin du building, et Ryan s'en est aperçu.

– Tout va bien ? demande-t-il. Tu sembles… soucieuse.

Je grimace et baisse les yeux.

Lui dire ? Me taire ? Je ne sais pas.

– June ? insiste-t-il.

Je relève le regard pour le dévisager. Un pli soucieux marque son front. Il paraît sincèrement inquiet. Je tergiverse une fraction de seconde encore, puis je déclare.

– Rien de vraiment grave, mais…

– Mais… ?

– *Quelqu'un* a laissé quelques commentaires désagréables sur mon blog.

Ryan se redresse tout aussitôt. Je devine le directeur reprendre la place de l'amant rien qu'à la posture qu'il adopte. Le ton qu'il emploie ensuite confirme la chose.

– Des commentaires ?

– Oui. Des petites phrases pas vraiment sympathiques, mais…

– Fais voir.

– Ryan…

S'il y a une chose que je refuse, c'est de le monopoliser avec mes petits soucis. Il dirige une firme internationale, il a autre chose à penser qu'au blog de cuisine d'une inconnue lambda !

– Je n'aime pas me répéter, June. *Fais voir.*

Vaincue, je fais pivoter l'écran de l'ordinateur vers lui. Ryan contourne le bureau et se penche pour faire défiler le contenu de mon blog, longuement. Silencieuse, je le laisse agir. Ce n'est que lorsqu'il se recule que je prends de nouveau la parole.

– Tu vois, lancé-je vivement, ce sont des broutilles, mais…

– Je vais en informer Jake.

– Jake ?

Là, je ne suis plus. En quoi son chauffeur doit-il être averti de cette histoire de commentaires sur mon blog ?

– Il a… certaines compétences, m'indique Ryan d'un ton distrait.

Déjà il s'est relevé et a sorti son smartphone. Je le vois pianoter dessus.

– Ryan, temporisé-je, écoute, il est inutile d'ameuter la terre entière, ce ne sont que des commentaires idiots et…

– Et tu es mon assistante personnelle, June, réplique-t-il tout en continuant de taper son message.

– Mais…

Là, il m'a perdue.

– Tu n'es pas sans savoir que les actions de la firme ne plaisent pas à tout le monde, m'explique Ryan d'un ton vif. Certains de mes… concurrents… ont le bras long et n'hésitent pas à avoir recours à toute sorte de moyens pour s'assurer de conserver leurs avantages.

Je le fixe, sceptique. Que s'imagine-t-il, là ?

– Et tu crois que de pauvres commentaires anonymes sur un blog…

– Je ne crois rien, c'est pour cela que je demande à Stewart de mener l'enquête. En attendant, tu devrais activer la modération des commentaires, c'est plus prudent.

Je me sens soudain complètement dépassée. Le monde dans lequel Ryan évolue est-il véritablement si compliqué ?

– Ce n'est sans doute qu'une personne oisive qui… plaidé-je encore.

– Ces messages ne sont pas à prendre à la légère, June. Je me dois de faire vérifier ça.

Faire vérifier ça… Je retiens une réplique. Je n'ose pas lui avouer que Jenny est très probablement derrière ces commentaires. Mais peut-être le devrais-je ? Lui en tout cas semble penser que ces mises en garde ont d'autres raisons d'être. Des raisons purement professionnelles et non pas… personnelles.

– Ryan… tenté-je.

Mais même son téléphone semble être contre moi. Il se met à sonner pile au moment où je veux lui rapporter la teneur des trouvailles de Colin. Du doigt, il me fait signe qu'il s'apprête à prendre l'appel.

– Carter.

Je retiens un soupir et jette un regard noir à l'écran. Mon blog, cet espace si chaleureux que j'ai pris tant de plaisir à créer et à enrichir, m'apparaît soudain comme une espèce de danger, un faux ami qui m'aurait trahie de la pire des manières !

Ryan semble focalisé sur son appel et je n'ose l'interrompre ou me manifester d'aucune sorte. Du reste, ébauchant un salut tendre, il rouvre la porte et quitte mon bureau sans que je puisse rien ajouter.

Magnifique !

***

Je passe le reste de la journée à attendre un retour de Ryan. Hélas pour moi, mon P.-D.G. a un emploi du temps plus que chargé et je n'arrive pas à lui mettre la main dessus. Tout au plus je reçois quelques e-mails pour le travail, et un SMS plus personnel, dans lequel il m'indique regretter de ne pas pouvoir me proposer son lit ce soir à cause d'un dîner professionnel tardif.

Je me venge en lui envoyant, sitôt rentrée chez moi, une photo de mon bas de pyjama rose avec mes chaussons en peluche favoris. Qu'il comprenne ce qu'il souhaite. Pour ma part, c'est plateau-repas devant un bon film, avec Frimousse qui grignote à mes côtés sur le canapé.

Mais malgré la qualité du jeu d'acteurs et des effets spéciaux, mon esprit reste focalisé sur les commentaires et la réaction de Ryan. En parler à Jake, ça veut dire quoi ? Peut-être devrais-je l'appeler ? Exiger des explications ? Ou lui dire que ce n'était qu'une mauvaise farce et que l'affaire est classée ?

Et si Jake découvre que c'est Jenny qui a laissé ses messages ? S'il en avertit Ryan ?

Je rumine en me désintéressant du film. Mon ordi trône sur la table basse, à portée de main. Il me démange de le prendre, pour vérifier… Non. Non, c'est malsain de passer son temps à regarder ce genre de choses. *Elle* ne mérite pas que je m'y intéresse, en plus !

Mais bien sûr !

D'un mouvement vif et agacé, j'attrape l'ordinateur et le ramène sur mes genoux. Je me connecte à mon bloget scrute anxieusement les derniers commentaires.

Bingo ! Un nouveau commentaire de « Perséphone » a été posté il y a quelques heures à peine. Et comme les précédents, il n'est pas des plus sympathiques…

Je réprime un mouvement d'humeur. Est-ce bien Jenny qui vient de poster cela ? Ou bien la théorie de Ryan serait-elle plus plausible ? Comment des firmes concurrentes pourraient-elles avoir connaissance de mon blog et faire le lien avec ma récente promotion en tant qu'assistante personnelle de Ryan Carter ? Cela me paraît un peu trop abracadabrant pour être possible…

Je devrais demander à Colin de refaire une vérification… et me rapprocher de Jake pour l'informer, en toute discrétion, de cette autre possibilité. Finalement, je me dis que j'ai bien fait de ne pas formuler mes suspicions face à Ryan. Et si Colin s'était trompé ? Si la trace informatique avait été piratée par ces fameux concurrents, pour nous pousser sur une fausse piste ?

Mieux vaut laisser les pros s'en charger…

Je repousse l'ordinateur et éteins le film. J'ai juste le temps de ramener Frimousse dans sa cage, et je m'endors sous ma couette.

***

Deux jours se passent ainsi à m'angoisser et à hésiter à parler de mes doutes à Ryan ou à Jake. Finalement, tous deux décident pour moi : Ryan part en déplacement quelques jours avec son chauffeur, et je me retrouve seule avec mes interrogations. En mon for intérieur, je me promets de prendre une décision au retour de mon P.-D.G. adoré.

D'ici là... d'ici là, à moi d'obtenir des certitudes à présenter à mon patron.

Car en termes de preuves, hormis ces commentaires et l'affirmation de Colin, je n'ai strictement rien – or, je refuse d'impliquer l'informaticien dans tout ça. Je n'ai pas envie de lui attirer des ennuis.

Il me faut du tangible.

Je repousse le fauteuil en arrière et quitte mon bureau. J'ai besoin de me dégourdir les jambes. Je file jusqu'aux sanitaires et me passe un peu d'eau sur la nuque. Je suis nouée, atroce ! La tension du travail, cumulée à celle de ces messages, ça va m'achever !

Je contemple brièvement mon reflet : cheveux relevés, yeux pétillants, maquillage étudié, un corsage échancré, une jupe plissée. La vision parfaite de l'assistante de haut niveau.

On est loin de la chargée de comm' du quarante-deuxième...

Je hausse les épaules. J'ai fait mes choix, j'assume !

Je quitte les sanitaires avec l'intention d'aller me chercher un verre d'eau, quand des bruits de voix attirent mon attention. Ça vient de l'entrée de l'étage.

Je reviens sur mes pas et m'arrête à un angle. Juste de l'autre côté, le bureau de la si charmante secrétaire d'accueil. Sa voix, un peu aigrelette, me parvient nettement.

– Il est absent, informe-t-elle quelqu'un, néanmoins il a laissé des instructions pour que vous puissiez utiliser la salle de conférences à votre convenance.

– Trop aimable, réplique une voix féminine jeune et dynamique.

Je la reconnais immédiatement. *Jenny*.

– Permettez, continue la sœur de Ryan. J'ai beaucoup à faire.

J'entends la secrétaire marmonner quelques mots incompréhensibles, et me recule prudemment vers mon bureau. Il ne serait pas de bon ton, je crois, que Jenny me découvre à épier dans les locaux de Carter Corp. !

Je me replie dans mon bureau et me réinstalle à mon fauteuil. Un encombrant dossier attend que je m'occupe de lui, mais je n'ai pas l'esprit à ça. Mon regard ne cesse de revenir à la porte, et par la partie vitrée, au couloir. Jenny n'est pas loin. Tout près, à vrai dire.

Il me démange d'aller lui faire la causette, histoire d'obtenir quelques explications et de lui ordonner de cesser ce petit jeu puéril. Je me contiens – de plus en plus difficilement.

Elle est en position de force, et moi je n'ai rien contre elle – enfin, rien de formel. La parole de Colin ne suffira pas, ni mes affirmations.

Je rumine ma rancœur, agacée de ne pas pouvoir me défendre comme il se doit. J'ouvre le dossier, commence à en compulser les feuilles, quand mon smartphone tressaute sur le bureau, signe d'un message. Je m'en empare, active l'écran… et pousse une exclamation de surprise.

Venant d'un numéro privé, quelques mots soigneusement choisis, véritablement blessants, me frappent la rétine.

Reste à ta place ou va-t'en.

Je relève la tête, le temps d'englober les lieux. Mon bureau est inchangé. Rien n'a changé, à vrai dire. Sauf l'écran de mon téléphonc et ce qu'il me montre.

Un frisson me traverse.

– Qu'est-ce que ça veut dire ?

Je relis le message, et sursaute d'un coup. Un second SMS apparaît à la suite du précédent :

Cesse de te prendre pour ce que
tu n'es pas. Repars d'où tu viens.
Tu n'as rien à faire ICI.

On m'espionne ?!

Cette fois, ça va trop loin ! Mon sang ne fait qu'un tour. Sœur du patron ou pas, elle dépasse les limites ! Je me relève et émerge de mon bureau en mode furie, la main crispée sur mon smartphone.

Elle va m'entendre, la garce !

Je tourne dans les couloirs, à la recherche de ma cible. Ne la trouvant pas dans la salle de conférences, j'opte pour une autre tactique. La secrétaire sursaute quand je déboule devant son desk et que je tape du plat de la main dessus.

– Où est-elle ?

– Pardon ?

– Jenny Blake. Rousse, petite, la sœur du patron, vous connaissez forcément.

– Je… oui, je la connais, balbutie la fille, perdue.

– Où est-elle ? insisté-je en détachant mes mots. Elle était là il y a quinze minutes, vous lui parliez !

Je vais faire un massacre.

Du coin de l'œil, j'entrevois un mouvement en périphérie du couloir. Une porte qui se referme, et une mince silhouette vêtue d'un tailleur crème qui s'en éloigne. OK. Cible localisée.

– C'est bon, inutile d'affoler vos neurones, j'ai trouvé.

Laissant en plan la pauvre fille, je m'élance dans le couloir. Prête à faire un carnage.

– Eh ! je crie. Jenny ! Jenny Blake !

La silhouette s'arrête, pivote.

– June ? s'étonne-t-elle.

Eh ouais, coucou c'est moi.

– Dites, c'est super amusant ce jeu de messages cachés, attaqué-je direct dès que je la rejoins. Mais ça commence à bien faire, alors si vous pouviez arrêter !

– Mais… mais de quoi vous parlez ?

– Je parle, enchaîné-je en brandissant le portable vers elle, que vous avez bien failli m'avoir… Perséphone !

À l'énoncé du nom, la jeune femme perd de sa superbe et blêmit.

Et bam ! Un point pour la petite amie !

– Eh oui, je sais, continué-je, virulente. C'était quoi le but ? Vous avez peur que je vous vole votre grand frère ?

– Vous ne savez rien ! trouve-t-elle enfin à répondre.

J'ose un sourire carnassier. Son air offusqué ne me convainc pas. Mais alors… *pas du tout !*

– Ça, c'est ce que vous vous dites. Jolie, mais pas futée, on peut pas tout avoir. Alors, expliquez-moi !

Le visage de Jenny se ferme et elle me toise avec dédain.

– Vous êtes bien toutes les mêmes ! Il n'y a que l'argent de mon frère qui vous intéresse, c'est pour ça que…

– Que quoi ? Que vous me harcelez avec des messages anonymes ? Ou que vous avez pourri mon blog avec vos petits commentaires menaçants ? On ne vous a pas appris que c'est répréhensible, ce genre de choses, dans votre école pour petite fille de riche ?

– Vous êtes folle, ma parole… s’exclame l’autre en reculant. Comment osez-vous…

– Osez prétendre que j’ai tort !

– Mon frère en entendra parler ! me crie-t-elle, furax, avant de tourner les talons.

Je l’observe disparaître, en ignorant si j’aurais finalement dû me contenir… ou pas.

Oh, et puis merde ! Elle l’a cherché !

CHAPITRE 26

June

Trois jours entiers sans Ryan. Trois jours qu'il est en déplacement quelque part au Texas, et que je n'ai de contacts avec lui que par e-mail ou téléphone. Il m'a appelée de nombreuses fois, principalement pour le travail : calls à organiser, réunions à planifier, dossiers à transmettre, comptes rendus à rédiger… mais aussi des rendez-vous à déplacer, d'autres à prendre, des réservations à gérer, en plus des dossiers que je traite en temps ordinaire. Les journées sont longues, fatigantes. Elles occupent mon esprit et m'empêchent de trop songer aux messages que j'ai reçus.

Étonnamment, depuis mon altercation avec Jenny, ça s'est un peu calmé, et les commentaires sur mon blog ont disparu. J'en déduis qu'elle en est réellement la responsable, et a été prise de remords – ou a eu peur que je n'aille tout révéler à son frère.

Peu m'importe. Je veux juste qu'elle me laisse tranquille. Mais ça, ça n'est pas encore gagné. Car de temps en temps et de manière totalement aléatoire, je reçois encore des SMS anonymes qui n'ont rien d'agréable. Et si j'ai choisi de ne pas en tenir compte, histoire de lui montrer que ce qu'elle tente n'a aucune prise sur moi, je ne peux pas m'empêcher de m'en inquiéter un tout petit peu. J'ai bien songé à en parler à Colin et à Matt, mais je les vois d'ici s'angoisser et je ne veux pas en rajouter.

Ils m'ont aidée une fois, inutile d'abuser. Et j'ai peur de placer Colin dans une situation délicate. Je ne suis pas certaine que tracer des adresses IP et remonter des SMS soit totalement légal…

Aussi je continue d'ignorer les petites diodes lumineuses que provoquent ces fameux messages et de me concentrer sur le travail. Et pour voir les choses de manière optimale, je décide de me planifier un week-end cocooning avec spa, soin du visage et détour par le coiffeur. Le truc idéal pour se remonter le moral !

Sauf que mon portable – toujours lui… – en décide autrement !

Samedi matin, alors que je flemmarde encore au lit, les yeux dans le vague, un SMS fait vibrer mon téléphone. Paresseusement, je m'en empare, prête à faire glisser mon doigt pour supprimer l'icône s'il s'avère que c'est encore un charmant message de Jenny.

Mais quand j'en lis le contenu, je me relève sur le coude, surprise.

Rejoins-moi dans deux heures
au Gapstow Bridge, je te kidnappe
pour le week-end. RC

Machinalement, je relève la tête et un sourire béat s'étire sur mes lèvres. Le Gapstow Bridge, c'est un pont en pierre incroyablement romantique, en plein Central Park. J'y vais parfois pour me détendre, je connais et ce n'est pas très loin. Néanmoins, je n'aurais pas trop de deux heures pour me préparer et annuler tous mes rendez-vous.

Ryan passe avant tout !

Je jaillis hors de mon lit pour foncer sous la douche, passer mes appels et préparer mon sac de voyage !

***

Deux heures et quart plus tard exactement, je longe le petit lac que le Gapstow Bridge enjambe, mon sac de week-end à la main. L'air est doux, et je savoure la quiétude du parc, en totale opposition avec l'agitation de la ville, pourtant proche à vol d'oiseau.

Le lieu, bordé d'arbres, très prisé des canards, invite à la tranquillité. J'ai presque envie de m'asseoir sur l'une des grosses pierres qui bordent l'étendue d'eau et de fermer les yeux pour savourer l'instant. Quelques promeneurs s'attardent dans le coin, eux aussi conquis par l'endroit. C'est apaisant.

J'en oublie les messages, le boulot, ma vie de plus en plus remplie.

J'inspire à pleins poumons, et puis je le vois. Ryan. Accoudé sur la rambarde du pont, les yeux perdus dans la contemplation d'un groupe de canards qui barbotent juste en dessous. La vision est à couper le souffle. Il s'en dégage une telle sensation de plénitude que je m'immobilise, de peur de briser l'instant.

Je le détaille sans me priver. Ses cheveux retombent sur son front comme il se tient penché, et ses mains jointes devant lui, alors qu'il prend appui sur le parapet avec les coudes, lui donnent un air de profonde méditation. Je souris. Cet homme a tout pour prendre mon cœur ! Et je suis prête à parier qu'il le sait parfaitement.

Un élan de joie me traverse à l'idée de l'avoir pour moi toute seule une fois encore, et je reprends ma marche vers lui d'un pas décidé.

Il m'a aperçue et se redresse pour quitter le pont et me retrouver. Nous nous rejoignons au pied d'un arbre, et je lui offre mon plus beau sourire.

– Bonjour, toi… me dit-il en levant la main.

Délicatement, il repousse en arrière une mèche échappée de ma tresse et je tourne le visage pour embrasser sa paume.

– Bonjour, toi, je réplique avec un sourire.

D'un coup, la main de Ryan dérive dans mon dos, se pose sur ma chute de reins et m'attire tout contre lui.

Je me retrouve plaquée contre son torse, les lèvres prisonnières de sa bouche. Le baiser qu'il me donne est fiévreux, délicieusement brûlant.

– Vous m'avez manqué, mademoiselle Brown, murmure-t-il contre mes lèvres. Un quart d'heure de retard, c'est inadmissible.

– Je sais que tu aimes quand je me fais désirer.

J'embrasse le bout de son nez avant de me musser contre lui.

Lui aussi, il m'a manqué. Énormément. Ryan m'enveloppe dans une douce étreinte durant quelques instants, puis s'écarte pour me contempler.

– Viens, me dit-il en nouant ses doigts aux miens.

– Où est-ce que tu m'emmènes ?

– Si je te le disais, ça ne serait plus une surprise.

– Les kidnappeurs font des surprises, maintenant ?

– Les kidnappeurs des temps modernes, oui.

Je ne peux m'empêcher de rire. Cette histoire de kidnappeur est en train de devenir une blague entre nous, et ça me plaît. Ryan se saisit de mon sac et c'est main dans la main, comme un couple d'amoureux anonymes, que nous traversons lentement le parc. Je l'écoute me parler des impressions que le parc fait sur lui, et je lui raconte le sentiment de quiétude qui m'envahit lorsque moi aussi je viens ici. Cependant, à mesure que nous avançons dans les allées, je le sens se crisper.

– Un souci ? je finis par demander.

– Non. Rien.

Néanmoins, je ne suis pas convaincue. Et si je note que plusieurs fois il s'arrête et scrute les environs, je ne le questionne pas plus. J'ai confiance en lui. Et je ne veux pas jouer la fille paranoïaque. Nous rejoignons l'allée parallèle à la soixante-cinquième Transverse, en commentant les parterres fleuris qui bordent notre trajet, et il m'entraîne parmi les promeneurs plus nombreux, vers le Dairy Visitor Center.

– Je t'abandonne à une petite séance shopping, je reviens, m'indique-t-il.

Et, comme je fronce les sourcils, il ajoute :

– Je dois passer un appel. Je n'en ai pas pour longtemps.

Et de s'éloigner de quelques dizaines de pas. OK. Un directeur reste un directeur, on ne va pas refaire le monde… malgré tout, je décèle chez Ryan une tension inhabituelle. Son comportement m'intrigue. J'observe les alentours. Le lieu reste tranquille, envahi de badauds et de touristes comme d'ordinaire. Le temps de scruter un peu les vitrines de peluches et autres articles souvenirs, il est de retour près de moi, et m'enlace tendrement en déposant un baiser dans mon cou. Je frissonne. D'un rien, cet homme sait allumer des émotions par dizaines en moi.

– Nous continuons ? me demande-t-il.

J'acquiesce. Lentement, nous déambulons le long de l'allée et nous rapprochons de l'orée du parc et de l'effervescence citadine.

Et, lorsque nous replongeons dans la ville, brutalement happés par la foule, les bruits, la circulation, j'ai la surprise de découvrir Jake non loin. Le chauffeur cependant ne nous approche pas. Ryan lui adresse un léger signe du menton et m'entraîne vers l'avenue sans un mot de plus.

– Ryan ? interrogé-je.

– Tout va bien. Stewart va gérer ça.

– Gérer quoi ?

– Ce n'est rien. Les aléas de la vie de businessman, ne t'en préoccupe pas.

– OK…

De nouveau, je refuse d'insister. Mais je sens comme un malaise persister un moment autour de nous. Pourtant, Ryan fait tout pour me mettre à l'aise. Sa conversation reste agréable et attentive, et il se consacre à moi tout entier : pas de téléphone, pas d'évocation du travail. Juste lui… et moi.

Cette longue promenade nous conduit jusqu'à Madison Avenue, et Ryan m'invite à entrer dans l'une de ces boutiques de mode haute couture malgré mes protestations.

– Ça n'est pas pour moi, ce genre de vêtements !

– Tu sais pourtant qu'en matière de tenue vestimentaire, j'ai l'œil exercé, m'oppose-t-il en m'ouvrant la porte.

Je capitule. De toute façon, je ne peux rien lui refuser. Et passer une heure à essayer des modèles aussi sublimes et hors de prix les uns que les autres n'est pas un exercice insupportable, bien au contraire ! Je passe de Ralph & Russo à Versace avec délices, sous le regard de braise de mon patron. Et si à un moment il m'abandonne à mon essayage pour répondre à un appel, il m'est impossible de lui en vouloir.

Tout cela est bien trop merveilleux !

– Tu as trouvé ton bonheur ? me demande-t-il en passant la tête à l'intérieur de la cabine alors que j'achève d'ôter un tailleur griffé Galliano.

– J'ai l'impression d'être Cendrillon ! répliqué-je, le sourire aux lèvres.

– Une préférence ?

Je m'arrête dans mon mouvement pour le dévisager.

– Je te vois venir ! lancé-je. Je ne veux rien, Ryan. Ces vêtements sont sublimes mais je n'aurai pas l'occasion de les porter. Et ils coûtent une fortune.

Je n'obtiens qu'un silence pour toute réponse, et un regard pénétrant. C'est son smartphone qui l'empêche de me répondre, et comme à regret, il referme la cabine pour prendre ce nouvel appel.

Je termine de renfiler mes vêtements, passant un doigt rêveur sur les tenues que j'ai pu porter. Puis je rejoins mon amant à la sortie du magasin.

– Fatiguée ? me demande-t-il, imperturbable.

– Un peu. Si j'avais su qu'on allait tant marcher, j'aurais mis des chaussures plus confortables.

– Ma voiture est garée tout près. Viens. Je t'emmène chez moi. Je suis un expert en massage de pieds.

***

Le soir venu, après que Ryan nous a conduits dans son vaste appartement pour y passer la fin d'après-midi entre massages sensuels et étreintes débridées, et que j'ai longuement profité de sa douche à l'italienne, j'ai la surprise de trouver étalé sur le lit un paquet entouré d'un ruban de soie.

– Ouvre-le, j'entends derrière moi.

Ryan. Je pivote. Il se tient là, dans l'encadrement de la porte, la cravate pas encore nouée passée autour du cou et la chemise entrouverte.

– C'est en quelle occasion ? demandé-je en approchant.

– Tu verras.

Petit sourire en coin. Très bien. En soutenant son regard, je repousse le ruban et ouvre le paquet sur un tissu de soie bleu pâle que je saisis. La Ralph & Russo à col bateau échancré et bretelles sur le bras que j'ai essayée se déplie quand je la lève à hauteur de mes yeux. Je pousse une petite exclamation.

– Mets-la, ajoute Ryan.

Je pivote vers lui, le regard brillant.

– Mais comment…

– J'ai mes petits secrets…

– Tu as demandé à la boutique de la livrer, avoue !

– C'est possible…

– Je t'avais dit que je ne voulais aucun cadeau.

– Et je t'avais dit que cette robe était faite pour toi. Enfile-la. Nous avons rendez-vous.

– Vraiment ?

– Vraiment.

OK. Sans plus de manières, je laisse tomber ma minijupe à mes pieds et retire mon haut, puis mon soutien-gorge.

Les prunelles de Ryan s'assombrissent. Il ne perd pas une miette de mes gestes et son regard possessif m'enveloppe totalement. Je me saisis de la robe, la passe lentement sur mon corps – juste divine.

– Si je n'avais pas réservé chez *Michel Garbot*, tu ne l'aurais déjà plus sur le dos, commente-t-il, l'œil brillant.

Je me fige.

– *Michel Garbot* ? Sérieux ?

Michel Garbot, c'est *le* chef en vogue ! L'un des meilleurs du pays, et la longueur de la liste d'attente pour avoir une table dans son restaurant, réputé pour son excellence, doit frôler la distance Terre-Lune !

Ryan acquiesce à ma question, et moi je trépigne sur place comme une gamine.

– Mais… obtenir une table là-bas, c'est juste impossible… comment ?

– Tu sais pourtant qu'on ne me refuse rien.

Son regard soudain me quitte et il se redresse. Je le vois s'emparer de son smartphone, dans sa poche, et en consulter l'écran. Un pli se forme sur son front. Il se rembrunit. Cette fois, je décide de passer outre la confiance que j'ai pour lui et d'insister. La journée entière, il m'a semblé préoccupé, et à chaque appel reçu, ça s'aggravait.

– Un souci ?

– Non, le travail. Je réponds en attendant que tu finisses de te préparer. Ne me fais pas trop patienter.

J'hésite une fraction de seconde. Ryan est du genre décidé, et je sais que je ne réussirai pas à lui faire dire ce qu'il a sur le cœur aussi facilement. Ce n'est que partie remise.

– Vos désirs sont des ordres, monsieur.

Les prunelles grises reviennent sur moi, et je lui décerne un sourire ingénu.

– Sois prudente, me répond-il. Je pourrais te prendre au mot et te soumettre à toutes sortes d'affolantes tortures.

– J'y compte bien, murmuré-je tout bas.

Il est déjà reparti pour endosser le costume de dirigeant, et il ne m'entend pas.

J'achève de boutonner la robe et fonce m'admirer dans le miroir. Divine ! Il n'y a pas d'autre mot !

Le temps d'un peu de maquillage, d'un selfie pour Lisa qui me répond en un hurlement virtuel avant de me souhaiter de bien profiter de ma nuit, je rejoins Ryan au salon. Son regard appréciateur me trouve, m'enveloppe.

– Nous y allons ?

– Nous y allons.

CHAPITRE 27

June

Lorsque, trois heures plus tard, nous revenons au loft, j'ai des étoiles plein les yeux et les papilles gustatives au paradis. Pratiquement tout, dans cette soirée, a été parfait : le cadre, le menu, le vin, la conversation, mon compagnon… qui a su faire bonne figure et a tout fait pour que la soirée soit exceptionnelle, allant jusqu'à me présenter le chef en personne ! Néanmoins, je le sais préoccupé, et ça ne fait qu'ajouter à mes inquiétudes. D'autant que trois nouveaux messages sont apparus sur mon smartphone, anonymes bien entendu.

Je n'ai pas osé les montrer à Ryan : il a déjà assez à gérer visiblement.

Mais tout ça a un tout petit peu terni un dîner qui aurait pu être exceptionnel…

– La soirée t'a plu ? me demande Ryan en se garant.

Je lui décerne un sourire que je veux radieux.

– Oh, oui. Oui, oui, OUI ! je réponds avec vigueur.

– Quel enthousiasme ! Je ne veux même pas voir ce que ça sera quand elle sera réellement finie.

– Ah ? m'étonné-je. Encore une surprise ?

– Et une de taille, me répond-il en posant la main sur ma nuque pour m'attirer à lui.

Nos bouches se touchent, s'arriment l'une à l'autre ; et je pousse un petit soupir d'aise. Je crois que j'ai à présent une idée assez précise de la surprise en question, et pour ce qui est de la taille…

– Tu ne te vantes pas un peu ?

– À toi d'en juger, tout à l'heure…

Il m'embrasse encore. Après un instant, il se détache de moi pour sortir et m'ouvrir galamment la portière. J'adore cette attitude de gentleman !

Nous remontons l'allée l'un contre l'autre, et alors que nous approchons du porche, son visage fonce sur le mien pour me couvrir de baisers. Je savoure puissance mille, et je voudrais que cet instant dure une éternité.

Sauf que dans mon sac à main, mon smartphone tressaute de nouveau. Malgré moi, je baisse la tête.

– Un amoureux transi qui ne peut se passer de toi ? me questionne-t-il. C'est bien le troisième de la soirée…

Le quatrième, en réalité. Mais je ne réponds rien. Je saisis l'appareil pour en lire le message. Toujours pareil :

Prends garde à toi, ce jeu n'est pas
pour les jeunes femmes innocentes.

– June ? insiste Ryan.

Son doigt vient effleurer mon menton et délicatement il me relève le visage. Je me laisse happer par l'intensité de ses yeux gris.

– Je vois bien que quelque chose te préoccupe, déclare-t-il doucement. Tu veux m'en parler ?

– Ryan, ce n'est rien, c'est…

– D'autres messages sur ton blog ?

S'il savait…

– J'ai mis Stewart sur l'affaire mais il peine à trouver des éléments, les commentaires ont été effacés. Je vais lui dire de faire passer cela en priorité. Et si tu en as reçu d'autres, cela pourra très certainement…

– Non, c'est…

Je serre mon smartphone dans ma main, en ayant la furieuse envie de lui montrer les messages que j'ai reçus. Je suis prête à tout lui dire. À tout lui révéler : les commentaires, Colin, l'IP de Jenny, notre altercation, les SMS de menaces répétées… J'ouvre la bouche pour tout expliquer, quand deux phares puissants nous éclairent soudain. Ryan se redresse vivement. D'un mouvement réflexe, il me repousse en arrière. *Un danger ?*

Les propos de Jake me reviennent en tête. Cumulés à la somme des messages et autres mises en garde que j'ai reçus, ils provoquent une onde de panique. Je me crispe, prête à hurler et à décamper s'il le faut.

Le véhicule s'arrête rapidement ; et lorsque ses phares s'éteignent, il me faut quelques instants pour accommoder ma vision. Mais à la voix que j'entends, pas besoin d'y voir beaucoup pour deviner de qui il s'agit.

– Ry ?

Jenny. Un danger, effectivement… mais pas l'un de ceux auxquels je pensais…

– Eh ! s'exclame Ryan, visiblement soulagé.

Il s'est détendu et je l'entends expirer. Déjà, il s'éloigne de moi pour saluer sa sœur.

– Qu'est-ce que tu fais là ? lui demande-t-il.

– Je voulais te parler.

Je m'approche, un peu hésitante sur la conduite à tenir. A-t-elle parlé à son frère de notre confrontation ? Vient-elle pour cela ? Le regard de Jenny dérive de son frère à moi et se fait immédiatement – clairement – hostile. En même temps, notre dernière entrevue n'a pas été des plus amicales… sans doute s'imagine-t-elle que j'ai raconté tout et son contraire à Ryan…

– Bonsoir.

– Bonsoir, répond Jenny d'un ton affable en totale contradiction avec le regard qu'elle m'a lancé. Je suis désolée de débarquer à l'improviste, mais je voulais te parler, précise-t-elle à l'intention de Ryan. Mais je tombe mal…

– Non, voyons…

Ryan recule, revient à moi. Ses mains enveloppent les miennes et y déposent son trousseau de clés.

– Attends-moi à l'intérieur. J'arrive.

J'hésite à m'exécuter. J'ai peur que Jenny aille donner sa version de notre petite discussion à Ryan, et que je ne puisse m'en expliquer comme il conviendrait. Mon regard passe d'elle à lui, indécis.

– J'arrive dans quelques instants, insiste Ryan.

OK. Je n'ai pas le choix. J'acquiesce, et m'éloigne vers la porte. J'ouvre et entre dans le hall. L'envie désagréable d'espionner leur discussion me traverse furtivement l'esprit. Mais non. Je ne vais pas m'abaisser à ce genre d'attitude !

Le temps d'appeler l'ascenseur, et je débouche directement dans le vaste appartement de Ryan.

Le salon, privé de sa présence, me semble soudain immense, presque imposant. Étouffant. J'avance à petits pas dans la vaste pièce, et mes yeux englobent le lieu : les meubles, épurés, luxueux, les murs, aux teintes modernes et sobres. Et, occupant tout l'espace devant moi, la baie vitrée. Je m'en approche tout doucement, et m'abîme dans la contemplation des lumières de la ville, dans la nuit.

C'est une vue imposante, surprenante, qui inspire et qui donne à réfléchir. Je me perds dans toutes ces petites lumières mouvantes, et je songe à Ryan. Un amant passionné, je dois le reconnaître… mais il n'est pas que cela. Non, Ryan est plus que cela, je l'ai deviné dans ce qu'il a confié, à demi-mot. Je songe à sa présence à mes côtés. À cette journée extraordinaire, hors du temps, loin de tout. À cet homme qu'il laisse apercevoir parfois, bien caché derrière sa fonction. Un homme, que je n'ai de cesse de découvrir et qui me surprend chaque instant un peu plus. Qui me plaît. Qui m'attire – qui m'intrigue.

Je tends la main vers la poignée. J'hésite. Est-ce que je risque de les entendre ? Non. Ça m'étonnerait. J'ai envie d'air frais. J'ai envie de laisser l'extérieur et la nuit entrer un peu ici. Juste pour m'en imprégner. Et puis si j'entends quelque chose, je n'aurais qu'à refermer !

J'ouvre pour laisser le léger vent nocturne s'engouffrer dans la pièce. J'en sens la brise sur mes joues, et cela apaise mes pensées… en même temps que des bribes de conversation me parviennent.

Ryan. Avec Jenny…

Et merde ! Leur échange semble assez vif, vu le ton employé. Leur conversation est privée, je n'ai pas à l'espionner… Je vais pour refermer la fenêtre, quand une phrase de Jenny me parvient distinctement.

– À quoi tu joues avec elle, Ryan ?

Je me fige. Et malgré moi, je rouvre un peu plus la fenêtre pour tendre l'oreille.

CHAPITRE 28

Ryan

– À quoi tu joues avec elle, Ryan ?

Je soupire, et je fixe ma sœur dans les yeux. Plusieurs minutes que je l'écoute s'énerver après moi, après June, après le loft… Plusieurs minutes que ma patience s'émousse et que mon agacement monte.

Toute la journée, j'ai eu beaucoup de mal à me contenir. Découvrir que June était suivie lorsqu'elle m'a rejoint au Gapstow Bridge, m'a mis dans un état de nerfs avancé. Apprendre que Stewart piétinait sur le dossier de son blog n'a rien arrangé. Selon lui, les commentaires ont disparu, et il n'a pas pu retracer l'historique des actions sur le site. Il doit contacter une équipe plus au fait de ce type de technologie, j'espère qu'il obtiendra des résultats rapidement.

Et voici que ma sœur déboule au pied du loft en pleine nuit sans s'annoncer. J'ai d'abord cru à une action coup de poing de mes concurrents. Ils seraient bien capables de faire débouler ici un inconnu pour tenter de m'intimider et de me menacer ! Cela aurait été dans la continuité logique de cette exaspérante filature dont June d'abord, puis elle et moi avons été victimes à Central Park, avant que je ne parvienne à contacter Stewart pour qu'il me débarrasse de ce gêneur. Ce ne serait pas la première fois qu'ils enverraient quelqu'un pour tenter de m'effrayer ! Sans succès, d'ailleurs. Je ne suis pas le genre d'hommes à reculer face à la première menace. Néanmoins, j'avoue que c'est la première fois que l'on tente de m'atteindre au travers d'une de mes proches relations. Et s'ils ont choisi de passer par June, c'est qu'ils savent qu'à mes yeux, elle n'est pas tout à fait une simple assistante. Je dois absolument presser Jake pour qu'il résolve le souci au plus tôt ! Car qui sait vers qui ils pourront se tourner la prochaine fois ? Ma sœur ? Ma petite sœur, qui est venue jusqu'ici me faire des reproches sur ma conduite vis-à-vis de ma petite amie.

Je verrouille mon regard sur elle, cherchant dans ses traits ceux de notre mère, ceux de son père. Jenny a grandi dans un monde dur, privée de l'amour parental auquel elle aurait dû avoir droit. Privée de ses parents, tout comme moi… et j'ai toujours fait en sorte de la protéger, de veiller sur elle et de m'assurer qu'elle ne manque de rien. Ma sœur est tout ce que j'ai, tout ce qui importe – tout ce qu'il me reste : ma seule famille. Elle connaît tout de moi, de mes doutes à mes ambitions, et n'a jamais été loin pour me supporter dans mes différentes actions. Elle a toujours été à mes côtés et ce que j'ai bâti, je l'ai fait avec elle et pour elle, aussi. Il n'empêche. Je ne suis pas certain d'apprécier qu'elle tente une fois encore de s'immiscer dans mon existence et dans mes relations amoureuses.

– Tu es vraiment venue pour parler de mes histoires de cœur ? coupé-je au bout d'un moment.

– Sincèrement, continue-t-elle sans tenir compte de ma remarque. Si vraiment ce que tu m'as dit l'autre jour est vrai…

– C'est vrai, je l'interromps.

Son discours et sa harangue sur les motivations qui m'ont poussé à amener June ici, ses remarques et ses doutes sur la profondeur de ma relation… sont autant d'échos de mes propres pensées, et me renvoient à mes propres questionnements. Pourquoi, en effet ? Pour me protéger ? Par peur d'une déception ? Ou simplement… par habitude ?

Quoi qu'il en soit, cela ne regarde pas Jenny. Il s'agit de ma vie privée, de mon existence, et bien que j'adore ma sœur, elle n'a rien à voir avec tout ça. Non. Tout ça, ça ne concerne que moi ; et… June Brown.

June. Une rose piquante de fraîcheur et de spontanéité sur mon chemin, qui m'a transpercé le cœur de la plus étrange des manières. Un être à part, unique, qui m'interpelle, qui me retient. Qui me fait réagir et me surprend. Qui m'intrigue et qui a su piquer ma curiosité et me divertir avec son attitude profondément naturelle et humaine, chaleureuse, dynamique… étincelante.

Je dois l'avouer, si au départ j'étais surtout curieux de découvrir qui se cachait derrière la jeune femme qui m'avait interpellé au moment où je m'y attendais le moins, désormais c'est un tout autre sentiment qui m'anime : celui d'une attirance sincère envers elle. Car peu à peu, au fil de nos échanges, de notre proximité, j'ai appris à la connaître et à l'apprécier. Et à rechercher sa compagnie, même. Son naturel, désarmant, et sa fraîcheur sont une bouffée d'oxygène à nulle autre pareille dans l'univers où j'évolue.

Elle me fait du bien.

– Alors pourquoi l'avoir amenée ici ? Si elle est différente des autres comme tu le prétends, pourquoi tu agis comme cela ? Ou est-ce que ce n'est qu'une autre passade ?

Je me renfrogne. Les mots qu'elle prononce me déplaisent, surtout parce qu'ils ne sont pas entièrement faux.

– Ce n'est pas une passade, argué-je sourdement. June n'est pas une passade. Entre elle et moi, ça n'est pas comme les autres fois…

– Tu n'es pas cohérent, rétorque Jenny en croisant les bras, incisive. Comment crois-tu qu'elle réagira quand elle découvrira que c'est là que tu ramènes toutes tes conquêtes ?

– Ça suffit, Jenny. Je gère ma vie comme je l'entends. Tu n'as pas à te mêler de cela !

– Tes conquêtes ?

La voix, frêle, un peu aiguë, cristalline, m'interpelle. M'interrompt. Je pivote. Dans l'encadrement de la porte d'entrée, se tient June. Elle me dévisage, blême. Son regard fixé sur moi ne me laisse aucun doute : elle a entendu au moins la dernière partie de notre conversation. Je pâlis à mon tour, interdit.

Non ! Non, pas maintenant. Pas comme ça !

– June…

– Tes conquêtes ? répète-t-elle en s'avançant, poings serrés. Qu'est-ce que ça veut dire ?

– C'est… c'est compliqué…

Ma sœur avance d'un pas, et son regard passe de June à moi, insondable. Elle pose la main sur mon bras.

– Je suis navrée que vous ayez entendu ça, déclare-t-elle d'un ton désolé à June. Je ne le voulais pas. J'imagine que ça doit vous choquer mais… Ryan, ajoute-t-elle encore après une infime hésitation, tu ferais mieux de lui dire.

Lui dire. Parler. Expliquer. Rassembler mes pensées, faire front.

Mais le regard brillant de la jeune femme bloque mes pensées au fond de mon cerveau et je reste silencieux. À la contempler. À espérer. À refuser de croire que cette journée se termine ainsi. Toutes mes préoccupations se sont envolées. La filature dont nous avons été victimes. Le harcèlement de mes concurrents sur son blog. Plus rien ne compte hormis ses yeux qui me fixent, presque désespérés et tout à la fois si froids.

– Me dire quoi ? clame June, presque férocement.

– C'est… ce loft. Il ne vit pas vraiment là, achève ma sœur.

Là. C'est dit. Je lève le menton pour soutenir le regard de la jeune femme. Observer sa réaction, la prendre en pleine face. Les traits de June s'affadissent d'abord, puis un éclat nouveau traverse ses iris.

Elle a compris.

June est vive, réactive, intelligente. C'est ce que j'aime en elle, ce qui m'a attiré en tout premier lieu.

Elle a compris. J'aurais été déçu qu'il lui faille plus de temps pour assembler les faits et en retirer la substance et les données. Comment y réagira-t-elle ? Calmement ? Follement ? Exagérément ? Avec compréhension, ou intransigeance ? Un instant, je tente de me convaincre que son intelligence lui permettra de dépasser ce cap, de chercher des explications, de comprendre mon attitude… et de passer outre.

Je sonde ses yeux, son visage, sa posture.

Elle est folle de rage. Vraiment folle de rage. Les émotions ont pris le pas sur la réflexion.

– June… risqué-je à voix basse.

– Une garçonnière ?! crie-t-elle.

Son regard reste verrouillé au mien, glacial, et j'y devine tout un mélange d'émotions contradictoires. La confrontation est lancée et je me prépare à en encaisser le premier assaut.

– June, tenté-je. Tu dois comprendre…

– Non.

Sa main levée me contraint au silence. Ses yeux me quittent et elle se décale. Lorsqu'elle reprend la parole, sa voix est plus froide que la banquise. Elle me transperce cependant le cœur avec une précision chirurgicale.

– Je crois que j'ai compris, inutile de m'expliquer.

D'un geste brusque, elle me jette mes clés et dans le même mouvement, se tourne vers Jenny.

– J'imagine que vous êtes satisfaite ? Bravo, c'était bien joué !

Et avant que Jenny ou moi ne puissions répliquer, elle file à toute allure vers la rue.

Non !

– June !

– Laisse, fait Jenny, me retenant.

La laisser ? L'abandonner ? Elle, qui a su percer la façade que je me suis forgée ? Elle, qui me tient tête, qui me fait face comme peu d'êtres en sont capables ? Elle, qui a habité mes journées trop routinières de sa fraîcheur et de sa spontanéité, la laisser ?

Non !

Je me dégage sans ménagement et m'élance pour la rattraper.

La laisser partir ? Jamais ! J'ai trop à découvrir d'elle, trop à apprendre aussi ; et plus encore à expliquer. Si tant est qu'elle daigne m'écouter...

– June ! June, laisse-moi t'expliquer.

– M'expliquer ? crache-t-elle. Expliquer quoi ? Que tu profites de moi ? Que je ne suis pas différente de toutes tes autres conquêtes ?

Non, June. Non. Personne ne t'égale dans ce domaine. Tu es unique, tu es parfaite, tu es... juste ce qui manquait à ma vie jusqu'à présent.

– Non, je…

– J'ai été stupide, aussi ! Comment aurais-je pu croire qu'un homme comme toi… avec une fille comme moi…

– Non !

Son ton déprimé, presque désillusionné, me fait mal. Je la retiens d'une main sur l'épaule. Je voudrais lui dire, lui faire comprendre comment je la perçois. Elle, cette jeune femme au potentiel indéniable, au charme fou, et à l'allure décidée… candide parfois, droite et honnête, si différente de toutes celles que j'ai connues jusque-là.

– June, je t'en prie. Écoute un instant, demandé-je en frôlant son bras.

La saisir, la retenir physiquement… non. Ce serait comme la contraindre. Et je m'y refuse.

– Trois secondes, me concède-t-elle dans un soupir.

– Tu es unique, me lancé-je. Si je t'ai amenée ici, c'est parce que…

– Parce que je ne suis qu'un divertissement !

Non !

– June…

– J'ai saisi, c'est bon !

Déjà elle repart et je la rattrape en deux enjambées.

Comment lui dire ? Comment lui faire comprendre ce que je ressens à son égard ?

Comment la retenir auprès de moi ?

– Tu es plus qu'un divertissement ! lancé-je, éperdu. Déjà dans cet ascenseur, alors que je ne te connaissais pas, tu m'as interpellé. Tu m'as complètement bouleversé et…

– L'ascenseur ?

Elle a dit ça très doucement, et enfin ses yeux reviennent trouver les miens. Je reprends espoir qu'elle ait enfin compris l'attraction invraisemblable qu'elle exerce en moi, et ce depuis le début.

Oui, l'ascenseur. Cet instant hors du temps, entre deux mondes. Celui où j'ai osé t'approcher, sans réfléchir, sans chercher à te décortiquer. Celui où j'ai laissé parler mes émotions, mon envie, mon désir... tout ce que tu m'inspirais sur le coup. Ce moment très précis, où pour moi – pour toi – tout a basculé.

– C'était toi ?

Je sonde son regard. Impénétrable. Hermétique.

– Oui.

– Et depuis tout ce temps, tu le savais et… et…

Incertain, je l'observe. Les yeux agrandis par la surprise, elle cherche ses mots. Son regard passe de moi à l'immeuble, puis à Jenny, près de la porte.

– Et tu ne m'as rien dit ! achève-t-elle finalement, implacable.

Comprend-elle ?

– June…

– Tu t'es joué de moi tout ce temps !

Non. Non, elle ne comprend pas.

Une larme perle au coin de son œil, qui me transperce le cœur.

J'ai merdé.

Quelque chose m'échappe, fuit loin de moi – de nous… et cela me peine profondément. La légèreté de notre relation. Le plaisir simple de la présence de l'autre. Rattrapé par la douleur et la peine. Et le remords.

– June…

– Tu me dégoûtes ! J'ai cru que tu étais différent ! J'ai cru qu'il y avait un homme droit et honnête derrière ce beau costume ! ajoute-t-elle.

Sa voix monte dans les aigus un peu plus à chaque phrase, me poignardant le cœur.

– Mais en fait, reprend-elle d'un ton désabusé, implacable, tu es comme tous les autres : il n'y a que le profit qui t'intéresse ! J'étais quoi, moi, dans tout ça ? Un nouveau jouet ?

Ses yeux me transpercent, d'une dureté qui en dit long sur la souffrance qu'elle ressent. Avant que je puisse répliquer, elle se détourne de moi et fuit en trottinant sur ses talons hauts.

– June !

Mon cri se perd dans la nuit new-yorkaise, solitaire.

– June…

LIVRE III
Retenir

CHAPITRE 29

Jake

J'allume une nouvelle clope et la porte à mes lèvres. La bouffée de nicotine m'envahit, emplit mes poumons avant de se déverser dans mon corps. Je la savoure un bref instant, avant de souffler. Mon regard se pose sur les clichés annotés qui s'étalent face à moi – le travail d'enquête de l'équipe de surveillance. Et, ma foi, le résultat est prometteur. Au moins ai-je ainsi quelques éléments de réponse aux messages et aux menaces que mon employeur reçoit.

Mon employeur… Ryan Carter. Je tire de nouveau sur la cigarette, sourcils froncés. Plusieurs fois on m'a dit que je faisais une erreur en travaillant pour lui. Mon background, mes compétences… selon certains, ça ne cadrait pas avec le profil exigé pour ce job.

Mais en même temps, qu'est-ce qu'ils y connaissent, à mon profil, et à ce job ?

Cet emploi m'a permis de retrouver une certaine stabilité après l'horreur de cette guerre – de replonger dans le monde civilisé, simple et quotidien. Loin de tout ça. Loin des souvenirs de ceux qui sont restés, quand moi je suis rentré. Loin des regards d'abord surpris, puis sceptiques et juges face à mon vécu, mes antécédents, mon CV.

Ancien militaire, ça fait réagir les gens d'une manière parfois inattendue. Question d'opinion politique et d'éducation. Au moins, ici, à Carter Corporation, cette étiquette ne me colle plus à la peau – bon, d'accord, elle ne me colle plus tant que ça à la peau – et ça me permet de ne plus avoir à penser à tout ça ou à y être encore associé, d'une façon ou d'une autre.

Alors, quoi qu'on en dise, occuper ce poste, c'est mettre une distance entre avant et maintenant… c'est me permettre d'offrir aux gens une autre étiquette à me coller, et l'un dans l'autre…

Je recentre mon attention sur le dossier face à moi. Je repose une photo, me saisis d'une autre… Mon esprit est ailleurs. Du côté de la vision presque trop parfaite de Ryan Carter et de June, main dans la main, à Central Park.

Lorsque Carter m'a appelé, dans l'après-midi, mon sang n'a fait qu'un tour et j'ai foncé sur le lieu qu'il m'indiquait, en prenant tout juste le temps de contacter deux membres de la sécurité pour qu'ils m'accompagnent. Le temps de prendre position, monsieur et son amie arrivaient, effectivement suivis à bonne distance. Mes hommes ont fait leur travail, et moi aussi, mais en vain. L'interpellé est aussi muet qu'un macchabée. Je n'ai rien pu en tirer, et je n'ai rien non plus pour le retenir. J'ai dû le laisser partir, ou j'aurais fini par attirer des ennuis juridiques à la firme.

Je soupire. Du côté du blog de June, même topo : rien de concret. Aucun commentaire désobligeant, même en parcourant en détail chaque post, chaque conversation. Ce n'est pas que je remette en doute les propos de mon patron ou de June. Mais l'auteur de tout ceci a visiblement eu vent qu'on enquêtait, et préféré retirer ses billes trop facilement traçables. Je ne désespère pas. Le cloud est riche en données de tout genre, et à moins d'être un génie en informatique, on laisse toujours des traces derrière soi. Je finirai par mettre la main sur quelque chose.

Carter est persuadé que ce sont ses concurrents qui mettent la pression sur June pour l'atteindre, lui. Et je suis tenté de le croire. J'appelle ça un dommage collatéral. Et si j'ai pu les voir si proches, ce fameux soir au gala de charité, juste avant que cet inconnu ne délivre ses menaces voilées à mon P.-D.G., d'autres ont pu aussi profiter de la scène et tirer les conclusions qui s'imposent… De là à décider de passer par June pour s'en prendre à Carter, la frontière est mince et ces gens-là s'embarrassent rarement de scrupules moraux quand il s'agit de protéger ce qu'ils considèrent comme leurs intérêts.

Las, je repousse les feuilles et le dossier et me recule dans mon fauteuil.

Il se fait tard. Et j'ai envie d'une clope.

Je referme la pochette et la range dans l'armoire à dossiers, la verrouille, puis saisis ma veste et quitte l'entreprise.

La fraîcheur nocturne me saisit quand je débouche du hall. Le vigile de service referme derrière moi. Journée terminée.

J'inspire à pleins poumons l'air de New York, laisse les sons familiers de la ville m'entourer et m'emplir. Le vrombissement des véhicules, la rumeur de la foule qui ne dort jamais vraiment. D'un geste machinal, je récupère mon paquet de cigarettes au fond de ma poche intérieure, en extrais une, triture mes poches jusqu'à choper mon briquet et allume ma délicieuse addiction.

La nicotine se répand dans tout mon corps lorsque j'inspire et je savoure la sensation un peu grisante, avant d'expirer lentement.

Ça va mieux.

Je m'appesantis un moment encore au pied du building, puis lentement, je me mets en route. Aucune destination précise, juste l'envie de marcher tout en fumant.

Mes pas résonnent sur les trottoirs tandis que j'avance tout en grillant ma clope. Aucun regard pour les groupes croisés, les couples, les amis, les amants.

Et tout cela finit par me renvoyer avec une certaine brutalité à ma solitude existante et à… June.

Mon cœur se crispe à la mention de la jeune femme. Nous ne nous sommes pas vraiment parlé depuis cette soirée au bar, où je me suis confié à elle – et où elle s'est aussi un peu confiée à moi.

June et moi avons en commun d'être seuls, privés de famille ; et d'avoir survécu là où les autres sont décédés. Et ce fardeau, parfois lourd à porter, me semble plus facile à endurer à présent que je sais qu'elle aussi doit le supporter au quotidien. Cela se lit dans son regard – et très vraisemblablement aussi dans le mien. Et c'est sans doute la raison pour laquelle j'ai fini par lui parler, à elle, quand, aux autres, je ne dis rien…

Pour autant, et malgré ces points communs, quelque chose en moi se braque à force de songer à elle.

Elle l'a rejoint, ne cesse de me répéter cette petite voix pernicieuse. *Elle l'a rejoint au milieu de la nuit dans son bureau. Elle se tenait si près de lui, main dans la main…*

Je réprime un mouvement d'humeur, trouve une nouvelle clope à allumer. J'accélère mes pas, remontant plus vivement un boulevard fréquenté. Je slalome entre les groupes, ignorant les discussions, les néons, les écrans de publicité. Mon esprit est ailleurs.

Préoccupé par le dossier que j'ai laissé entamé au bureau. Agacé par l'attitude de mon patron, qui persiste à ne tenir compte d'aucune de mes recommandations. Inquiet que June se retrouve mêlée à toutes ces histoires qui ne la concernent pas. Et touché bien malgré moi par les décisions qu'elle a prises, vis-à-vis de lui – même si je me défends de l'admettre.

Comment et pourquoi cette jeune femme a-t-elle pris autant d'importance dans mon existence ? C'est à n'y rien comprendre !

J'expire, jette mon mégot à terre et l'écrase du talon. J'amorce un geste pour alléger mon paquet d'une troisième cigarette, quand mon regard est attiré par un taxi se garant non loin de moi. Ou plus exactement, par la silhouette qui s'en extrait.

June.

Ma main au feu que c'est elle ! Elle referme vivement la porte arrière du taxi, lance un regard rapide alentour. L'instant suivant, elle se dirige à pas pressés vers l'angle de la rue, ses bras repliés autour d'elle.

Une alarme s'allume dans ma tête. Mon instinct ne me trompe pas. J'oublie sur-le-champ ma troisième dose de nicotine pour lui emboîter le pas et réprime une grimace quand je la vois pousser la porte d'un bar signalé par des néons criards.

Un soupir m'échappe. J'ai à présent une petite idée de ce que sa soirée a pu être… et des causes et circonstances qui l'ont très vraisemblablement menée jusqu'ici.

J'abaisse le regard. J'hésite. Continuer ma route ? La rejoindre ?

Elle l'a rejoint, lui… ne cesse de me répéter une petite voix intérieure.

Effectivement. Mais je jurerais qu'il est la cause de son attitude et de sa présence ici, maintenant.

Je hausse les épaules, englobe la rue, la foule d'un regard rempli de lassitude.

Puis, ignorant les petites bandes de jeunes qui gravitent autour, et dont les décibels de conversation et la gestuelle presque provocante n'ont qu'un but : se faire remarquer, je passe la porte du bar.

CHAPITRE 30

Jake

À peine entré, mes yeux scannent la salle bondée en détail. Je cherche June. Je la découvre enfin, accoudée au comptoir, les yeux plongés dans la contemplation d'un verre d'alcool posé devant elle. Elle n'a pas perdu de temps… Me faufilant entre les tables et les groupes au parler haut, je la rejoins. Elle saisit son verre et le vide d'un trait au moment où je m'installe à côté d'elle.

– June, je fais d'un ton neutre.

Inutile de commenter son geste. Elle est majeure après tout… La jeune femme sursaute et tourne un regard un peu vitreux vers moi. Ses yeux peinent à se focaliser sur moi et je réprime une grimace. L'alcool, ça n'aide jamais, quel que soit le problème. Et pour commencer à connaître un peu June, le souci doit être de taille pour qu'elle se soit rabattue sur un remontant – j'ai une idée assez précise du souci en question, hélas. Un souci qui commence par un R…

– Eh ! lance-t-elle. Jake !

Un sourire un peu idiot aux lèvres, elle tente de se lever pour me saluer. Vif, je me redresse à mon tour… et la retiens quand elle vacille dangereusement.

– Holà ! m'exclamé-je.

– T'es là ! articule-t-elle encore, apparemment guillerette.

Son sourire semble radieux, cependant… cependant, je ne suis pas dupe. *Elle a bu, voilà tout !*

– Tu devrais être chez toi, tu ne crois pas ? questionné-je.

La jeune femme hausse une épaule désabusée, et ses yeux lorgnent du côté de son verre désormais vide. Elle amorce un geste, hèle le barman, et je fais de même, commandant un soft quand elle réclame quelque chose de plus corsé. Le barman nous sert avec des gestes dictés par l'habitude, sans plus nous accorder d'importance.

Je trempe mes lèvres dans la boisson, pendant qu'elle passe et repasse un doigt léger sur le rebord de son verre.

– Qu'est-ce que tu fais ici ? lance-t-elle finalement, d'un ton plein de dérision. Il t'a envoyé me surveiller ?

Je hausse une épaule. J'hésite à répondre. À passer outre sa seconde question. À m'en aller. Son attitude, son absence de réponse, ne laissent aucun doute dans mon esprit et l'envie puérile de serrer les poings me traverse. L'envie, aussi, de rétorquer quelques mots bien sentis, concernant le responsable de sa présence en ces lieux.

Pourtant… pourtant je m'en abstiens. Déformation pro ? Je l'ignore. À la place, je la questionne.

– Et toi ? Pourquoi tu es là ?

– Pourquoi pas ? réplique-t-elle avec défi.

Et de s'enfiler son alcool en quelques gorgées. Je devine l'effet de la boisson dans son corps, ses muscles qui se relâchent, ses yeux qui partent dans le vague. Je n'aime pas ça. Encore deux ou trois autres verres du même genre et elle termine dans les bras du premier soûlard venu.

Hors de question.

– Tu n'as rien à faire ici. Je te raccompagne chez toi.

June relève vers moi des yeux brillants, un peu tristes. Une sorte de moue râleuse passe sur ses traits, et elle s'écarte d'un simple mouvement.

– Aucune envie de rentrer !

– June…

– 'besoin d'un verre !

– On rentre, décrété-je d'une voix ferme en lui prenant le bras avec douceur. Je te ramène.

Mes mots, le ton de ma voix, mes traits, ma main sur son coude, ne lui laissent pas d'autre choix.

Haussant les épaules avec fatalisme, elle finit par reculer en marmonnant quelques mots incompréhensibles. Je déplace ma main dans son dos… juste au cas où… et nous quittons les lieux. Je hèle un taxi dans la rue, et j'entraîne June jusqu'au véhicule, sans prêter attention aux paroles incohérentes qu'elle prononce.

– Monte, lui demandé-je en ouvrant la porte arrière.

Nouveau haussement d'épaules. Puis elle s'exécute plus ou moins adroitement. Je m'installe à sa suite, donne son adresse au chauffeur, puis concentre mon attention sur elle.

– Ça va ?

– 'pleine forme !

– On dirait pas.

L'assistante du chef affiche une moue boudeuse avant de se rencogner contre le dossier de la banquette.

– Tu ne veux pas me dire ce qui s'est passé ? la questionné-je, nullement impressionné.

June soupire, secoue la tête. Ses lèvres se referment sans qu'elle émette le moindre son.

Le mutisme, je connais. Aussi je me recule contre la banquette et détourne le regard vers la fenêtre. Par-delà la vitre, défilent les rues animées de la ville. Un mélange de couleurs, de sons, d'instantanés auxquels je suis désormais habitué. Je me perds dans la contemplation un moment, laissant à June le temps qu'il lui faut pour accumuler sa rancœur et son agacement. Elle va finir par parler, je le sais. Et ça ne tarde pas. Soudain, elle lâche, virulente.

– Non mais tu y crois ? Une garçonnière ! Il s'est joué de moi et il m'a pas dit… pas dit…

Je tourne brièvement le regard vers elle.

– Ah.

Lui. Forcément.

Je retiens un soupir. Que dire ? Comment expliquer ? Forcément, il l'a emmenée là-bas. Pourquoi aurait-il agi autrement ? Ryan Carter est un homme compliqué par bien des points ; mais en matière de gent féminine, il n'est guère surprenant.

– Non mais t'imagines ? reprend-elle, indignée. Il a osé faire comme si rien ne s'était passé ! Alors qu'il savait ! Et moi… moi…

Ses traits se tordent, une lueur de tristesse passe dans son regard. Puis les larmes affluent. Dans un sanglot, elle vient échouer contre mon épaule et je pose une main rassurante dans son dos. Je n'ai pas saisi l'intégralité de ce qu'elle a lâché ; mais j'ai compris – et retenu – l'essentiel. Elle a eu une aventure avec Carter et il s'est mal comporté avec elle.

– Quelle ordure ! hoquette-t-elle encore.

Je ne réponds rien. C'est inutile, elle n'a besoin ni d'acquiescement, ni de dénégation. Juste d'une oreille attentive. Et puis, si je me mets à parler… non, mieux vaut ne pas commenter.

– Comment il a pu me cacher ça, hein ? Tu trouves ça honnête, toi ?

– Sans doute pas, je réponds à mi-voix.

Quel que soit l'incident dont elle parle, je ne veux pas le connaître. Parce que, clairement, je refuse d'ouvrir cette brèche entre elle et moi, et de m'y engouffrer. Pas alors qu'elle était avec lui, et qu'elle pleure sur mon épaule à cause de lui.

– Voilà, on y est ! clame le chauffeur, en arrêtant la voiture.

Je le remercie d'un signe de tête et enserre fermement le bras de June.

– June ? On est arrivés. Viens.

La jeune femme redresse sa tête, et sous ses larmes, ses yeux égarés me poignardent le cœur.

– Quoi ? balbutie-t-elle.

– On est arrivés chez toi. Viens.

Je me penche, ouvre la porte et l'invite à quitter la banquette. Réglant rapidement la course, je la rejoins et la guide plus que je ne l'accompagne jusqu'à l'entrée. La montée des marches est incertaine ; néanmoins nous atteignons son étage sans encombre et je m'empare de son trousseau de clés pour lui ouvrir.

Son intérieur est tel que la dernière fois que j'y suis entré : simple et accueillant. Je ne m'attarde toutefois pas à en observer les détails. June me dépasse alors que je referme la porte et se penche pour retirer ses escarpins avant d'ouvrir un placard de sa cuisine. Profitant du fait que je pivote pour déposer ses clés sur le comptoir, elle s'empare d'une bouteille… et je me retourne pour la voir boire l'alcool au goulot.

– June !

En deux enjambées, je suis près d'elle et lui retire la bouteille des mains.

– Jake ! râle-t-elle. Donne ! J'ai besoin de me bourrer la tronche, ce soir !

– Tu as besoin d'aller t'allonger et de dormir, corrigé-je en plaçant l'objet tentateur en hauteur.

Elle me décerne un regard agacé, avant de vaciller. Je la retiens.

– Oh, là ! Attention.

Un petit rire lui échappe, et avec une gêne soudaine, je sens son doigt venir frôler l'arrondi de mon menton.

– T'es pas comme lui, toi, murmure-t-elle tout bas.

– Viens, insisté-je en l'entraînant vers la chambre.

Mais la jeune femme a encore un minimum de volonté. Et ses mains se rivant au côté de ma veste me prennent presque au dépourvu. Je me fige, surpris. Lentement, June passe de la veste à la chemise, puis à mon menton, ma bouche, le coin de mes lèvres… Ses yeux suivent le chemin sinueux de ses doigts, comme hypnotisés. Et moi, moi… moi, je n'ose plus respirer. Ni même bouger.

Lorsqu'enfin elle recule la main, hésitant à approfondir ce contact déroutant, je saisis l'occasion de rompre là l'instant.

Non pas que ces gestes ne m'aient pas perturbé. Mais elle n'est pas dans son état normal.

Laborieusement, j'arrive à l'amener jusqu'à sa chambre et à l'asseoir sur son lit.

– Jake…

Je cesse de nouveau tout mouvement. L'intensité au fond de sa voix est déroutante. Troublante.

Comme un son que l'on espère entendre sans trop y croire, et qui, sitôt perçu, déclenche un maelström d'émotions indescriptibles.

– Jake… t'es différent, hein ? T'es comme moi. On est seuls tous les deux. On a survécu, alors que les autres, eux…

– Tu dois dormir, l'interrompé-je fermement.

Aucune envie de faire remonter tout ça dans mon esprit ! Mais June secoue la tête, perdue dans ses pensées – dans sa tristesse et sa solitude.

– Lui aussi, il est pareil, tu savais ?

– Je…

– Alors pourquoi il a joué ? Il a menti, il…

– June, arrête…

– T'es différent, toi, s'obstine-t-elle, le regard perdu dans le mien. Jake…

– June, j'insiste à voix basse.

Et puis soudain, tout se précipite : la jeune femme place les bras autour de moi et m'entraîne avec elle sur le matelas. J'échoue sur son corps et ne me retiens que de justesse d'une main et du coude. Mes lèvres se retrouvent à quelques millimètres des siennes. Si proches, à vrai dire, qu'il suffirait d'un souffle pour les réunir.

– T'es différent, répète-t-elle encore en resserrant ses bras sur moi.

Il suffirait d'un rien. Ployer le coude, avancer le visage. Quelques millimètres et un infime mouvement pour poser mes lèvres sur les siennes, m'emparer de sa bouche. Goûter sa saveur, la découvrir – la faire frémir. Nos yeux sont soudés l'un à l'autre, sans que nous puissions les séparer. Un rien. Juste avancer. Juste… céder. Et tout faire basculer.

Ma volonté faiblit d'instant en instant. D'ici peu, je vais céder. D'ici peu, je vais tout simplement l'embrasser.

Aussi je ferme mon esprit à tout ce que je ressens, je me barricade le cœur, me claquemure l'âme.

Elle n'est pas dans son état normal.

Et même si j'admets qu'elle me plaît, qu'elle m'attire, et que sentir son petit corps juste sous le mien, ça m'échauffe le sang et ça me donne juste envie d'elle, là, comme ça… même si je peux admettre tout ça, je ne dois pas oublier à qui elle s'est donnée, ni pourquoi elle est ivre.

– Jake… me supplie-t-elle presque.

Je secoue la tête ; et je parviens à me redresser par je ne sais quelle force de caractère.

– Tu es ivre, June, expliqué-je à voix basse. Tu devrais dormir.

Elle pivote la tête vers moi. Son regard est lointain, presque vitreux. Faisant un effort sur moi-même, je me rapproche pour mieux l'installer dans le lit. Et la tentation grandit d'en profiter, de céder, d'aller plus loin… juste un peu plus loin. Je recule avant de basculer dans l'envie, ajuste une couverture sur son corps désirable.

– Jake, balbutie-t-elle, déjà aux portes du sommeil.

Je ne réponds rien, recule vers la porte en silence. Un dernier regard pour la forme étendue là. Un dernier regret, peut-être… Je pars sans un bruit.

CHAPITRE 31

June

Je ne le regarderai pas. Hors de question. Non mais, qu'est-ce qu'il s'imagine ? Qu'après m'avoir traitée comme une fille facile – pire, comme un amusement ! – je vais lui faire l'aumône d'un regard ? Et puis quoi encore ?

J'ancre mon regard sur l'écran de mon ordinateur, ignorant ostensiblement l'homme en costume qui vient de pousser la porte de mon bureau. Ryan Carter. S'il s'imagine que j'ai oublié…

– June… articule-t-il de sa voix si sexy.

Cette voix qui m'avait captivée dans le noir de l'ascenseur.

Comment ai-je pu ne PAS la reconnaître, cette voix ? Comment ai-je pu me laisser berner par ses beaux yeux et son charisme ?

Je ne tourne ni les yeux, ni la tête. Rien qui puisse trahir tout ce qui bouillonne en moi : fureur, tristesse, exaspération – un mélange explosif rendu d'autant plus instable que je continue de recevoir ces messages pour le moins désagréables. Pour autant, je n'en ai rien dit – ni à Ryan, ni à Jake. Je continue de les ignorer. J'imagine que Jenny se fait un malin plaisir d'enfoncer le clou de la sorte, après ce qu'elle a provoqué. Elle doit exulter, dans son appartement grand luxe, tellement satisfaite d'avoir réussi à séparer la méchante assistante profiteuse de son grand frère adoré !

– Monsieur ? lancé-je d'une voix formelle.

Le regard toujours tourné vers l'écran. Les doigts frappant les touches du clavier sans discontinuer.

Je devine du coin de l'œil Ryan s'avancer d'un pas, et déposer sur mon bureau une pochette. Je ne lui accorde pas un regard. Toute mon attention – toute ma volonté – reste fixée sur l'écran et mes doigts s'agitent sur le clavier presque frénétiquement, récapitulant les grandes lignes de la soirée d'inauguration NewTech Levels, parrainée par la firme.

Je ne veux pas le regarder. Je refuse de le regarder. C'est mon patron, effectivement. Mais ça ne m'oblige aucunement à lui sourire ou à croiser son regard trop perturbant. Et encore moins à lui pardonner la manière dont il m'a traitée !

– June… répète-t-il, une impatience contenue dans la voix. Regarde-moi.

Mes doigts cessent instantanément leur danse sur les touches. Je carre les épaules, recule les bras et très, très lentement, je fais pivoter mon fauteuil vers lui.

Le regard que je pose sur lui est distant, froid. Je m'en contrefiche. Je m'évertue à ne voir en Ryan qu'un séducteur égocentriste machiste ! C'est ce qu'il est, après tout, non ? Même si j'ai cru… peu importe !

– Monsieur ? répété-je à mon tour avec lenteur.

Les yeux gris de Ryan se rivent à moi, et quelque part j'élève une barrière plus épaisse encore pour que cela ne m'atteigne pas.

– Je peux faire quelque chose ? continué-je, version secrétaire robotisée.

Ryan m'étudie encore un instant et je soutiens la passe d'armes dans une immobilité de statue. Puis, comme résigné, il tapote du bout du doigt la pochette qu'il vient de déposer.

– À ajouter au dossier Water, m'indique-t-il.

Je hoche poliment la tête et tends la main vers le dossier. Je prends bien garde à le saisir en me tenant éloignée des mains de Ryan. Je refuse qu'il me touche ! Pas après ce qu'il a fait ! Pas après la façon dont il m'a traitée !

Une garçonnière…

J'attire la pochette à moi et la décale sur le côté de mon bureau, en mode : *j'ai pris note, merci au revoir*. Puis je reviens à mon interlocuteur.

– Autre chose ? demandé-je, neutre.

Un moment encore Ryan maintient son regard sur moi. Je voudrais qu'il parle, et en même temps j'ai peur qu'il s'exprime. Je voudrais qu'il tente de s'expliquer, pour pouvoir lui répliquer ma façon de penser. Combien je me sens blessée et humiliée par cette attitude irrespectueuse et malsaine. Combien je lui en veux. Combien il m'a dégoûtée et déçue.

J'ai été idiote. J'aurais dû réaliser qu'un homme comme lui… avec une fille comme moi…

Mais en même temps… en même temps j'ai peur qu'il reste silencieux, qu'il n'aborde pas le problème. Car dans ce cas, ça voudrait dire qu'effectivement il se moque bien de moi, non ? Tenter de s'expliquer, c'est avouer à demi-mot qu'on s'est attaché à la personne qu'on a blessée. Non ? Mais si on ne le fait pas…

– Non, lance-t-il finalement en reculant. Non, rien d'autre.

Je l'observe me tourner le dos et quitter mon bureau, emplie de sentiments contradictoires.

***

Ryan

La porte du bureau de June se dresse devant moi. La pochette du dossier dans ma main, je m'accorde un instant avant d'en pousser la poignée. J'ai besoin de me concentrer. De savoir ce qui m'attend de l'autre côté.

En l'occurrence, c'est une jeune femme que j'ai blessée, et qui passe sa rage et son agacement sur le matériel de bureau.

June…

Je voudrais te dire que je suis désolé. Que je ne voulais pas que tu l'apprennes comme cela. Que tu es différente à mes yeux. Que toi et moi, ça n'a rien à voir avec ce que j'ai vécu jusque-là. Que tu m'as troublé et attiré dès cette première rencontre, alors même que j'ignorais tout de toi. Que tu es comme une brise légère de fraîcheur et de spontanéité dans ma vie. June...

– June, articulé-je comme elle persiste à m'ignorer.

Je voudrais qu'elle cesse de frapper sur son clavier, qu'elle pivote, que nous nous expliquions. Mais comment expliquer ce qui m'a amené à agir de la sorte ? Comprendrait-elle mes motivations, mes craintes, mes espoirs ? Je n'en sais rien.

– Monsieur ? articule-t-elle du bout des lèvres.

Presque mécaniquement. Avec une désinvolture que je ne lui connaissais pas. Je me retiens de tout geste agacé tant la situation m'est intolérable et me contente d'avancer le bras pour déposer le dossier sur son bureau.

– June, insisté-je en me contenant. Regarde-moi.

Regarde-moi. Crie. Hurle. Frappe. Tu en as le droit. Et moi je peux tout encaisser, pourvu qu'après nous puissions parler et pardonner.

Ses doigts cessent de courir sur le clavier, et avec une lenteur volontaire, elle se détourne enfin de l'écran pour me faire face. Je me prends en plein cœur le regard froid, dénué d'émotion et presque indifférent qu'elle pose sur moi. Il me fait mal.

Pourtant, je m'oblige à n'en rien montrer. Elle souffre bien plus que moi de tout cela, j'en ai conscience.

– Monsieur ? répète-t-elle sur le même ton détaché tandis que je la détaille intensément. Je peux faire quelque chose ?

Oui. Me parler. Me traiter de tous les noms. T'énerver. Exiger des explications.

Cependant, je doute qu'elle le fasse. Non : je le sais. Elle ne dira rien. June est une personne fière, tenace, volontaire. Elle n'exprimera pas sa colère comme ça. Je dois trouver un autre moyen de dépasser cette situation. Je dois trouver à la faire revenir à moi…

Je la contemple encore quelques secondes. Si fière. Si belle… mon esprit déjà est au-delà de la scène, au-delà de tout cela. Je cherche à percer la carapace qu'elle s'est forgée, à l'atteindre au plus profond de son cœur.

J'ai besoin de temps pour y parvenir.

Le bout de mes doigts s'en vient tapoter le dossier que j'ai déposé devant elle, comme pour justifier ma présence et mon attitude.

– À ajouter au dossier Water, expliqué-je doucement.

Déjà à penser à d'autres manières de la ramener vers moi.

La main de June vient s'emparer du dossier, et je me retiens de la prendre dans la mienne. Je ne souhaite pas la brusquer, ce n'est pas la bonne méthode, j'en ai conscience. Alors, je reste stoïquement à l'observer déplacer la pochette de quelques centimètres et l'écouter me demander de ce ton si formel s'il y a autre chose.

À dire vrai, il y aurait beaucoup d'autres choses à évoquer, professionnellement comme personnellement. Mais pas dans l'immédiat. Car là, tout de suite, j'ai besoin d'un moment de solitude pour mettre mes pensées à plat.

– Non, déclaré-je en battant en retraite. Non, rien d'autre.

Une fois la porte de son bureau passée pour le couloir, je baisse le regard une fraction de seconde.

Tout cela n'est que temporaire, je le sais. Je mettrai tout en œuvre pour la reconquérir !

CHAPITRE 32

Ryan

June. Malgré les jours qui passent et mes tentatives pour briser la froideur qu'elle a instaurée entre nous, rien ne change et j'en viens à croire qu'elle est définitivement passée à autre chose. J'en suis peiné, et cela me surprend. Faut-il qu'elle m'ait tant touché, pour que je réagisse de la sorte ?

Je ne m'avoue cependant pas vaincu : je trouverai le moyen de reprendre son cœur, et elle écoutera mes explications. Ce n'est qu'une question de temps, à moi d'être patient.

Dans l'intervalle, je me plonge à corps perdu dans le travail, et multiplie les rendez-vous et projets. Le dossier Water étant entre de bonnes mains – les siennes – je m'intéresse à d'autres actions que j'ai entreprises ici et là, notamment en Europe de l'Est et du côté de l'Océanie. Il y a tant à faire et à promouvoir ! Dernièrement j'ai gardé un œil attentif sur certains autodidactes de ces pays dont les idées sont prometteuses et pour certaines, révolutionnaires. Il me tarde de pouvoir les contacter afin de leur offrir l'opportunité de les développer !

J'ai chargé certains de mes directeurs de filiales locales de poser les bases d'une approche progressive, afin de mieux sonder le terrain et de juger de la viabilité des choses. Et certains retours m'apparaissent entièrement concluants.

Je clos un appel et quitte mon fauteuil pour me positionner face à la baie vitrée de mon bureau. Dans le ciel de cette fin de matinée, l'Empire State Building brille de mille feux. Il attire les regards et le mien s'abîme dans cette contemplation. Je réfléchis.

L'attitude de June, la distance qu'elle a mise entre nous, ne cessent d'occuper mes pensées et je dois me faire violence pour me concentrer sur autre chose – comme la filature dont nous avons été l'objet, et dont Stewart n'a rien pu tirer, ou les messages laissés sur son blog.

Je me détourne de la vue sur la ville pour l'écran de mon ordinateur. En quelques clics, je suis sur *Les Délices de June*, et en fais défiler la page d'accueil. Rapidement, je dois me rendre à l'évidence : les commentaires ont disparu.

Manœuvre volontaire d'évitement ? Tentative de brouiller les pistes ? Fausse accalmie dans la tentative d'intimidation, avant de réattaquer plus fort ?

Je ne suis certain de rien, mais je sais une chose cependant : c'est que mes concurrents, qui qu'ils soient, commencent à porter des actions que je ne peux plus tolérer.

À moi de répliquer afin de les réduire à l'inaction et au silence dans les plus brefs délais. Hors de question de les laisser croire que je me suis laissé effrayer ou qu'ils m'ont atteint d'une manière ou d'une autre.

Je quitte l'ordinateur. Un plan se forme peu à peu dans mon esprit.

Je dois pousser ces entreprises à se démasquer. Je dois les mener à la faute. Je ne tolérerai plus qu'on s'en prenne à moi ou aux gens qui m'entourent.

Et quoi de mieux pour les mener à commettre une erreur que de leur faire croire que leurs actes m'ont ébranlé et touché ? Plus ils se sentiront puissants et en position de force, moins ils seront prudents et plus j'aurai de chances qu'ils fassent un faux pas… dont je saurai profiter.

Bien. Je crois déjà savoir où et comment les pousser à frapper. Je rouvre mon agenda, en consulte le détail ; avant de saisir mon téléphone.

– Stewart, lancé-je quand on décroche. Je voudrais vous voir.

– J'arrive dans trente minutes, me répond-il laconiquement.

Excellent. Je raccroche et, tout en reprenant la lecture du dossier que j'avais mis de côté, je peaufine par anticipation les détails des prochaines actions qui me permettront de démasquer mes opposants.

L'image fugace de June, disparaissant dans la nuit loin de moi et du loft, me frappe alors de plein fouet, et mon cœur se serre.

D'abord mes adversaires, décidé-je. Je refuse de mettre June en danger en montrant de manière trop évidente combien ils ont réussi à m'atteindre en s'en prenant à elle.

S'ils savaient l'importance qu'elle a dans mon existence, ils ne se priveraient pas de durcir leurs manœuvres à son encontre… et je ne supporterais pas que quelque chose lui arrive par ma faute.

Je te reconquerrai, June. Ce n'est qu'une question de temps.

CHAPITRE 33

Ryan

– Vous ne devriez pas vous exposer ainsi.

J'avance au débouché de l'ascenseur, déterminé. J'ai laissé derrière moi la foule de l'avenue, les flashs des premiers journalistes, pour l'ascenseur du building et le dernier étage. Cette soirée de lancement, je l'ai planifiée depuis des mois déjà. Elle est l'aboutissement d'un long travail en continu en relation avec une start-up que j'ai parrainée, et les équipes de ma firme. Et pourtant, mes pensées sont ailleurs. Elles tournent en boucle et montent en exaspération croissante, toutes tournées vers June… à tel point que la moindre contrariété m'agace immédiatement. Comme lorsqu'on tente de me dissuader dans mes actions. Derrière moi, le bruit de pas précipités va crescendo.

– Vous savez ce que je pense de votre idée. Nous avons reçu de nouvelles menaces et…

Quelque chose m'agrippe le bras et me retient, m'obligeant à ralentir – à pivoter.

– Monsieur Carter !

Je m'immobilise, excédé. Je suis attendu. Cette soirée est d'une importance capitale à de nombreux titres et j'ai autre chose à gérer que supporter l'attitude inadmissible de mon subordonné. La main de Stewart quitte mon coude. Mon chauffeur et garde du corps est prudent – et il fait bien. J'abaisse les yeux vers lui, implacable. C'en est assez.

– Monsieur Carter, reprend-il sans se démonter, je suis sérieux. Le danger…

– Je vous ai engagé en ce sens, lui rappelé-je d'un ton sec.

Cela suffit. Je n'ai pas de temps pour cela.

– Et c'est mon job de vous avertir des risques, s'entête-t-il.

J'inspire, pour contenir mon exaspération croissante, et braque mes yeux sur lui. Stewart soutient mon regard, impassible, sans se démonter, et il me semble déceler comme un reproche muet, dissimulé. Qui serait sans rapport avec les risques engendrés par ma présence à ce lancement. Je me retiens d'une remarque plus acerbe encore.

– Monsieur Carter ! lance soudain une autre voix.

Je fais pivoter mon regard. Depuis le couloir qui mène à la terrasse aérienne du building où l'inauguration doit avoir lieu, Mark Leviels me fait un geste du bras.

– Monsieur Carter, me hèle-t-il. On n'attend plus que vous.

– Je viens.

Rassuré, mon directeur de filiale hoche vigoureusement la tête et disparaît. À mes côtés, Jake soupire ostensiblement et je reporte mon agacement sur lui.

Un agacement… dont il n'est pas en totalité la cause, je dois bien l'admettre.

– Faites votre job, lui intimé-je avant de partir à la suite de Leviels.

Fin de discussion.

Derrière moi, j'entends Stewart retenir un juron et parler vite et à voix basse. Sans doute tient-il à informer l'équipe de sécurité de l'évolution de la situation – et de ma présence ici, et maintenant.

Très bien. Je refuse de laisser les menaces et les tentatives d'intimidation prendre le dessus sur mon existence et altérer mes décisions. Et je refuse de faire machine arrière quand j'ai tout fait pour pousser mes concurrents dans leurs retranchements ces derniers temps. Communiqués de presse, articles, interviews, apparitions dans des lieux publics… j'ai multiplié les sources d'exaspération à dessein pour les pousser à l'erreur – et cela ne saurait tarder, j'en suis certain. Je n'ai plus qu'à être patient en attendant un faux pas de leur part. Et j'espère que cette soirée, hautement médiatisée, achèvera de les mener à commettre une erreur dans leur stratégie pour m'inciter à abandonner.

Je débouche du couloir et sors sur un vaste toit-terrasse. Aménagée comme un lieu dédié à l'événementiel de grand standing, la terrasse offre une vue panoramique sur la ville balayée par les lumières artificielles. La nuit a beau être tombée depuis une heure, la qualité de l'éclairage ici le ferait presque oublier ! Une foule humaine dense et vêtue de ses plus beaux atours occupe l'espace, les mains occupées par des coupes de champagne ou des petits fours que des serveurs, sinuant parmi les invités, proposent avec zèle.

De nombreuses têtes se tournent à mon approche, des voix s'élèvent. On m'appelle, on me désigne, on me complimente.

J'esquisse un sourire satisfait, mais étrangement le cœur n'y est pas. Tout cela, pourtant, est l'aboutissement d'un long travail en étroite collaboration avec Max Beckett, le jeune fondateur de cette start-up, dans laquelle j'ai vu un potentiel indéniable – les nouvelles technologies, c'est l'avenir.

C'est ce qui lui a valu mon soutien, humain comme financier, et qui explique ma présence ici.

Or, malgré les visages enjoués et le travail accompli, je n'arrive pas à partager l'enthousiasme qui règne ici. Mon regard se pose encore une fois sur le buffet, dressé à une extrémité de la terrasse ; sur les serveurs ; sur les robes sophistiquées et les costumes des invités.

Tout cela me ramène à June avec une sourde brutalité. Cet événement, c'est son œuvre. Un travail que je lui ai intégralement délégué, certain de ses compétences en la matière. Et à contempler le résultat, je ne peux que me féliciter de ma confiance en ses capacités.

Je devrais m'en féliciter.

Pourtant… pourtant, où que je pose mon regard, tout me renvoie à elle. À son sourire lumineux. À ses talents de cuisinière. À son écoute attentive. À sa douceur. À sa fougue. Au regard qu'elle porte sur les choses et sur moi – un regard profondément humain et bon, si inhabituel dans le monde qui est le mien… À son corps menu vibrant sous l'assaut de mes caresses. À sa bouche explorant mon corps. À ses mains me frôlant – me touchant – pour m'exciter. À l'intensité de son regard. À l'étincelle de désir dans ses yeux.

Et à celle de la déception – non, de la trahison – aussi.

Je ravale le sentiment d'amertume qui menace de m'envahir. Treize jours que Jenny a fait irruption au milieu de la nuit au loft. Treize jours que June l'a entendue parler. Treize jours qu'elle a deviné que je n'habitais pas vraiment là-bas. Treize jours qu'elle est partie, horrifiée d'apprendre que notre première rencontre avait eu lieu dans cet ascenseur, le soir de la panne de courant. Lorsque je l'avais vue, penchée sur son smartphone, si fine, si surprenante, avec ce je-ne-sais-quoi qui émanait d'elle – détermination, fraîcheur, volonté… –, il s'était produit quelque chose. Comme une force plus puissante que mon propre pouvoir de décision qui m'avait poussé vers elle – à elle. Une envie primaire, mais pas uniquement. Le besoin de l'approcher, la nécessité d'aller contre elle – près d'elle. De la toucher. De la sentir sous mes doigts, contre ma peau. D'être *avec* elle, comme si elle était une partie jusque-là manquante de ma vie, que je venais seulement de retrouver…

Cela, je voulais le lui expliquer, justifier mon silence depuis lors, mon attirance – ma curiosité – envers elle. Elle ne m'en a pas laissé le temps. Elle est partie, déçue, humiliée peut-être ; et depuis elle affiche une froideur toute professionnelle qu'il m'est difficile de supporter. La carapace qu'elle s'est forgée semble impossible à briser.

Je la reconquerrai. Ce n'est qu'une question de temps.

Dans l'immédiat, j'ai une inauguration à assurer.

C'est son œuvre, me répété-je, et une belle réalisation. Elle a travaillé avec cœur à la concrétiser. Je m'oblige à faire honneur à la cohorte d'invités – investisseurs, clients potentiels, partenaires en devenir, fournisseurs… aucun d'eux n'est ici par hasard, et s'ils ignorent encore pour certains les raisons de leur présence, ils vont les comprendre peu à peu au fil de la soirée.

Je serre plusieurs mains, mon jeune « poulain » à côté de moi, je le présente aux personnes influentes, ouvre des voies, initie des mises en relation. Max Beckett saura saisir les opportunités que je lui offre, je n'en doute pas. Sa firme est pleine de promesses et de potentiel, et ces gens auront tôt fait de le comprendre – et d'en tirer profit.

Et puis brutalement, tout se précipite. J'aperçois June à l'autre bout de la terrasse, divine tentatrice dans une petite robe d'un bleu épuré qui moule ses formes à merveille. Mon cœur bondit dans ma poitrine et se serre en même temps douloureusement.

Elle me manque.

Dans le même instant, j'entends quelqu'un crier mon nom – et de manière impérieuse. Presque… injurieuse.

– Carter !

Le cri résonne dans l'air de la terrasse, recouvrant toutes les conversations. Il m'atteint avec une violence presque palpable. Je pressens des ennuis. Après tout, je l'ai quelque peu provoqué, et j'en avais été averti si l'on peut dire. Stewart lui-même le pressentait… Mais je ne pensais pas qu'ils céderaient si vite à l'erreur.

Un mouvement dans la foule. Des cris. Un flottement le temps d'un battement de cils. J'essaye de voir ce qui se passe. De déterminer d'où viendra le danger. Ce qu'il sera. Sans succès. Puis…

– Il a une arme !

Face à moi, tout à l'extrémité du toit-terrasse, un homme se démarque par le vide qui se creuse autour de lui. Ses yeux sont braqués sur moi. Et l'arme qu'il tient en main ne laisse aucun doute sur ses intentions.

Je me raidis, prêt à tout.

L'homme s'avance à pas vifs. Les invités refluent en désordre. La panique les gagne. Je les comprends.

Sans doute aurais-je fait comme eux, en d'autres circonstances.

Fuir ? Ce serait risquer des dommages collatéraux s'il me prend pour cible – et il m'a pris pour cible, c'est certain.

– Carter !

Les deux syllabes claquent parmi les cris d'épouvante et me frappent de plein fouet. L'homme relève le bras et pointe le pistolet droit sur moi.

Ai-je peur, alors ? Je n'en sais rien. Mon esprit analytique est déjà au-delà de la scène. Au-delà du danger. J'explore les pistes que cet acte de provocation implique. Que mes opposants soient prêts à aller jusqu'à de telles extrémités pour m'empêcher de réussir prouve que mon action est juste et doit perdurer.

Je dévisage l'homme. Encore un inconnu comme on en croise en nombre dans New York. Un homme que je n'ai jamais vu et qu'on ne reverra jamais après ce soir. Ses yeux se plissent quand il rencontre mon regard.

Fort bien. Jouons, monsieur l'inconnu.

– Non ! Non !

Petits cris qui peinent à se hausser au-dessus des clameurs paniquées de la foule qui reflue en désordre vers l'intérieur du bâtiment et sa sécurité relative. Je les entends pourtant parfaitement bien. Et ces deux tout petits mots m'effraient bien plus que cette arme qui me menace.

June.

Mon regard quitte l'homme qui me tient en joue pour la foule. Là. Elle est là, parmi les derniers qui cherchent à fuir l'endroit. Les cheveux en bataille, un air paniqué au visage… paniqué, mais déterminé. Elle fend la foule en sens inverse de la logique, droit sur…

– Non !

Le murmure m'échappe. Une peur panique enfle en moi. Tous mes plans pour mener mes concurrents à la faute volent en éclats. Je réalise avec brutalité ce qu'il peut advenir en une fraction de seconde.

June…

Je n'avais pas prévu cela ! Et je refuse de la mettre en danger !

Pas elle ! Pas elle…

En un instant, tout est joué : j'aperçois l'homme armer son pistolet, June émerger de la foule, prendre la mesure de la situation… et s'interposer entre nous.

– Ryan !

– June ! Non !

J'ai crié. Et tendu la main dans l'espoir futile de l'écarter de la trajectoire de la balle. L'homme grimace un sourire. Il m'a entendu. Il a compris. Et à son regard mauvais, je sais que lui aussi va user de cette nouvelle donne. Une sueur froide coule dans mon dos.

Qu'ai-je fait ?

Le canon de l'arme dérive de quelques centimètres. C'est peu – très peu – mais je distingue parfaitement le mouvement. June tourne la tête, croise mon regard. Mon nom jaillit de sa bouche et elle tend la main, comme pour arrêter l'instant. Le sang déserte mes veines. Je sais ce qui va se produire, je pourrais presque le prédire !

J'arrête de raisonner. L'instinct me pousse, me propulse en avant. Je crie son nom à elle. Comme lors de la panne dans l'ascenseur, c'est une chose sans nom qui me domine et me gouverne – qui me pousse à la rejoindre.

À la protéger.

– June !

L'homme va tirer. Je le sais. Ce n'est qu'une question de secondes. Pas assez pour que je la rejoigne. Mais suffisamment pour que j'essaye quand même.

Un mouvement attire mon attention dans ma vision périphérique. Quelque chose… non, quelqu'un. Qui s'approche à toute allure depuis le mur du building. Jake. Mon garde du corps se jette plus qu'il ne s'élance sur celui qui nous menace, et il lève les bras pour happer les poignets – et l'arme en main.

Tout en même temps, j'atteins June et la ceinture pour l'écarter de la trajectoire ; tandis que Jake bouscule l'inconnu et réussit à lui relever le bras.

Un bang retentissant résonne quand le tir part dans le vide. Dans un cri, June se presse contre moi et je referme mes bras autour d'elle.

L'écarter. La protéger.

Jake repousse l'agresseur et lui décerne une droite au menton avant de se ruer sur son poing et son arme.

Les deux hommes luttent, échangent des coups. J'entraîne June vers le couloir et la sécurité de l'intérieur du building. C'est la seule chose qui occupe mon esprit : la mettre en sécurité.

La protéger.

Dans une cavalcade soudaine, un groupe de vigiles survient, manquant nous percuter. Plusieurs nous entourent, tandis que les autres filent assister Jake.

– Monsieur, me lance l'un d'eux, tout va bien ?

Mon regard glisse sur June, agrippée à moi. Nos yeux se trouvent, s'arriment et se retiennent. Et il me semble en cet instant que mon cœur vient de recommencer à battre – à exister. C'est brûlant. C'est poignant. Tout à la fois douloureux et… réconfortant. La retrouver, la toucher, la sentir si près de moi… tout contre moi… me fait réaliser à quel point sa présence à mes côtés m'a manqué. À quel point j'ai besoin d'elle dans mon existence.

Sans elle, sans ce naturel désarmant dont elle fait sa force et sa particularité, ma vie à moi est bien terne…

Elle est vraiment unique pour moi.

Je m'oblige à la détailler, à la scruter. À m'assurer qu'elle n'a rien. Qu'elle va bien.

Elle va bien. Elle va bien.

Je me rends compte alors que rien d'autre, en fait, ne compte à part elle. J'acquiesce à la question des membres de la sécurité.

– Oui. Tout va bien, merci.

CHAPITRE 34

Ryan

June.

Sa mince silhouette s'interposant entre lui et moi, au mépris du danger. Mon nom, crié sur ce ton angoissé, apeuré.

– Pourquoi as-tu fait ça ? lui demandé-je tout bas.

Autour de moi, l'agitation. Les hommes de Stewart, la police, la sécurité. Tout ce monde pour deux seuls hommes – lui, et moi. À moi, on demande si tout va bien, on m'entoure, on s'inquiète. De lui, on exige des explications, des noms.

L'homme se tait, aussi silencieux qu'une carpe. Nous n'en tirerons rien, je le crains. *Ils* sont prévoyants, et cet individu n'est qu'un pantin isolé dont on n'obtiendra rien, malgré mes tentatives pour les pousser dans leurs retranchements. Ils sont plus coriaces que ce que je pensais. Tentaient-ils réellement de m'éliminer ? Ou n'était-ce encore qu'une tentative plus pesante pour m'intimider ? Me faire reculer ? C'est plausible. Après tout, les actions chocs sont les plus marquantes. Et saborder l'une de mes entreprises de la sorte est une technique qui peut s'avérer payante. Ruiner mes efforts dans bien des domaines pourrait me pousser à reconsidérer certaines de mes options.

Un mode de fonctionnement qui somme toute m'est familier, songé-je, contrairement à l'attitude de June, qui me déroute.

Pourquoi n'a-t-elle pas fui ? Pourquoi s'être interposée, au mépris de sa propre sécurité ?

Croyait-elle que je resterais là, cible offerte inoffensive ? Pourquoi avoir pris un tel risque ? Sachant que, forcément, Jake interviendrait ?

Elle l'ignorait, me sermonne une petite voix intérieure.

C'est mon garde du corps, elle le sait, ai-je envie de répliquer.

Mon regard se détache de l'homme que les forces de l'ordre emmènent au fourgon pour l'ambulance de premiers secours, non loin. Assise sur le rebord du véhicule, une couverture sur les épaules, elle me regarde fixement. June. Je m'accroche à ses yeux comme un noyé à une bouée, et j'esquisse un sourire rassurant.

Elle a risqué sa vie pour moi.

Je m'extrais du groupe de sécurité qui persiste à m'entourer pour aller au-devant d'elle. Dans un mouvement souple, June se lève, repousse sa couverture et s'élance jusqu'à moi. J'ouvre les bras pour la réceptionner contre mon torse et elle s'y blottit avec un petit soupir, mélange de soulagement et de peur rétrospective. Le plaisir de la sentir là, tout contre moi, est puissant. Je le savoure pleinement, ignorant le petit groupe que la sécurité refoule en arrière. Des journalistes. Aucune importance.

Seule compte June.

– J'ai eu si peur, murmure-t-elle en m'entourant de ses bras.

À la sentir comme ça, contre moi, je crois mieux comprendre ce qui l'a poussée à s'interposer.

Elle a voulu me protéger.

Je pose mes lèvres sur le haut de sa tête, inspire longuement. La chaleur de son corps contre le mien est réconfortante au possible. Un moment, je songe à rester ainsi, à ne plus bouger. Ces jours sans elle, loin d'elle, à ne ressentir que la froideur de nos échanges impersonnels et distants… sont gommés par cette étreinte simplement douce et aimante.

Nul besoin de baiser passionné ou de caresse fiévreuse. Ce seul contact suffit. Et il me réchauffe le cœur bien plus que toute étreinte débridée.

June relève les yeux vers moi et je sens un frisson courir sur la peau nue de ses bras.

– Tu as froid ?

Je desserre mon étreinte, ôte ma veste et l'en enveloppe. Elle est bien trop ample pour ma frêle compagne, mais étrangement, la voir la porter me réconforte énormément.

– Monsieur.

Jake apparaît à côté de moi – de nous –, et dans son regard se lit comme une lueur de désapprobation muette, lorsqu'il se pose sur elle. Je me retiens d'une provocation, d'un ordre, d'une exclamation. M'oblige à ne pas oublier qu'il s'est interposé. Qu'il l'a maîtrisé. Qu'il a écarté le danger d'elle.

Nos yeux se trouvent, nos regards se croisent, s'évaluent dans un bref silence pesant.

– Tout va bien ? demande-t-il finalement, restant dans son rôle.

J'acquiesce, gardant en moi ce que je ressens.

– Alors ?

– Rien, se désole-t-il. Mais je ne m'avoue pas vaincu.

June frémit et son regard dérive vers le fourgon de police. C'est ce geste, je crois, plus que tout le reste, qui me décide.

– Ramenez-nous, ordonné-je à mon chauffeur.

– Je ne veux pas aller là-bas, intervient June à voix basse.

Et cela aurait pu me blesser, s'il n'y avait eu cette tentative contre moi. Je glisse mon regard sur elle, lui souris tendrement.

– Bien sûr que non, la rassuré-je. Je pensais aller chez toi.

***

La limousine nous dépose au pied de l'immeuble. Jake ouvre la porte, et son regard lourd de reproches muets se pose sur moi lorsque je descends, ayant laissé June me précéder hors de l'habitacle.

– Monsieur, ça n'est pas prudent, déclare-t-il, mais j'entends d'autres paroles derrière celles qu'il prononce.

– Ça ira, Stewart, merci, je réplique d'un ton ferme.

Je ne suis pas disposé à argumenter, ce soir ; et toute mon attitude le lui crie. Il incline la tête, reconnaissant sa défaite sur ce terrain-là.

– Je vais tout de même poster une surveillance pour la nuit, déclare-t-il en réinvestissant le siège conducteur. *Pour elle.*

Déjà il a démarré, ne me laissant pas l'opportunité de répliquer.

J'observe le véhicule s'éloigner, avant de pivoter vers June. Toujours vêtue de ma veste, elle me dévisage, les yeux brillants. Fine et fragile silhouette posée sur ce trottoir sombre. Je tends la main et elle s'y accroche. Nous entrons dans son immeuble et montons vers son étage dans un silence lourd de promesses. Arrivé à son palier, je m'immobilise pour la contempler. Un moment mon regard fouille le sien ; puis, très lentement, je me penche pour poser mes lèvres sur les siennes.

Qu'aurais-je fait si elle avait été blessée ? Je n'ose même pas y penser !

June tressaille et ferme les yeux, se laissant aller à un baiser plus puissant – plus brûlant.

Je fouille sa bouche, j'explore ses courbes, je dévale les pentes d'un sentiment naissant, qui menace de m'envahir et de me posséder – le même que celui qui m'avait poussé vers elle, dans l'ascenseur, et plusieurs autres fois depuis lors. June se détache de moi et sa petite main se resserre autour de la mienne, le temps de m'entraîner jusqu'à sa porte.

Son intérieur, simple et chaleureux, menace de me renvoyer des années en arrière alors que je n'étais encore qu'un enfant et Jenny un bébé. Je chasse la pensée pour me focaliser sur la jeune femme qui me fait face. June.

Mon rayon de soleil.

Ignorant tout du trouble qui m'anime, elle se tient devant moi, les bras repliés sur elle-même. Un élan douloureux me saisit le cœur, et je m'avance pour l'enlacer. June pivote et appuie son front contre mon torse. Je la sens tendue, anxieuse sans doute. Le contrecoup.

Lentement, je pose mes mains sur ses épaules et la redresse, le temps de sonder son regard. Et avec douceur, je l'invite à aller s'asseoir sur le canapé. Je fouille sa cuisine, lui prépare un thé brûlant et le lui apporte.

June enroule ses doigts autour, et ses yeux se posent sur moi, me faisant frémir. Il y a une telle profondeur en eux, que mon cœur se serre un peu plus.

– June… lancé-je à mi-voix.

Ses yeux brillent un peu plus et lentement, elle prend une gorgée de sa boisson. Silencieuse. Renfermée. Je devine qu'il n'y a pas seulement cette agression qui la tourmente. Le souci est plus profond que cela.

– June…

– Pourquoi ? lâche-t-elle faiblement.

J'hésite sur le sens de sa question. Fait-elle référence à l'agression… ou à mon attitude de ces derniers temps ? Je m'agenouille à côté d'elle et saisis sa main. Elle ne la retire pas, et j'y vois comme un encouragement. Je sonde son regard, effleure le dessus de sa main du bout du pouce, en une caresse apaisante. Ses yeux dérivent, contemplent la pièce avant de revenir se fixer sur moi.

– Pourquoi as-tu agi comme cela ?

Ses yeux restent accrochés aux miens, pénétrants. Insistants. Il y a en eux une lueur hésitante, un espoir je crois. Je n'oublie pas qu'elle s'est interposée entre ce fou furieux et moi. Aussi je décide de lui répondre avec franchise et douceur.

– La vie ne m'a pas vraiment fait de cadeau, June, débuté-je à voix basse.

Le regard rivé au sien, pour lui montrer que je ne me défile pas. Que je ne fuis pas l'explication.

– Et la majeure partie des gens qui m'entourent sont là par profit, ou parce qu'ils savent pouvoir tirer quelque chose de moi, ou de ma position. Ce loft… c'est une façade pour satisfaire ces gens. Je leur donne une part de moi-même, et…

– Mais pas la véritable part, m'interrompt-elle.

Je ne cherche pas à nier.

– Effectivement.

– Tu vis ailleurs en réalité.

– Oui.

Un silence suit ma déclaration. June se replie autour de son mug, les yeux dans le vague. Je ne tente pas de meubler l'attente de sa réaction. Elle a besoin de temps. De réfléchir. Je comprends. Et je suis prêt à le lui laisser.

– Tu penses réellement ça de moi ? finit-elle par articuler.

Sa voix tremble un peu. Le contrecoup émotionnel. L'envie me prend de la serrer dans mes bras, de lui apporter tout le réconfort dont je pourrais être capable. Cependant je crains qu'elle ne me repousse.

– Non, finis-je par répondre. Non, bien sûr que non. Tu m'as intrigué au premier regard, June. Tu m'as interpellé. Il y avait en toi quelque chose… une lumière ou… un éclat.

Ses yeux reviennent se fixer sur moi. Douloureusement, me semble-t-il.

– Je n'ai jamais voulu jouer avec toi ou te cacher la vérité.

– Tu l'as fait, pourtant.

Je ne réplique rien. Je mérite cette repartie. Je le sais.

– Tu m'intriguais. J'ai voulu te découvrir. J'ai voulu révéler le potentiel que j'avais cru voir en te croisant ce soir-là.

– Le potentiel ?

Il y a comme un petit rire sarcastique dans sa voix.

– Oui. Tu es bourrée de potentiel, June. Tu es douée. Tu es talentueuse. Tu as des qualités énormes et…

– Et tu séduis toutes les personnes bourrées de qualités que tu rencontres ?

Sur la défensive.

Je m'autorise quelques secondes pour formuler ma réponse.

– Non. Seulement celle qui a su piquer ma curiosité et me faire perdre toute retenue dans un ascenseur en panne.

La jeune femme ne répond rien. Ses yeux restent rivés sur moi, insondables, et je me sens d'un coup comme de trop ici.

– June, relancé-je lentement. Je sais que je n'aurais pas dû. Ce que j'ai fait est inqualifiable, et je te présente mes excuses. Je… je vais te laisser, à présent.

Après tout, j'ai décidé d'office de rentrer avec elle, ici. Peut-être ne souhaite-t-elle pas ma présence. Après ce que je lui ai fait vivre, cela se comprendrait.

Je me redresse, recule de quelques pas vers la porte.

– Ryan…

Je me retourne. June s'est redressée pour contourner le canapé et me faire face. Son visage est marqué d'une fragilité qui me fend l'âme, et d'un espoir qui me réchauffe le cœur. Elle tend les bras vers moi, en une demande muette. Ma raison déserte sur-le-champ. J'engloutis la petite distance qui nous sépare et la tiens entre mes bras.

Immédiatement, ma bouche trouve la sienne et je l'embrasse éperdument. Et la sentir me répondre avec la même intensité me va droit au cœur.

Tout n'est pas perdu, entre elle et moi.

June lève les bras pour les nouer autour de ma nuque, et ma veste tombe de ses épaules à terre. Peu importe. Le goût de ses lèvres, l'ardeur de son étreinte, me font oublier tout le reste. Je l'embrasse passionnément, sentant le désir et l'envie prendre le pas sur le plaisir d'être près d'elle – le plaisir qu'elle ne me repousse pas. Un instant encore à savourer ses lèvres, à caresser ses courbes. Puis, ma jeune compagne recule le visage et se rive à mon regard.

Je la devine prendre une décision à ce moment-là. Et lentement, elle recule de quelques pas, échappant à mes bras.

Sans quitter mon regard, elle dégrafe alors sa robe, la laisse glisser sur son corps. Je la découvre poitrine nue, revêtue d'un simple string et de bas brillants.

Une fulgurante vague de désir s'empare de moi, et j'en oublie de respirer un court instant. Désirable, en toutes circonstances.

– As-tu simplement idée de l'effet que tu me fais ? demandé-je à voix sourde.

June m'adresse un pâle sourire, avant de s'avancer de quelques pas vers moi. Elle dresse fièrement sa poitrine offerte à ma tentation, et j'y succombe sans plus me retenir.

Ma main s'en vient se mouler à l'arrondi de son sein et je plonge mon visage dans son cou. June gémit, offerte, abandonnée à ma caresse. Me rendant fou et hors de contrôle. Trop d'émotions ce soir. Trop d'espoirs et d'attentes. Trop de peurs aussi. Je lâche le frein à mes désirs, oubliant toute retenue, toute progression dans l'amour. Le désir pulse en moi à coups fiévreux et mon membre durcit d'une envie trop longtemps contrôlée et refrénée.

Je la veux.

– Ryan…

– Donne-toi à moi, June.

Ma compagne s'écarte. Sous mon regard brûlant, elle retire sa lingerie – lentement, si lentement que je me sens prêt à succomber au désir de lui arracher moi-même la fine dentelle pour toucher sa peau nue… Ne gardant que ses bas, elle recule vers la table qui trône près de la fenêtre. D'un geste précis, elle s'y installe et, me défiant du regard, s'étend, s'appuyant sur les coudes, cuisses écartées.

– Oh, June.

Ouvrant mon pantalon, je la rejoins en quelques enjambées et saisis ses jambes pour mieux l'amener à moi. Ma verge durcie la frôle, la caresse. Une seconde à nous dévorer des yeux… quelques instants à parcourir son corps d'une main presque tremblante… à rallumer sur sa peau un incendie qui se lit au fond de son regard… je m'insère en elle. June m'accueille dans un soupir d'aise et se presse contre moi. Je pousse des reins, agrippe ses hanches, reviens la réinvestir comme un fou – non, comme un assoiffé.

Un sourire passe sur ses traits, et se redressant, elle frôle mon menton du doigt, avant de me laisser la posséder jusqu'à n'en plus pouvoir.

***

– Je n'ai pas toujours été celui que tu crois, murmuré-je doucement.

Au cœur de la nuit, il me semble que seuls nous deux sommes éveillés, là, serrés l'un contre l'autre dans son lit. June redresse la tête pour m'observer, avant de la reposer contre mon torse. La quiétude de sa chambre à coucher me réconforte, et je me sens loin, très loin du rôle que j'endosse au quotidien.

– Tu veux dire que tu n'as pas toujours été cet homme macho et orgueilleux ? réplique-t-elle à mi-voix.

– Moque-toi, rétorqué-je gentiment. Je veux dire que je n'ai pas toujours eu une belle voiture, de l'argent, une multinationale. J'ai grandi dans un appartement comme le tien, avec ma mère et Jenny.

– Après la mort de ton père ? ajoute-t-elle tout bas.

– Oui. Le père de Jenny n'est resté que le temps d'un soupir. Il n'y a eu que nous trois pendant quelque temps, puis…

– Puis ?

J'inspire. J'ignore ce qui me pousse ainsi à me livrer à elle, mais sa présence m'apaise, et me confier a quelque chose de réconfortant. Je passe un bras autour d'elle, cherche sa main et y arrime la mienne.

– Puis notre mère est tombée malade. Elle n'avait pas les moyens de se soigner et… la maladie l'a emportée. Mes grands-parents paternels nous ont pris en charge, ajouté-je rapidement pour éviter l'inévitable « Je suis navrée ». C'étaient des gens de l'ancien temps, avec une autre moralité que la nôtre. S'ils n'ont pas eu le cœur de me séparer de Jenny, ils ont fait preuve de beaucoup de froideur à notre égard. Ils m'ont appris à faire face, en toutes circonstances. Et à la mort de mon grand-père, quand j'ai hérité de son pécule, j'ai décidé de bâtir grand et haut…

– … un immeuble qui rivaliserait avec l'Empire State Building, complète June, tout bas.

– Oui.

Une pression sur mes doigts. Bizarrement, ce simple geste me touche plus que toutes les paroles de regrets, même sincères, que j'ai pu entendre jusqu'à ce jour.

– On se ressemble, murmure-t-elle encore. Moi non plus je n'ai plus personne.

Elle n'ajoute rien, et j'hésite à la questionner plus avant.

Un frémissement la traverse, je le perçois courir sous sa peau nue et se perdre jusque sous ma main.

– June ? interrogé-je tout bas.

Un silence. Un soupir. Je resserre mon étreinte sur elle, doucement. Tendrement.

– Tu veux m'en parler ? questionné-je encore, la bouche dans ses boucles emmêlées.

Le silence, encore. Puis je la sens inspirer, retenir l'air… et murmurer, tout bas – si bas, à vrai dire, que je me fige pour ne perdre aucun des mots qu'elle prononce.

– C'était un matin comme un autre. Un dimanche. Mon frère jouait sur sa console, et ça me faisait râler de l'entendre crier contre un stupide jeu ! Ma mère était en bas, elle chantonnait, comme souvent. Et mon père… il faisait beau, tu vois, pas un nuage, un vent faible. Il a voulu en profiter, faire voler son bébé. Cet avion, continue-t-elle un peu plus fort, emplie d'émotion, cet avion c'était son plaisir, son bonheur. Une sorte de rituel familial, la petite sortie ensemble, comme ça… il a proposé qu'on aille à l'aérodrome, pour une promenade. Ensemble.

En insistant sur le dernier mot. Avant de laisser le silence reprendre place, de nouveau. J'attends, caressant d'une main légère la peau de son épaule.

– J'aurais pu y aller, reprend-elle dans un souffle. Avec eux, comme d'habitude. J'aurais dû.

Mais j'avais du retard dans mes devoirs, on partait en voyage pour Paris dans quelques semaines et je voulais aller retrouver une amie. Alors… alors je suis restée. Et ils ne sont jamais rentrés.

June se blottit un peu plus contre moi, et je l'enserre dans mes bras. Face à ce genre de confidences – face à ce genre de solitude et de douleur –, il n'y a aucun autre baume.

– Une panne de moteur, m'a-t-on dit, achève-t-elle doucement. Le crash. J'ai dû apprendre…

– À continuer seule, terminé-je pour elle.

Je devine son acquiescement au mouvement de son menton sur mon torse. Elle n'ajoute rien, se replie dans ses souvenirs et je ne cherche pas à l'en détourner. C'est tout ce qui lui reste – son bien le plus précieux, très certainement.

Lentement, au bout d'un long moment, je ramène ma main vers son visage, caresse du bout du doigt le velouté de sa joue. Respire lentement. La laisse s'apaiser, et dériver mes pensées.

Contre moi, la respiration de June se fait plus lente et profonde. Elle dort. Je m'imprègne un moment de ce rythme bienfaisant, glissant doucement vers l'inconscience. J'inspire, savourant l'instant de bien-être total qui m'enveloppe.

Je me sens bien.

C'est fou, c'est surréaliste, mais je me sens tout simplement bien.

Avec elle.

– Merci d'être venue bousculer mon existence, articulé-je tout bas.

Je ferme les yeux. Et je m'octroie quelques heures de sommeil bien mérité.

CHAPITRE 35

June

Si, un jour, ma vie pouvait arrêter de jouer aux montagnes russes, j'adorerais !

Cette réflexion, je la passe en boucle dans ma tête depuis peu, et j'ai même écrit un petit billet sur la thématique sur mon blog. Bon, OK, plus ça va, moins ça traite de cuisine, ce blog, mais en même temps c'est mon univers, une extension de moi-même, alors y poser pour un moment cette part de moi, toute tourmentée… ça me semble logique, d'une certaine façon…

Du reste, mes followers semblent ne pas en être gênés. Leurs commentaires sont un baume apaisant sur mes incertitudes. Et même s'ils ont été plus nombreux à consulter le récit de ma dernière trouvaille culinaire que mes récents états d'âme, je n'ai pas ressenti d'hostilité à me lire m'épancher ainsi. Sauf de la part de cette fameuse « Perséphone », pour ne pas utiliser son nom civil…

Et si cette *charmante personne* n'est plus revenue pimenter chacune de mes interventions de petites piques bien pointues, elle ne se prive pas de polluer mon smartphone avec des messages tout aussi appréciables et aléatoires. Je reconnais : je me contiens… difficilement. J'en suis à espérer la recroiser dans les couloirs du building pour lui dire ma façon de penser.

Mais par égard pour Ryan, je préfère continuer de me maîtriser… et agir comme si elle n'avait rien fait.

Il n'empêche. J'espère qu'elle va vite se lasser de ce petit jeu, parce que sinon…

Je lève les yeux de mon écran et fais pivoter ma chaise pour me placer face à la baie vitrée de mon bureau. New York s'étale devant moi, immense, envahissante, troublante.

Parfois, je me surprends à me dire que je n'ai rien à faire ici, que je devrais repartir dans un petit village tranquille où j'ouvrirais un petit restaurant sans prétention et où je donnerais des cours de cuisine pour arrondir les fins de mois.

– Et au bout de deux mois je ne tiendrais plus en place, murmuré-je en riant.

Pas faux. À présent que j'ai goûté au monde du business, des relations humaines, à présent que j'occupe un poste où j'ai la possibilité d'agir sur le monde, toute autre chose me paraîtrait fade, à terme.

Tout, sauf…

– Ryan.

Un sourire passe sur mes lèvres à l'évocation de mon P.-D.G. sexy, charmeur, insatiable. Ses bras autour de moi, forts, puissants ; son corps sur le mien, contre le mien… ses mots, aussi, ses attentions.

Depuis que j'ai découvert la vérité concernant son loft et ce fameux soir dans l'ascenseur, les choses ont sensiblement évolué entre nous. Quelque chose s'est cassé ce jour-là, une sorte de confiance innée, instinctive. J'ai cru que tout était fini, et je ne voulais plus entendre parler de lui. Ryan était redevenu monsieur Carter, P.-D.G. de Carter Corporation, un homme au sommet de la hiérarchie, inaccessible. C'est ainsi que je le voulais, pour ne plus risquer de m'approcher, de souffrir, de me brûler les ailes. Pour reprendre l'expression de « Perséphone ».

Une visionnaire, la petite sœur…

Malgré tout, malgré ces révélations impromptues, ma peine qu'il m'ait dissimulé tout cela, ma difficulté à le côtoyer ces jours durant au bureau, à le tenir à distance… quand cet homme l'a menacé, je n'ai pas réfléchi ! Le voir en danger, là, seul face à une arme, ça m'a filé comme un électrochoc ! Je n'ai pas pensé, pas même songé aux conséquences. J'ai suivi mon cœur, qui me criait de le rejoindre, de l'aider, de le secourir. Je ne pouvais pas faire autrement. Comme dans l'ascenseur. Quelque chose me guidait,dictait ma conduite. C'était fou, irréfléchi, dangereux et carrément inconscient, mais c'est ainsi. Je n'aurais pas supporté qu'il lui arrive quoi que ce soit…

Car malgré nos heurts et son attitude concernant le loft, je dois reconnaître qu'il a su remplir mon cœur de quelque chose qui n'y était pas jusque-là… et cela m'est précieux.

Il m'est précieux.

Ensuite, j'étais trop choquée, je crois, pour saisir la portée de ce qui se passait réellement. Lui, moi, chez moi… Ce n'est que lorsque je me suis retrouvée en tête à tête avec lui sur mon canapé que j'ai pleinement réalisé. Malgré sa trahison, il était là. Et je ne m'y étais pas opposée.

Ryan a dû sentir le vent tourner, à mon sens… car il a tenu à s'expliquer, à s'excuser. J'ai écouté ce qu'il avait à me dire. Longuement. J'aurais pu, ensuite, le laisser partir, lui dire de quitter ma vie pour toujours. Refuser de lui pardonner.

Mais peut-on réellement rester éternellement de marbre face à Ryan Carter ?

Je ne le crois pas. En tout cas, ça n'est pas mon cas. Il a tenu à m'expliquer, et c'est ce que j'ai retenu de tout cela : ses excuses.

Cela m'a suffi. Il se serait tu, n'aurait rien tenté, sans doute lui aurais-je demandé de partir au final. Au lieu de ça j'ai accepté ses propos, enterré la brouille, et fondu dans ses bras pour oublier cet incident, cet homme armé, ce revolver pointé sur lui… sur moi…

Oh, bien sûr, quand Matt et Lisa l'ont su – ça a fait la une des journaux, trois jours de suite, ils ne pouvaient pas passer à côté ! Et encore moins de la photo de Ryan me serrant dans ses bras –, ils ont débarqué dans mon bureau, affolés et à cran.

Je les comprends. Quoique… Je doute qu'on puisse savoir comment on réagirait dans ce genre de circonstances tant qu'on n'y est pas confronté. Moi, j'ai réagi à l'instinct, c'est tout.

Il m'a fallu une force de persuasion monumentale pour calmer Matt ; et beaucoup de patience avec Lisa. Elle et moi, on a ensuite beaucoup discuté – après tout, j'ai bien déversé sur elle ma colère et ma tristesse quand j'avais largué Ryan, il était logique que je prenne le temps de lui expliquer comment une agression pareille m'avait de nouveau projetée dans ses bras.

– Sois prudente, m'avait-elle seulement conseillé.

Je n'étais pas dupe – je ne le suis toujours pas.

Bien des choses restent en latence entre Ryan et moi, mais après cette tentative contre lui, après ces confidences, après l'attention qu'il a eue pour moi, sa sollicitude et sa présence, je ne peux plus nier l'attirance que j'ai pour lui. Je suis mordue, accro, dépendante, droguée… Non, plus que cela, en réalité. Je suis sous le charme de ses yeux gris, envoûtée par sa prestance, affolée par ses caresses, prise dans les rets de sa passion. Ryan a su éveiller en moi les sentiments diffus d'un amour bien cadenassé, et les exacerber au plus haut point. Et même si tout n'est pas réglé, je dois me rendre à l'évidence : lui et moi, ça n'est pas anodin.

À tous les niveaux. Physique, c'est certain ; mais pas que. Il a bien fallu avouer que sans son discours et ses explications, je n'aurais pas accepté de lui offrir une seconde chance dans ma vie.

Ryan est humain, je l'ai compris. Il a des défauts, comme tout le monde. Il n'est pas parfait, même si tout en lui pourrait le laisser croire… et il a des failles, lui aussi. C'est cela, je pense, qui m'attire irrésistiblement : ses fêlures d'âme, si troublantes, si mystérieuses, si… humaines.

Lorsqu'il daigne laisser tomber le costume du P.-D.G. et percer à jour la carapace qu'il s'est forgée, ce qu'on aperçoit est beau et intriguant. Tout en lui est source d'intérêt. Ses passions, ses réflexions, sa vision des choses…

Alors, oui, l'homme qu'il est au fond de lui-même avait le droit à l'erreur et à l'imperfection. Je ne peux pas continuer de lui en vouloir pour cela. Et j'apprécie bien trop sa compagnie pour persister à me priver de lui…

Mais pour l'heure, je dois prendre mon mal en patience. *Monsieur* est en rendez-vous extérieur, à l'autre bout de l'État, et ne réinvestit New York que vendredi. Ce qui me laisse encore un jour et demi à vivre en manque de lui…

Mon téléphone vibrant brusquement m'évite le soupir tragicomique de circonstance. Lisa.

Lisa
Café ? 42e ?

Un moment entre amis ? Une pause, « comme avant » ? Oui ! Oh, oui...

June
Je suis déjà là-bas !

Je quitte vivement mon bureau et me précipite vers l'ascenseur. Dans ma hâte à m'engouffrer à l'intérieur, je ne fais attention à rien... et je pile net quand une silhouette apparaît à l'ouverture des portes.

– Je... Jenny !

Alors là, c'est le comble ! Surprise, je recule de deux pas. Subtilement moulée dans une jupe crayon sombre et une veste coordonnée qui rehausse l'éclat de sa chevelure, un maquillage tout simplement parfait, une silhouette affinée par des escarpins hors de prix... et la petite pochette coordonnée pour compléter le tout – le parfait reflet de la jeune femme oisive, riche et belle... et qui en a parfaitement conscience.

Une pointe d'aigreur me traverse le cœur, que je muselle férocement.

Il n'est pas encore temps de laisser libre cours à ma colère vis-à-vis d'elle. Qu'elle persiste dans son petit jeu de messages, nous verrons ce que son frère en pensera...

– Bonjour, lancé-je, hypocrite.

Voyons voir comment cela va se dérouler.

La jeune femme semble aussi surprise que moi ; mais cela ne dure qu'un instant. Très vite, elle se compose un visage neutre, tout au plus vaguement aimable.

– June… bonjour.

En deux pas, elle se déporte sur le côté et plaque un masque qui se veut désolé sur son visage.

– June, je… suis navrée pour l'autre soir. J'ignorais que vous entendiez, et… j'imagine que ce n'étaient pas les meilleures circonstances pour apprendre ça… et…je veux vous dire que je ne vous en veux pas pour votre emportement. Confondre les gens est fréquent et…

La rousse n'achève pas. Je croise les bras, nullement dupe de la situation. J'ignore qui elle croit berner avec son discours, mais ça ne prend pas. De plus, il serait peut-être temps de la tenir informée des derniers événements… on dirait qu'elle n'est pas au courant des derniers changements.

J'esquisse un petit sourire et m'écarte pour la laisser quitter la cabine. Je retiens l'ascenseur en plaçant ma main sur le capteur.

– Oh, ne vous en faites pas, assené-je d'une voix douce. Je commence à devenir experte pour identifier formellement les bonnes personnes, si vous voyez ce que je veux dire.

– Je…

– Quant à ma relation avec votre frère… Sachez que Ryan et moi avons su dépasser ce cap.

– Vraiment ? s'étonne-t-elle, mauvaise comédienne.

– Vraiment.

– Eh bien je… j'en suis heureuse pour vous. Vous semblez faire beaucoup de bien à mon frère.

– C'est aussi mon avis, répliqué-je en montant dans l'ascenseur et en libérant le faisceau du capteur.

Les portes nous séparent immédiatement dans un son feutré, et j'ai le temps de voir une moue un peu désagréable s'inscrire sur le joli minois de la sœur de Ryan.

Tant pis.

Je file au quarante-deuxième retrouver mes amis.

***

– June !

Je tourne la tête, en proie à un fou rire presque incontrôlable. Lisa vient de me narrer avec force détails ses derniers déboires amoureux, et même si en soi ce n'est pas forcément drôle pour elle, qui cherche l'âme sœur, je ne peux m'empêcher d'en rire. Elle n'est pas en reste, d'ailleurs ; et à voir la mine un peu perdue de Matt qui vient d'arriver, on n'est pas près de se calmer.

– Ma… Matt, salut, hoqueté-je, tout sourire… café ?

– Oui, si j'ai le droit de rire moi aussi !

J'échange un regard avec Lisa. Lui dire ? Euh…

– On lui dit ? questionné-je.

Les yeux agrandis, Lisa hoquette un « non » étranglé, avant de se plier en deux, définitivement perdue dans son hilarité.

– Eh ! s'offusque Matt. Pas cool, les filles !

Mais aucune de nous ne trouve quoi que ce soit à lui répondre. Notre fou rire nous en empêche. En râlant, notre ami va se servir à la machine et garde le nez dans son verre.

Je hoquette quelques mots incompréhensibles, en tentant de retrouver un brin de sérieux. Lisa également, sans grand succès.

Bon sang, que ça fait du bien de se lâcher comme ça ! Rire spontanément, sans chercher à se contenir…

Je n'ai pas tout ça au dernier étage, et même si ce job est passionnant, même s'il m'ouvre des perspectives incroyables… il s'effectue en solitaire, différemment d'avant.

La pensée achève de me calmer suffisamment pour que je reprenne mon sérieux. Je souris à Matt et lance la conversation sur un sujet plus neutre.

– Comment se porte Robert ?

Matt manque s'étrangler avec son café et me fait les gros yeux par-dessus le gobelet.

– T'es sérieuse ? me demande-t-il.

Je hausse une épaule et m'apprête à répliquer quand mon smartphone se manifeste par un bip plutôt sonore.

J'ai oublié de le passer en vibreur !

Instinctivement, je m'en saisis, et active l'écran pour avoir l'aperçu du message qui vient de m'être envoyé. Et tout aussi vite, je pâlis.

– June ?

Le ton de la voix de Lisa n'est plus du tout amusé. Je relève les yeux vers elle, et ce qu'elle voit dans mon regard doit l'inquiéter, car elle ajoute :

– Quelque chose ne va pas ?

Que répondre ? Mon regard glisse vers Matt, tout aussi sérieux à présent, avant de revenir à mon écran. Aux lettres qui y sont inscrites, et qui forment quelques mots particulièrement choquants.

Ce jeu vaut-il vraiment
que tu tombes de si haut ?
Arrête tant qu'il est encore temps.

Numéro masqué, bien entendu. Un frisson désagréable me parcourt l'échine. Nerveusement, j'efface le message avant de ranger le portable dans ma poche.

– June ?

Matt, cette fois. Je m'oblige à sourire, et vide d'un trait le fond de mon gobelet. Toute envie de rire m'a désertée. Et je n'ai plus qu'une hâte : filer me réfugier dans mon bureau.

– Le boulot, justifié-je en reculant vers la sortie. Je file. On se voit plus tard ?

– June ! me rappelle Lisa.

Trop tard. J'ai déjà fait demi-tour pour foncer vers l'ascenseur. Je martèle le bouton d'appel, les nerfs à fleur de peau. J'étouffe, soudain, et croise les bras autour de moi comme pour renfermer le sentiment qui menace de déborder.

Lorsque je referme la porte de mon bureau, un énorme soupir m'échappe. Lentement, je m'assois sur la chaise. Et avec des gestes plus mesurés encore, je retire mon téléphone de ma poche et le pose bien en vue devant moi.

Comment ? me demandé-je. Comment peut-elle oser m'envoyer des messages pareils ? Que croit-elle obtenir ? Est-ce qu'elle s'imagine que je vais tourner le dos à Ryan parce que je reçois des menaces ?

Jusqu'où peut aller une gamine gâtée et puérile, en plus d'être désœuvrée, pour obtenir ce qu'elle a décidé ?

Certes, je l'ai provoquée tout à l'heure, mais de là à en venir à de telles extrémités…

Je n'ose pas toucher mon smartphone. À la place, j'ouvre ma session informatique et, après une infime hésitation, me connecte à mon blog. Anxieusement, je scrute les demandes de commentaires en attente de validation. Aucune de « Perséphone ».

C'est déjà ça.

Il n'empêche. J'hésite à contacter Ryan pour lui expliquer de vive voix le petit jeu auquel sa sœur se livre ; ou à partir en mission dans les couloirs de la firme pour retrouver ladite sœur et lui expliquer une bonne fois pour toutes ce qu'il en est.

Je m'adosse au dossier de mon fauteuil afin d'étudier mes options plus en profondeur.

Choix numéro 1 : contacter Ryan. Le déranger pendant ses rendez-vous. Le contrarier, très certainement, car j'ai bien compris que Jenny a un statut à part et presque intouchable à ses yeux. M'exposer à du scepticisme, très certainement. Devoir argumenter. Risquer une petite dispute. Mmm… je ne suis pas convaincue.

Choix numéro 2 : confronter Jenny. Je me vois bien lui courir après dans Carter Corp., lui saisir le bras pour l'obliger à me faire face, lui lister tout ce que je sais – lui faire suffisamment peur pour qu'elle comprenne qu'on ne joue pas à ce genre de jeu et que ça n'est vraiment pas acceptable à tout point de vue. Ou alors je pourrais la convoquer dans mon bureau, lui intimer de s'asseoir face à moi, et déballer ce que j'ai découvert. Lui expliquer que si elle continue, je me charge de faire comprendre à Ryan ce qu'il en est exactement, et que son grand frère adoré ne verra sans doute pas d'un très bon œil qu'elle s'amuse à tenter d'intimider la femme avec laquelle il est.

Choix numéro 3 : charger Cassidy Sparke de faire peur à Jenny Blake et assister à la scène en cachette !

Mon Dieu, je déraille !

Un petit rire creux m'échappe, et je passe ma main sur mon visage. Tout cela commence à me porter sur les nerfs. Et aucune des options que j'ai envisagées ne me convient réellement. Je ne me vois ni déranger Ryan avec ça, ni faire la morale à Jenny. Et encore moins faire intervenir Cassidy Sparke dans l'équation !

Avec un soupir, je décide de m'occuper des dossiers que je dois gérer. Après tout, une idée fulgurante m'apparaîtra peut-être !

***

Quelques heures plus tard, je clos ma session et verrouille la porte de mon bureau. Pour une fois, je pars assez tôt. J'ai bien avancé sur mes dossiers et, je l'avoue, continuer à m'attarder dans le building en sachant que Jenny rôde potentiellement dans les parages ne m'enchante pas. Je n'ai aucune envie de la croiser, de jouer à l'hypocrite ou de risquer un nouveau message si je lui tiens tête comme je l'ai déjà fait.

Je quitte la firme d'un pas décidé et m'en vais errer dans les rues de la ville. Aucune envie de rentrer immédiatement. Je préfère flâner. Et mes pas me mènent tout naturellement du côté des boutiques, à contempler les tenues les plus folles ou les plus onéreuses dans les vitrines.

Je m'extasie un moment devant des chaussures, des sacs, des bijoux… et me retrouve, sans trop savoir comment, sur le tard, non loin de Central Park.

Je m'immobilise sur le trottoir. Central Park. Le Gapstow Bridge. *Ryan*…

Mes pas m'y entraînent à vive allure sans que je puisse opposer d'argument logique à cela. Je me retrouve face à l'étendue d'eau, face au pont, avec un cruel sentiment de vide en moi.

Il me manque. Ryan me manque. Mon frère me manque. Mes parents aussi.

Je m'assieds à même l'une des pierres, mes escarpins à quelques centimètres de l'eau, et laisse mes yeux se perdre dans la contemplation du lac et mes pensées dériver où bon leur semble. J'oublie ma journée, Jenny, les sportifs qui passent à proximité, les promeneurs qui s'attardent et les couples d'amoureux qui se font de grandes déclarations sur le pont ou à proximité.

Je songe à Ryan. À cette journée magnifique à ses côtés, ici, et dans New York. À l'impression de complicité et de tendresse qu'il y avait entre nous, ce jour-là. À sa sollicitude, à ses attentions, à nos échanges tous les deux.

À l'intervention de Jake, aussi, pour des raisons que je n'ai pas comprises.

Je chasse l'idée d'un mouvement de la main. Jake… je ne l'ai pas croisé récemment. Il est avec Ryan. J'espère que tout va bien pour lui. Je devine en lui quelque chose de tourmenté. Un regret. Un poids à porter. Il m'intrigue et m'interpelle. Malgré ce qu'il m'a confié sur son passé, je pressens que je ne sais pas tout de lui et qu'il y aurait encore beaucoup à découvrir le concernant.

Un vent léger vient rider la surface de l'eau et déranger mes cheveux, me faisant frissonner. Je me redresse, époussette mes vêtements pour chasser l'herbe qui s'y était collée, et reprends le chemin de la maison par les allées du parc.

Ce n'est qu'au bout de plusieurs minutes que je me retourne. Un sentiment étrange m'a envahie, qui ne fait que se renforcer quand mon regard s'arrête sur une silhouette en particulier.

Un étau d'inconfort serre mon cœur. Là-bas, en retrait le long de l'allée, la silhouette d'un homme. Plutôt grand et baraqué, habillé sobrement d'une tenue de ville et chaussé de mocassins noirs. C'est ce détail qui m'interpelle. Ces mocassins, je les ai vus passer non loin de moi quand je me suis retournée pour me lever de la berge où je m'étais assise.

Coïncidence, tenté-je de me convaincre en reprenant ma route.

Néanmoins, je ne suis pas très performante en la matière, car le doute continue de m'assaillir et arrivée au terme de mon parcours dans le parc, je me retourne une nouvelle fois. La silhouette, plutôt reconnaissable à sa carrure, est toujours là, assez loin certes, mais quand même…

Arrête de te faire des films !

Je repars, d'un pas plus pressé – plus stressé. Et c'est passablement crispée que je traverse les rues et atteins mon immeuble. J'entre à toute volée dans le hall, escalade les marches deux à deux, et referme brutalement la porte sur moi. Double verrou tiré, chaîne passée, clé tournée. Je m'autorise un soupir et un brin de décontraction. Dans sa cage, Frimousse pointe son petit museau, et ce fait, somme toute banal, me rassure un peu.

Tout va bien.

Je suis juste à cran à cause des messages de Jenny, rien de plus, et je vire un peu à la paranoïa, mais à part ça… oui, à part ça, tout va parfaitement bien !

Je retire mes chaussures et ma veste, me prépare un thé brûlant et enroule mes mains autour de mon mug. La chaleur du breuvage achève de m'apaiser et c'est en le savourant que je m'avance pour écarter le rideau de ma fenêtre.

Mon regard parcourt la rue en contrebas. Et malgré moi, je sursaute, quand j'identifie soudain très clairement le même individu, posté pile en face de chez moi, le visage braqué droit sur mon étage.

Je referme brusquement le voilage et me recule.

Abandonnant mon mug sur la table, je me rue sur mon téléphone et appelle Lisa et Matt à mon secours.

Tous deux rappliquent immédiatement et tandis que Lisa monte me rejoindre directement, Matt s'attarde dans la rue, suffisamment insistant pour pousser mon suiveur à débarrasser le trottoir. Depuis ma fenêtre, Lisa et moi suivons la scène et je ne peux m'empêcher de pousser un soupir de soulagement lorsque l'homme s'éloigne.

Rapidement, Matt nous rejoint, rassurant, et je m'emploie à ne pas faire paniquer plus encore mes amis.

Néanmoins, un petit voyant rouge s'est allumé dans mon esprit.

Jusqu'où Jenny est-elle donc prête à aller pour perturber ma relation avec Ryan ?

CHAPITRE 36

June

Vendredi, dix-huit heures. Fébrile, je finis de remplir mon petit sac de voyage. Ryan est revenu de son déplacement qui a tant duré. Et ses premiers et seuls mots ont été : « Je t'enlève pour le week-end. Prépare-toi. Je passe te prendre à dix-huit heures trente. »

Oubliée donc cette étrange impression de filature, ces messages pénibles et répétitifs, cette boule au ventre dès que je songe à Jenny. Oubliées, ces discussions avec Matt et Lisa, leur insistance à vouloir en parler à la police… les rassurer n'a pas été évident, mais en même temps…

Toutes mes pensées se sont envolées vers Ryan. Et je tire une certaine satisfaction de la situation : si Ryan ne tenait pas à moi, Jenny n'insisterait pas comme ça pour tenter de nous séparer… Et son appel de tout à l'heure me semble une preuve suffisante.

Ce qui explique que je fasse actuellement les cent pas dans mon appartement. Frimousse m'observe, curieux comme tout, depuis le parc grillagé que je lui ai acheté pour qu'il vagabonde dans le salon sans que je passe ensuite une heure entière à le faire sortir d'une de ses petites cachettes inaccessibles pour mes grosses mains d'être humain.

Je pose les yeux sur lui : il s'amuse à courir dans tous les sens. Veinard, songé-je. Sa vie à lui est simple comme tout : jouer, manger, roupiller. Que du bonheur !

Je retourne à mes préparatifs, nerveuse. Ce sont nos premiers vrais moments d'intimité depuis notre dispute au loft, et cet incident à l'inauguration. J'appréhende un peu, c'est vrai, avec tous ces messages. Et si Jenny avait eu le temps de répandre son venin auprès de son frère ? Je ne crois pas. Et puis, s'il y a quelqu'un à qui l'on doit faire des reproches, c'est à elle ! Envoyer des menaces voilées, passer par l'intimidation, me faire suivre ! À mon sens, c'est elle qui devrait s'inquiéter de la réaction potentielle de Ryan, et pas l'inverse !

Je visite mon placard une dernière fois, fouille mon sac. J'ai tout ? Il semblerait. Retour au salon. Je m'agenouille devant le parc de Frimousse, avance la main. Mon petit rongeur vient s'y nicher et je le ramène à mon visage pour le câliner, quand on frappe à la porte.

Je me redresse, gagne l'entrée, gardant ma petite bête en main. J'ouvre, pour découvrir Ryan, très décontracté, appuyé sur le rebord, bras croisés. Un sourire étire ses lèvres quand il me découvre, et moi, j'ai un peu chaud soudain. Ses yeux glissent sur moi, et ils s'écarquillent légèrement en découvrant le petit museau de Frimousse pointant hors de mes mains.

– Je venais t'enlever loin de la ville, commente-t-il, mais finalement, je vais peut-être préférer rester ici avec lui.

Il désigne mes mains du doigt. Un petit rire m'échappe et je recule pour le laisser entrer. Voir Ryan Carter dans mon petit espace est, finalement, plutôt déroutant, et j'esquisse un sourire nerveux.

OK, il est déjà venu, l'autre soir après l'altercation sur le toit-terrasse, mais ce n'était pas tout à fait pareil.

Son regard glisse sur les murs et le mobilier, avant de revenir à moi… et à Frimousse qui s'amuse à trottiner sur mon avant-bras.

– Je peux ? demande-t-il en désignant le rongeur.

– Euh… oui, bien sûr.

Je rattrape la petite bête pour la déposer dans la main de mon amant et patron. Hésitant, Frimousse se tortille un peu avant de flairer l'inconnu. Il se tourne légèrement vers moi, puis se met à trottiner vers le coude de Ryan.

– Eh ! s'exclame-t-il, surpris. Où tu vas comme ça ?

– Il aime gambader.

J'en profite pour ranger le parc grillagé et quand je pivote, Ryan caresse du bout du doigt le dos de Frimousse, qui en couine de plaisir.

– J'en ai eu un quand j'étais petit, me révèle-t-il en surprenant mon regard. Il n'a pas vécu longtemps mais j'avais beaucoup aimé m'occuper de lui.

Tout doucement, il récupère Frimousse pour le replacer dans sa main et l'élève à hauteur de son visage. Le hamster vient frôler son nez, le faisant sourire. Le grand Ryan Carter qui papouille avec un rongeur ! Si on m'avait dit qu'un jour, j'assisterais à ce genre de scène !

Nos regards se croisent, et quelque chose se passe. Je ne sais pas exactement quoi ; mais lorsqu'il écarte les bras et que je récupère Frimousse, tout est différent.

– Allez viens là, toi, dis-je à Frimousse pour dissimuler mon trouble, retourne dans ta maison, je crois qu'il est l'heure qu'on y aille.

Je réinstalle ma petite bête dans sa cage, vérifie l'eau et les graines ; et fonce chercher mon sac.

– *Ready* ? me demande Ryan.

– *Ready*.

***

J'avoue, Ryan place la barre haut – mais alors, très haut. Lorsque j'émerge sur la terrasse éclairée de bougies, je marque un temps d'arrêt. La découverte de sa maison – la sienne, celle où il vit réellement, qui est imprégnée de lui, de son âme, de ses goûts et de ses petits désordres… la promenade sur la plage, car l'habitation est située en bord de mer, dans une zone résidentielle calme et huppée… les moments avec lui – rien qu'avec lui… sans messages, portable, e-mails, calls ou autre obligation… Et maintenant, après un moment savoureux et très érotique à deux dans sa douche à l'italienne… ceci !

Je m'avance à petits pas sur la terrasse, détaille les assiettes, la déco, les bougies, le repas, les verres…

Un mouvement derrière moi. Je me retourne. Ryan.

– Tu es en avance, me dit-il en posant ses mains sur mes épaules ; et son souffle sur ma nuque me fait frissonner. Le repas sera prêt dans quinze minutes.

Je penche la tête sur le côté, et tout doucement, Ryan dépose ses lèvres sur ma peau. Un nouveau frisson me traverse, plus intense que le précédent. Les mains de Ryan glissent sur mes bras, s'enroulent autour de moi. Mon ventre se tord délicieusement. Je me laisse peser contre son torse avec délices.

– June… dit-il tout doucement.

– Oui ?

– J'ai besoin que tu m'expliques quelque chose.

Je me crispe imperceptiblement. Alors comme ça, Jenny est allée pleurer auprès de son frère ! Je me dégage et pivote, pour affronter un regard gris quelque peu tourmenté.

– Ryan, je…

– Ça fait longtemps que tu reçois ce type de messages ?

– Quoi ?

Là, je suis perdue. Je le dévisage, sans vraiment comprendre de quoi il retourne.

– Ton téléphone a sonné pendant que tu étais sous la douche, explique Ryan d'une voix posée. J'y ai juste jeté un œil par habitude et…

Mon visage se ferme. Je crois deviner la suite. Il a dû voir la fenêtre d'aperçu des SMS avant que l'écran ne s'éteigne…

– Tu n'avais pas à regarder ! m'offusqué-je en croisant les bras.

Terminé le moment complice et câlin. Je suis quelque peu contrariée.

– Ce n'était pas intentionnel, se défend-il sans s'agacer. Mais tu ne m'as pas répondu.

Je recule d'un pas et me détourne vers l'océan, par-delà la terrasse. Je souffle. Lui dire ? Je me suis promis de ne pas l'inquiéter avec ça. Je ne veux pas lui sortir que sa sœur m'envoie des messages fous, ni qu'elle m'a fait suivre l'autre soir ! Il n'appréciera sûrement pas et je ne veux pas gâcher la soirée ni le week-end !

– June… insiste-t-il en me rejoignant, posant de nouveau ses mains sur moi.

Leur contact, chaud, masculin, me trouble de nouveau plus que de raison ; et malgré ma contrariété, je sens que je faiblis. Cet homme me retourne les sens comme pas permis !

– Réponds-moi, exige-t-il tout bas. Tu as reçu beaucoup de messages de ce genre ?

Ultime soupir pour gagner quelques précieuses secondes, avant de m'exécuter.

– Quelques-uns, oui.

Ryan me fait doucement me tourner vers lui, et son regard se verrouille au mien. Je n'ose le fuir, me contente de le soutenir vaillamment.

– Pourquoi tu ne m'en as pas parlé ? J'aurais pu…

– Parce que c'est puéril ! rétorqué-je.

Parce que c'est de ta sœur qu'il s'agit...

Ryan secoue doucement la tête, et une ombre passe au fond de ses yeux.

– D'abord ton blog, à présent des messages sur ta ligne privée…

Je me retiens de mentionner l'homme qui semblait me suivre. C'est déjà assez comme ça, il me semble !

– Tu vas changer de numéro de ligne, décrète-t-il. Et je vais insister auprès de Stewart pour…

– Ryan… s'il te plaît.

Il soupire et passe sa main sur ma joue, en une caresse déstabilisante.

– Ça n'est pas à prendre à la légère, June, m'explique-t-il, la patience dans la voix. Tu travailles à mes côtés, et depuis ces articles dans la presse, tout le monde sait que tu es ma partenaire privilégiée dans mon entreprise.

Partenaire privilégiée...

– Ils seraient nombreux à souhaiter tenter de m'atteindre en passant par toi… ajoute-t-il un ton plus bas.

Je l'entends comme un glas. Ryan pense business, une fois de plus, quand moi je perçois les choses différemment.

Tout cela n'est que l'œuvre d'une gamine trop gâtée qui a peur de perdre l'affection et l'exclusivité de son grand frère, oui !

Cependant, je ne réplique rien ; je le devine suffisamment perturbé par cela sans avoir envie d'en rajouter. Ryan a beaucoup à gérer. Je ne veux pas être un poids supplémentaire à ses yeux.

– Ce n'est rien, objecté-je faiblement.

– Stewart va s'occuper de ça, clôt-il la discussion. Et je veux que tu me tiennes informé immédiatement si quoi que ce soit de ce genre se reproduit.

Ses paroles ne souffrent nulle contestation. J'incline la tête en un signe d'approbation. Son regard et ses gestes s'adoucissent, et c'est d'une voix diablement caressante qu'il ajoute :

– Viens.

Il prend ma main dans la sienne. Doucement, mais fermement, Ryan m'entraîne sur la plage et cale son rythme sur le mien. Son bras vient m'entourer et je me rapproche de lui, pour mieux savourer sa proximité. Sa sollicitude me touche. Ses attentions tout au long de cette journée aussi. Je m'y raccroche fébrilement. Après tout, quelque part, il s'inquiète pour moi… et découvrir que je reçois des messages d'intimidation l'a tourmenté…

Je m'apaise peu à peu à ses côtés, et je me doute qu'il le sait parfaitement et que cette promenade n'est en rien anodine. Ryan me connaît trop bien, et aura deviné qu'il me fallait un instant de tranquillité pour retrouver mon calme et ne pas gâcher le reste de notre soirée. Un moment nous marchons sur la plage, avec le seul bruit du ressac pour couvrir le silence entre nous ; et la main de Ryan caressant mon dos doucement, presque langoureusement, trouve à chasser chacune des tensions qui m'habitent. Le rythme de sa caresse est hypnotisant, légèrement exaltant, et je me surprends à calquer ma respiration dessus ; oublier qu'il a entr'aperçu un message sur mon smartphone ; ne plus songer que Jenny, une fois encore, a failli se mettre entre nous…

Le rythme de nos pas décroît, l'intensité du moment s'épaissit. Lorsque Ryan s'immobilise pour se placer face à moi, je suis à mille lieues de ma contrariété passée. Je ne suis plus qu'impatience, exacerbée par sa présence.

– Ça fait quinze minutes, non ? articulé-je du bout des lèvres. Ce serait dommage que le dîner brûle, tu es si bon cuisinier…

– Nous avons encore un peu de temps, me répond-il, ignorant ma plaisanterie et repoussant mes cheveux dans mon dos.

Sa main revient folâtrer le long de mon cou, et je frémis.

– Du temps… pour ? fais-je, tout bas.

– Pour ça.

J'entrevois ses lèvres aller à la rencontre des miennes, et je ferme les yeux. Je n'en demande pas plus, pour l'instant. Oubliés, le dîner, la maison, les messages, le reste du monde… Seul reste le baiser délicieux, pimenté, d'un amant passionné sous le regard des étoiles et en bord de mer… sur une plage déserte.

Mon esprit dérive vers d'autres possibilités d'occuper le temps restant avant le « dîner »… des possibilités… pour le moins sensuelles et excitantes. Mes mains glissent le long du torse de Ryan, se rivent à ses boutons et les ôtent un par un. Ryan s'interrompt, me saisissant les poignets.

– Te voilà bien entreprenante, me glisse-t-il tout bas.

Dans la faible luminosité des cieux, son regard a pris une teinte profonde, puissante. Et en cet instant où je ne distingue de lui qu'une ombre, silhouette intense qui m'attire irrésistiblement, il me rappelle avec force cet inconnu à qui j'avais failli succomber, dans l'ascenseur.

Déjà, alors même que je ne le connaissais pas, il me subjuguait.

– Disons que je trouve dommage d'abîmer un si joli tissu, je réponds en me dégageant.

Mes doigts reviennent s'activer sur les derniers boutons, libérant la peau nue de son torse au vent.

– Une idée précise de notre programme immédiat, peut-être ? réplique-t-il en me relevant le menton.

Je m'écarte et agrippe ma petite robe par l'ourlet.

– À vrai dire… oui !

Ôtant le tissu d'un geste et le jetant à terre, je m'élance. Contournant Ryan, je fonce parmi les vagues.

– June !

– Viens ! Viens.

Supplique pleine d'espoir dans la voix.

Viens. Viens à moi.

Un mouvement sur la plage. Des éclaboussures. Ryan me rejoint, progressant dans les vagues paresseuses. Je me fige. Il est nu. Entièrement, totalement nu. Et son membre dressé le précède fièrement. Une onde de chaleur passe dans mon ventre, qui n'a rien à voir avec le clapotis tiède de l'océan qui me caresse les cuisses. Quand il me rejoint et se presse contre moi, je m'abandonne à son toucher fiévreux. Ryan me soulève, se laisse glisser dans l'onde ; et je m'enroule à sa taille, parcourue d'une décharge électrique. Il vient de me frôler. Doucement. Diaboliquement. Et le faible courant qui me pousse vers lui, contre lui, achève de me consumer d'envie.

– Ryan… articulé-je, pantelante.

Son sexe se presse entre mes jambes, et ses caresses expertes au bas de mon dos m'enflamment au-delà de toute mesure.

– Ryan…

Sa bouche sur la mienne, il me dévore, il me brûle, et lorsqu'une vague me soulève un peu, je saisis l'occasion de combler en partie le désir qui me taraude.

Je m'empale sur lui.

Comme ça. Sans caresse, sans affolement des sens. Juste… par désir brut et implacable. Le sentiment est puissant, perturbant. Comme chaque fois qu'il m'envahit – qu'il me fait sienne. Ses bras se referment sur moi et me poussent contre lui. Il entre plus profondément en moi, et nous restons ainsi un moment. Seules les vagues et leur mouvement nous font bouger ; et ce si léger frottement de nos peaux, lent, régulier, mais réel, fait monter doucement l'envie en nous.

– Ryan… supplié-je à voix basse.

Si le plaisir à sentir venir l'orgasme, progressif, est agréable, il s'accompagne d'une frustration grandissante. Je veux plus – je veux tout ; et pas simplement son sexe en moi.

Je veux la folie, la montée fiévreuse. Je veux qu'il me pénètre, qu'il m'emplisse, qu'il me fasse crier de plaisir et jouir jusqu'à l'aube au moins.

– Ryan… Ryan, encore.

– À vos ordres, mademoiselle.

Lui non plus n'en peut plus, je le sens au ton de sa voix. Le désir le consume. Lorsqu'il bouge, doucement d'abord, je retiens un cri. Une crispation déferle dans mon ventre, m'envahit – prémice d'autres saveurs connues de nous seuls.

Je me presse contre lui, recule la tête en arrière, offre ma gorge à ses baisers. Les vagues nous repoussent vers la plage ; et bientôt je sens le sable sous mes pieds. Je m'y appuie, assure ma position, et je reviens l'engloutir dans un râle.

Les mains de Ryan s'emparent de mes hanches, m'amènent à suivre le mouvement de ses coups de reins, à présent de plus en plus rapides, de plus en plus exaltants, forts, puissants, affolants.

Je me laisse emporter par la folie de l'instant, oubliant tout, pour ne conserver que le plaisir simple et entier de faire l'amour avec lui.

CHAPITRE 37

Ryan

June. Je la contemple étendue dans mon lit. La nuit s'est installée depuis longtemps et si j'ai somnolé auprès d'elle quelques heures après lui avoir fait l'amour de toute ma passion, à présent qu'elle s'est endormie, mes préoccupations reviennent m'habiter.

June. Ce message qu'elle a reçu m'a proprement glacé le sang. Je pressens qu'elle ne m'a pas tout dit à ce propos. Je repousse la porte de ma chambre pour gagner la terrasse enténébrée. Le ressac de l'océan me parvient, étouffé. J'inspire l'air iodé à pleins poumons, avant de m'asseoir sur une chaise et d'ouvrir mon ordinateur portable.

Peu après le dîner, j'ai profité d'un instant pour contacter Stewart et l'informer des menaces dont June fait l'objet. Mes concurrents commencent à prendre des mesures que je juge trop extrêmes, et je ne peux plus tolérer cela. Il faut que cela cesse, d'une manière ou d'une autre.

Stewart m'a informé par SMS il y a trente minutes qu'il avait lancé son équipe sur la piste. Les résultats ne seront pas immédiats, je le sais parfaitement. J'ai exigé qu'il me transmette l'ensemble du dossier en parallèle. Je souhaite y jeter un œil. Parce que clairement, cela me touche de près. *De très près.*

Je me connecte à ma boîte mail, trouve l'e-mail de Stewart et télécharge l'ensemble des pièces envoyées.

Je m'use les yeux sur les rapports et les comptes rendus de l'équipe de sécurité concernant les commentaires du blog de June, les profils de ses abonnés, les habitués et ceux de passage… Je cherche une psychologie particulière, des mots récurrents, des réponses un peu hâtives, trop spontanées ou expéditives.

Rien ne me saute aux yeux hélas… mais je ne suis pas expert en la matière.

Je me recule sur ma chaise. Rapide regard vers l'intérieur de la maison. Ma jeune compagne dort encore.

Il y a bon nombre d'autres e-mails et dossiers qui requièrent mon attention, mais je les ignore volontairement. Toute ma préoccupation actuelle est pour June.

Jamais je n'aurais pensé qu'en me rapprochant ainsi d'elle, je puisse la placer au cœur de ce conflit latent qui persiste entre mes concurrents et Carter Corp. Le projet Water a toujours soulevé bon nombre de questions et de commentaires acerbes, et je l'avais envisagé depuis le départ. Cependant, j'ignorais qu'il prendrait de pareilles proportions.

Que des hommes d'affaires en arrivent à de telles extrémités à cause de travaux d'acheminement d'eau en zone défavorisée… me laisse perplexe. Mais averti.

Je ne compte pas me laisser faire sans réagir. Et je refuse que June continue de faire les frais de cette grotesque attitude.

Je tiens bien trop à elle pour cela.

Nerveusement, je cherche du côté de mon poignet un bouton de manchette inexistant. Me masse l'articulation, par défaut, avant de passer la main dans mes cheveux. Je réfléchis.

Toute cette affaire est allée crescendo avec régularité ; mais jusqu'à présent ils n'ont cherché à atteindre que moi. Pourquoi *June* ? Pourquoi *maintenant* ?

Les articles de presse après l'incident à l'inauguration de NewTech Levels.

Certainement. Elle, blottie contre moi, la photo a fait la une et défrayé la chronique durant plusieurs jours. Un milliardaire pris pour cible lors d'une soirée de lancement, et qui serre dans ses bras sa jeune assistante, ça fait couler de l'encre.

Ils n'auront pu passer à côté de cela.

Ce qui fait donc d'elle leur cible privilégiée, désormais.

Hors de question !

Je repousse l'ordinateur et saisis mon smartphone. Je m'interdis de réfléchir à ce que je vais faire. J'agis. Pour June.

À mon tour de placer quelques actes de poids. Je compose un numéro, place l'appareil sur mon oreille. Je compte les sonneries. Une voix ensommeillée répond enfin.

– Qui est à l'appareil ?

– Carter, je réponds d'un ton ferme. Ryan Carter.

– Vous… mais qu'est-ce qui vous prend d'appeler à une heure pareille ? s'offusque mon interlocuteur. Et comment…

– J'ai les moyens de connaître votre ligne privée, votre adresse personnelle, le nom du chirurgien esthétique de votre épouse et celui du vétérinaire de votre chien, attaqué-je d'une voix détachée.

– Espèce de… s'emporte mon interlocuteur.

P.-D.G. d'une grande firme rivale, il a plus d'une fois critiqué avec ardeur mes interventions dans le tiers-monde et s'il est resté discret concernant mes actions entreprises au Congo, je le soupçonne suffisamment d'être partie prenante de mes adversaires voulant faire échouer le projet Water pour m'autoriser ce petit coup de bluff en pleine nuit.

– Monsieur, coupé-je, sarcastique. Pas de ça entre nous.

Un silence. Il ne réplique rien. Parfait. Je continue.

– Je réclame votre attention quelques instants. Je ne tolérerai plus aucune ingérence au sein de mon entreprise, entendez-vous ? Menacer mes employés c'est me menacer, moi.

Ne touchez plus à June, ou je m'occuperai personnellement de vous !

Je m'interromps le temps d'une inspiration.

– Et je vous promets des ennuis à n'en plus finir si j'entends ne serait-ce qu'une fois parler de menaces ou de filatures. Suis-je assez explicite ?

– Ça n'en restera pas là, Carter ! fulmine l'autre. Oser me menacer !

Laissez-la tranquille ou je coule votre firme !

– Suis-je assez explicite ? répété-je d'un ton froid et autoritaire.

Il n'y a que cela qui fonctionne avec ce genre de personnes : la supériorité psychologique.

J'entends un râle étouffé, un souffle énervé. Nul besoin de réponse. Je raccroche sans plus de formalités.

Le silence qui suit me trouble. Le ressac revient chanter à mes oreilles, et je me concentre un moment dessus. Je réfléchis. Je doute raisonnablement que cet appel porte les fruits que j'espère, mais tout du moins m'aura-t-il permis de ne pas me sentir inactif, et de tenter de *la* protéger.

Je refuse que quoi que ce soit lui arrive par ma faute !

Nouveau regard vers le dossier ouvert sur mon ordinateur. Menacer, certes, est une technique ; mais je préfère quand je dispose de moyens de pression efficaces. Stewart est sur le coup, me rappelé-je. Effectivement. Mais plus on multiplie les chiens de chasse, plus vite on déloge le gibier.

Je reprends le smartphone et lance un nouvel appel.

– Beckett, c'est Carter, m'annoncé-je dès qu'il décroche. Pardon de vous déranger à une heure pareille, mais c'est assez urgent.

– Dites-moi, me répond la voix du jeune outsider, un peu ensommeillé.

– J'ai besoin que vous vérifiiez les adresses IP des commentaires d'un blog et que vous essayiez de retrouver la trace de commentaires supprimés récemment.

– Eh bien, c'est assez peu réglementaire, me répond mon interlocuteur.

– Je le sais. Mais la suite l'est encore plus : il faut que vous traciez également l'origine d'un SMS sur une ligne téléphonique.

J'entends un bruit de draps froissés, puis des pas étouffés.

– Totalement illégal, grommelle mon protégé. Mais je ne peux rien vous refuser et vous le savez.

Je le sais.

– Je vous envoie toutes les informations pertinentes par e-mail. Je compte sur votre rapidité.

CHAPITRE 38

June

Un coin idyllique. Un amant passionné. Un week-end hors du temps. C'est ainsi que je résume les deux jours écoulés dans l'intimité du grand Ryan Carter. Loin du bureau, loin des cravates, loin des sourires de façade. Deux jours en compagnie d'un homme marqué par une existence difficile, qui a su édifier un monde à partir de rien, relever des défis de taille ; et conserver une âme belle.

Nous avons passé des moments merveilleux, et même si le travail l'a rattrapé en milieu de nuit, il est resté incroyablement disponible pour moi. Fait émouvant entre tous : qu'il m'offre à consulter les albums photo de son enfance, les carnets de voyage de son père et d'autres éléments bien dissimulés sous le vernis du businessman.

Je me suis sentie proche, soudain, vraiment très proche de lui ; et cela m'a profondément touchée. J'ai vu dans ce week-end, ses confidences, son attitude, la volonté de me faire comprendre que pour lui, je n'étais pas une de ces conquêtes dont sa sœur parlait – que j'étais différente, unique à ses yeux. Aucune femme ne vient dans sa villa, je l'ai compris… et qu'il m'ait fait une telle faveur ne me laisse pas indifférente, tant s'en faut. Aussi, le lundi matin, je rejoins le bureau l'esprit léger. Ryan m'a déposée chez moi la veille au soir, et il a été très difficile de me séparer de lui ; et plus encore de trouver le sommeil sans la chaleur de son corps contre le mien.

Je me suis rassurée en me disant que je le reverrais dès le lendemain…

Je débouche à l'angle de l'avenue et l'immeuble se révèle à moi : grand, imposant, majestueux.

Le reflet de Ryan, en acier.

Un petit attroupement se tient face à l'entrée. Inhabituel… Perplexe, je m'approche et me mêle à la foule. Des employés de la firme, constaté-je très vite, qui cherchent à entrer et qui n'y parviennent pas.

– Mais qu'est-ce qui se passe ?

Un mouvement s'amorce, depuis l'intérieur vers l'extérieur, et enfin les portes s'ouvrent. Les salariés s'engouffrent dans le building. Je suis la vague humaine, trouve à me placer dans un recoin du hall, le temps que la marée se calme. Je repère alors Lisa et me précipite vers elle.

– Lisa !

– June ! Tu as réussi à entrer !

J'agrippe le bras de mon amie, l'attire loin du passage principal porte d'entrée/ascenseur.

– Mais c'est quoi ce délire ? questionné-je.

– Je sais pas, répond la jeune femme, tout aussi perplexe que moi. J'ai entendu dire que des mecs bloquaient les accès, mais je n'en sais pas plus.

– Des *mecs* ?

Mon téléphone ne me laisse pas le temps d'approfondir la question. Je farfouille dans mon sac jusqu'à mettre la main dessus, et j'y lis le nom sur l'écran.

– Mark Leviels.

Lisa hausse un sourcil, surprise, tandis que je décroche.

– Allô ?

– Mademoiselle Brown !

– Monsieur Leviels, je…

– Vous êtes dans le bâtiment ?

Je pivote, un peu interloquée. Autour de moi, de nous, le flux des salariés et des premiers clients persiste, un brin de nervosité et d'agacement flottant dans l'air ambiant.

– Eh bien, oui, je…

– Ils ont laissé les salariés entrer, marmonne Mark Leviels, et je pressens que ce n'est pas à moi qu'il s'adresse.

Je décerne un regard interrogateur à Lisa, qui hausse les épaules en retour. Autour de nous, le flot de travailleurs se tarit.

– Monsieur Leviels ?

– Oui. Oui. Mademoiselle, écoutez. Je vous rejoins dans votre bureau d'ici dix minutes.

– Je… OK, je…

Il a déjà raccroché. Je range l'appareil, de plus en plus perplexe face à la situation.

– Il y a un truc qui ne va pas, déclaré-je tout bas.

– Il a dit quoi ?

– Rien. Il veut me voir dans mon bureau…

– Et tu es encore là ? s'exclame mon amie. File ! Et tiens-moi au courant !

J'acquiesce. Lisa a raison : inutile de m'attarder ici !

***

Quand j'atteins mon étage et mon bureau, j'ai la surprise d'y découvrir Mark, faisant les cent pas devant ma porte, le smartphone vissé à l'oreille, comme à son habitude.

– Mademoiselle Brown ! s'exclame-t-il en concluant l'appel.

– Monsieur Leviels. Vous savez ce que signifie ce bazar ? attaqué-je direct en ouvrant la porte.

Nous entrons tous les deux et Mark Leviels se laisse choir sur un siège tandis que je prends place dans mon fauteuil.

– L'IRS, me déclare-t-il tout de go. Un contrôle plutôt musclé et imprévu qui a débuté à six heures du matin dans les locaux.

L'IRS… l'*Internal Revenue Service* ou, pour faire plus simple, l'agence gouvernementale qui collecte les impôts et autres taxes que versent les sociétés… Un contrôle de leur part signifie le plus souvent fraude, évasion fiscale et redressement judiciaire musclé. J'en reste muette de surprise un instant.

– L'IRS ? mais…

– Le gardien m'a tout de suite contacté et je suis immédiatement venu, pour constater les faits.

– Mais… ils ont le droit ?

Mark hoche la tête, l'air las.

– Hélas oui.

– Mais pourquoi ?

J'imagine mal Ryan détourner de l'argent ou frauder… ça ne cadre pas avec l'homme qu'il est.

– Une dénonciation, manifestement, me répond-il en reprenant son téléphone. Mais je ne venais pas pour ça.

– Ah non ?

– Non, continue-t-il, l'œil rivé à son écran. Monsieur Carter, son vice-président et moi-même arriverons bien à gérer la situation.

– Je n'en doute pas, acquiescé-je.

Même si je n'ai jamais rencontré ce fameux vice-président, j'imagine sans mal Ryan faire front à n'importe quelle situation ou complication, et s'en sortir brillamment.

– En quoi puis-je vous être utile, alors ?

– Le dossier Water, m'indique Mark en se levant.

– Oui ?

– J'ai reçu il y a une heure un message affolé du contremaître. Il semblerait qu'il y ait eu un sabotage.

Je lève des yeux étonnés vers lui.

– Un sabotage ?

Rien que ça ! ?

– Oui, acquiesce Mark, la main sur la poignée. Pourriez-vous gérer le problème ? Voir les dégâts, estimer les retards et les besoins ? J'ai à faire avec cette inspection, et…

– Bien sûr.

Un soulagement non feint passe sur les traits du directeur de filiale.

– Merci. Vous m'ôtez une grosse épine du pied.

Et sur ces mots, il repart à vive allure.

Pour ma part, je soupire. *L'IRS. Le sabotage. Elle débute bien, la semaine.*

***

La journée passe à une allure folle. Tout d'abord, une longue conversation avec le chef de chantier, et ce malgré le décalage horaire. Le pauvre homme, affolé, m'a expliqué la découverte du chantier ravagé, le matériel fracassé. Je me suis efforcée d'être compatissante et rassurante, lui demandant un maximum de détails avant de passer deux longues heures à consigner dans un rapport tout ce qu'il m'a transmis et à l'envoyer à Mark Leviels ; avant de m'atteler à d'autres tâches moins urgentes mais essentielles.

La journée entière, l'immeuble a résonné de la présence déplacée des inspecteurs, et nombre d'employés se sont plaints d'être dérangés dans leur travail. Cela, je le sais par Matt et Lisa. Nous avons échangé des SMS tout au long de la journée et ça m'a permis de suivre l'évolution de la situation depuis mon bureau.

Ryan… Ryan, je ne l'ai, hélas, ni vu ni entendu ; mais en même temps, ça ne m'étonne pas. Avec un tel bordel dans sa société, il a bien d'autres priorités que de me donner signe de vie !

Je songe brièvement à le contacter soit par e-mail, soit par message… et me ravise.

Je l'ai eu pour moi seule deux jours entiers, et il est face à une situation de crise. Ce n'est pas le moment de faire la capricieuse !

Je boucle un dossier et mets l'ordinateur en veille. Besoin d'une pause… et d'une belle ! Rapide regard à mon smartphone : dix-neuf heures !

Lisa a déjà dû partir, et Matt aussi, me désolé-je. Pas de café entre amis pour moi ce soir, il semblerait.

Je hausse les épaules, avant de poser les coudes sur le bureau et de caler ma tête entre mes mains. Sans que je le réalise pleinement, quelque chose me chiffonne dans tout ça.

Pourquoi l'IRS ? Pourquoi ce sabotage ? Pourquoi...

Je n'arrive pas à mettre le doigt sur ce qui me perturbe. Avec fatalisme, je quitte mon bureau et me dirige vers celui de Ryan. Peut-être a-t-il enfin terminé de gérer tout ça et sera-t-il dispo ? Il m'a manqué. Et je m'inquiète un peu pour lui, j'avoue. Gérer un contrôle de l'IRS, ça n'a rien de plaisant.

Hélas pour moi, le bureau de mon P.-D.G. est désert. Ryan n'est pas là. Je soupire et retourne à mon propre espace de travail clôturer ma session et récupérer mes affaires.

Une petite fenêtre pop-up s'affiche en semi-transparence dans le bord inférieur de mon écran. Un e-mail…

Un instant, je suis tentée de laisser ça de côté, de rentrer chez moi et de me couler un bain XXL pour me débarrasser du stress de cette journée de travail… mais quand je constate que c'est Ryan qui me l'a envoyé, je change immédiatement d'avis.

Le message est aussi bref qu'explicite :

Au pont de CP. Je t'attends.

Le Gapstow Bridge de Central Park !

J'éteins rapidement l'appareil et saisissant mon sac, je m'élance vers l'ascenseur.

Lorsque j'émerge dans le hall, il n'y a presque plus personne, hormis des vigiles un peu plus tendus et nombreux qu'à l'ordinaire. C'est la situation qui le veut, j'imagine…

Je les salue de la tête, et passe le sas.

La vie trépidante et bruyante de la ville me rattrape en un éclair et je hèle un taxi pour rallier Central Park. Je suis fébrile durant tout le trajet.

Cette journée hors norme, vécue dans le stress et l'incertitude, m'a mis un peu les nerfs à vif.

Aussi quand le taxi me dépose à destination, je m'engouffre dans les allées d'un pas plus que rapide et presque militaire. Je trace. Et étonnamment, à mesure que je progresse, lentement, je m'apaise.

L'endroit est ainsi fait, et c'est ce havre de quiétude que beaucoup de New-Yorkais recherchent lorsque leur existence devient trop pénible et pesante.

Je devrais venir ici plus souvent.

En tout cas, je comprends le choix de Ryan de s'arrêter un moment ici. Il a dû passer une journée mille fois pire que la mienne… et cette petite zone de tranquillité lui fera très certainement du bien… autant qu'à moi en tout cas.

J'atteins le Gapstow Bridge après quelques minutes de marche régulière. Comme les fois précédentes, l'endroit est fréquenté de badauds, touristes, couples enamourés, passants, sportifs ou rêveurs de l'instant. Mais de jeune milliardaire, aucune trace.

Ça m'intrigue, et je rejoins le pont pour mieux étudier les alentours immédiats. Non, décidément, Ryan ne semble pas être ici…

Je décide de patienter quelques instants et m'accoude au muret. Mon regard va se perdre dans l'eau qui coule en contrebas, et je remonte le rivage pensivement. L'endroit m'évoque incroyablement Ryan. Sa douceur, son charisme. Ses attentions.

Je quitte l'eau des yeux pour m'intéresser aux arbres qui bordent la berge. Et d'un coup, un frisson désagréable me traverse. Là, accoudée contre un tronc… une silhouette… qui ne m'est pas inconnue.

Je me redresse, soudain inquiète. Le temps d'un sursaut de panique, je quitte le pont et prends le premier chemin qui s'offre à moi. Rapide regard en arrière : la silhouette n'est plus contre le tronc d'arbre. Je fouille mon sac, de plus en plus nerveuse. Je dois m'y reprendre à trois fois pour déverrouiller mon téléphone et lancer mon appel.

Je scrute les environs en comptant les sonneries.

– Ryan ! lancé-je dès qu'il prend la communication.

– June, fait-il, et je sens une pointe d'irritation dans sa voix. Je suis en réunion et…

– Il est encore là !

– Qui ?

Mais je n'écoute pas sa question. Je viens tout juste de comprendre ce qu'il me disait. *Il est en réunion ?*

– Quoi ?

– June, reprend-il, impatient. Ce n'est vraiment pas…

– On me suit ! je l'interromps en jetant un regard autour de moi.

Un infime silence suit ma déclaration.

– Où es-tu ?

Le ton est froid. Agacé. Stressé. Implacable.

– Pas loin du Gapstow Bridge. Je t'attendais et…

– Le Gapstow Bridge, l'entends-je répéter à mi-voix. Mais qu'est-ce que tu…

– Je t’attendais, je continue, sans cesser de marcher. Comme tu n’étais pas là, je suis montée sur le pont et… mais pourquoi as-tu dit que tu étais en réunion ?

– Tu m’attendais ?!

– Attends, Ryan… je suis perdue.

Je passe une main plus que nerveuse dans mes cheveux, malmenant mon chignon. Je m’arrête, le temps de tourner sur moi-même. Des passants, des joggeurs, la foule classique des New-Yorkais un lundi soir au parc. Et pourtant… je me sens épiée.

J’entends des bruits indistincts du côté de Ryan.

– Où es-tu exactement ? me demande-t-il.

– J’ai pris un chemin transversal, et…

– Retourne au pont. Tu n’en bouges pas. J’arrive !

CHAPITRE 39

June

Je fais demi-tour plus vite que mon ombre, et retourne au pont. L'angoisse habite mon cœur et je ne cesse de scruter anxieusement les environs. Tout à coup, la masse des promeneurs ne me semble plus si agréable. Je décèle un danger dans chaque passant, dans chaque inconnu.

Pourquoi m'a-t-on suivie ? Est-ce Jenny qui tente encore de m'intimider ? Je commence à douter. Je ne sais plus, ça me paraît tellement… disproportionné ! Et pourquoi Ryan m'a-t-il donné rendez-vous ici s'il était en réunion ?

C'est à n'y rien comprendre !

Les minutes s'égrènent avec une lenteur effroyable, menaçant de me porter à la panique la plus totale. Je scrute les environs, les arbres, les troncs, les groupes de gens… et mon cœur manque un battement quand je pense identifier l'homme aux mocassins de l'autre fois. J'inspire, pour ne pas flancher.

Je suis tentée de rappeler Ryan, de me sauver à toutes jambes, de crier, d'appeler le 911. Je me maîtrise. Il m'a demandé de l'attendre ici jusqu'à son arrivée.

Je ne bouge pas. Je ne bougerai pas.

Quand enfin, après ce qui m'a semblé une éternité, je l'aperçois apparaître au détour de l'allée, en costume, la cravate de travers, avançant d'un pas plus que vif vers moi, je retiens difficilement un cri étranglé.

En deux secondes, je suis debout et me rue sur lui.

– Oh, Ryan !

– Où ? me demande-t-il seulement.

Je pivote, scrute les environs des yeux, et trouve la haute silhouette qui bat en retraite à l'opposé de notre position.

– Là !

Je n'ai pas le temps d'en dire plus. Ryan m'abandonne pour s'élancer à la poursuite de l'homme. Je l'observe s'éloigner, stupéfaite.

– Ryan… murmuré-je.

Puis soudain je prends conscience de tout ce qui se passe, et je crie son nom de toute la force de ma petite voix.

– Carter !

Ce cri-là vient de derrière moi. Je tourne la tête pour voir Jake débouler à son tour depuis l'allée. Je vois tout de suite qu'il a couru, et aussi qu'il est exaspéré. Le chauffeur et garde du corps de Ryan m'aperçoit et me fonce dessus.

– Où ? demande-t-il.

Je désigne l'allée opposée d'un doigt tremblant. Et à son tour, Jake s'élance à toute allure, me laissant seule et profondément déboussolée au bord de l'étendue d'eau.

***

Dix minutes. Cela fait dix minutes que je me ronge les sangs et les ongles en faisant les cent pas près du pont. Je scrute anxieusement les environs, ne sachant ce que je dois faire… ou pas.

Aussi quand je vois réapparaître Ryan, un soulagement immense m'envahit. Tout juste si je note que Jake n'est pas avec lui.

– Ryan !

Je me précipite dans ses bras et il resserre son étreinte sur moi. Cela m'apaise immédiatement. Je prends un instant pour savourer ce réconfort inespéré, puis relève la tête pour le contempler. Dans ses beaux yeux gris, un soulagement, mêlé d'une pointe de quelque chose que je n'identifie pas vraiment.

– Tout va bien ? me demande-t-il.

J'acquiesce.

– Je n'ai pas réussi à le rattraper. Il a été plus rapide que moi.

– Il me suivait vraiment ?

Je secoue la tête. Un tremblement me parcourt, que je ne peux réprimer. La nervosité.

– Qu'est-ce que tu faisais ici ? me demande-t-il tout bas. Pourquoi as-tu dit que tu m'attendais là ? je…

– Tu m'as envoyé un e-mail pour qu'on se retrouve ici ! ragé-je.

– Un e-mail ? s'étonne-t-il. Pas du tout. J'ai été bloqué toute la journée par ce contrôle, June. J'étais en réunion avec mes directeurs quand tu as appelé, je…

– La garce !

Cela m'a échappé. Et à voir les sourcils de Ryan se froncer, je regrette immédiatement de m'être emportée.

– June ?

Je décèle quelque chose d'inhabituel dans sa voix. De la fatigue ? De la lassitude ? Non, c'est autre chose – quelque chose qui n'a rien à voir avec le boulot, j'en suis soudain certaine rien qu'à voir le gris tourmenté de ses yeux.

– De qui parles-tu ? continue-t-il doucement.

Un frisson désagréable me traverse, mêlé d'une pointe d'inquiétude.

Le pressentiment que cette journée ne se terminera pas comme que je le croyais.

– Je… Écoute Ryan, c'est…

– Inutile.

Je blêmis. Une pointe de dureté perce dans sa voix. Lentement, Ryan recule d'un pas, me scrutant douloureusement.

– Ryan ? m'inquiété-je, pour de bon cette fois.

– June, il va falloir m'expliquer quelque chose.

– Expliquer quoi ?

Je crains de deviner de quoi, ou plus exactement, de qui il s'agit, et un désespoir sourd commence à m'envahir. Face à *elle*, je ne peux pas lutter, je le sais… il suffit que je le contemple, avec cet air sérieux et presque… triste, pour m'en persuader.

– Jenny m'a appelée. Elle ne voulait pas m'en parler compte tenu de ce qui se passait, mais elle a fini par le faire.

Jenny… je recule d'un pas, sentant venir la foudre. Le regard gris de Ryan se pose sur moi et me transperce l'âme de part en part. Quels que soient les arguments que je pourrais désormais avancer, même si j'évoque Colin, ou ma confrontation avec sa sœur… je comprends qu'il est désormais trop tard…

– Comment as-tu pu prétendre qu'elle te harcelait sur ton blog ? Comment as-tu pu l'accuser comme ça de vouloir nous séparer ? De t'envoyer ces messages de menace ? C'est ma sœur, June, tu te rends compte de ce que tu as fait ? Ce que tu as osé prétendre est inacceptable !

CHAPITRE 40

Jake

Enfin débarrassé de ces fouineurs de l'IRS ! Sans parler des journalistes qui ont fait le pied de grue face au building une bonne partie de la journée !

Je ferme la porte de la salle des archives informatiques avec soulagement.

Carter n'écoutera-t-il donc jamais ? Les menaces envers lui ou ses employés, les appels, les prises à partie directes, une tentative physique contre lui, et maintenant on s'en prend à son entreprise, à ses investissements.

Leviels m'a transféré le rapport circonstancié de June, dans la journée ; et, si je ne l'ai pas lu dans son intégralité, du moins en ai-je saisi le principal : un sabotage méticuleux. Inutile de chercher bien loin le coupable : c'est le même que celui qui a proféré les menaces et les mises en garde ; le même qui a envoyé ces hommes le menacer, physiquement et verbalement… Le même qui a dénoncé Carter Corporation à l'IRS…

Le même qui fera d'autres tentatives, vu que celle-là, une fois de plus, a échoué.

Las, je m'accorde un instant. La journée a été épuisante à tout point de vue, et elle n'est pas terminée, au contraire…

Se débarrasser de ces fouineurs insistants n'a pas été une mince affaire. Les contenir le plus possible, non plus. Ordre du chef. Facile à dire, plus complexe à réaliser. On a géré au mieux. Ils ne sont partis qu'avec le départ de leur tête de file, qui a passé plusieurs heures tête à tête avec Carter.

J'imagine sans mal la passe d'armes, le conflit ouvert. Carter est doué pour gérer ça. Moi, pour m'occuper des subalternes avides de dénicher la petite bête dans nos dossiers. Il n'empêche. Une sorte de tension nerveuse latente a régné sur l'entreprise la journée durant. Les salariés ont été à cran en continu. Je les comprends. Déjà qu'il a fallu batailler ferme pour obtenir de les laisser prendre leur poste… alors, voir ces gens en costume passer de service en service pour questionner les managers et se pencher sur leur travail, ça a dû être passablement stressant.

Je quitte le couloir pour rejoindre l'antichambre de l'étage et de l'ascenseur. Personne. Tout le monde a déserté au plus tôt – et le contraire aurait été surprenant.

Il me tarde de les imiter. Mais avant cela, une dernière tournée d'inspection. Je branche mon oreillette pour faire le point avec l'équipe. RAS, le building est de nouveau à nous. Parfait.

J'appelle l'ascenseur, le laisse m'emmener au rez-de-chaussée. Besoin d'un remontant – et de m'en griller une.

J'opte pour la nicotine en premier – la caféine, ça peut attendre. Décompresser d'abord.

Traversant le hall désert, je repousse la porte d'entrée, m'écarte de quelques pas sur le trottoir. L'air vif du soir vient me fouetter le visage et j'inspire à pleins poumons. Une odeur de bitume humide persiste. Il a plu, tantôt, comme en témoignent des flaques résiduelles, mais je ne l'ai même pas remarqué.

Journée de fous !

Je tire ma clope de son paquet, la porte à ma bouche et l'allume. La première bouffée est grisante. La seconde, salvatrice. Elle m'apaise enfin. Je sens les tensions de mes muscles se dénouer, mon corps se détendre. Nouvelle bouffée. Nouveau soupir.

Parfois, je me dis que ce boulot n'est définitivement pas pour moi – même avec mes antécédents, même avec mes « aptitudes ». Tout laisser en plan ? Partir ? Pour faire quoi ? Les jobs comme celui-là, ça se trouve. Avec un peu de chance, j'atterrirais avec un patron plus accessible et ouvert aux suggestions de sécurité – plus raisonnable, en somme. Plus… compréhensif et moins obstiné.

Non. Ryan Carter n'est pas obstiné. Enfin, pas tout à fait. Il se fixe des objectifs et ensuite il ne recule devant rien pour les atteindre. Et quand je dis rien… c'est *rien*. Et ce, quels que soient les obstacles qui peuvent se dresser sur sa route. Intimidations, menaces ou agressions semblent n'avoir aucun impact sur lui – et rien que pour cette force de caractère, il mérite le respect. Même si son attitude ne va pas sans quelques dommages collatéraux.

Ce jeune entrepreneur, par exemple, Beckett, dont la soirée d'inauguration de sa start-up a été gâchée par l'altercation avec l'homme armé… ou le stress de cette journée pour ses employés, les retards et les complications sur ce chantier, au Congo… ou June…

Car, on ne peut le nier, June aussi fait partie des dommages collatéraux engendrés par les décisions de monsieur le chef d'entreprise. L'état d'ébriété dans lequel je l'ai trouvée après leur dispute n'en est qu'un aperçu. Oh, par la suite, June a tenu à s'excuser. L'alcool ne lui avait pas fait perdre totalement la mémoire, et elle gardait un souvenir… gênant de son attitude envers moi. Qu'aurais-je dû dire ? Prétendre avoir été ennuyé ? La vérité… la vérité c'est que sa douceur et son charme ont su me harponner. La vérité c'est qu'à voir cette arme braquée sur elle, ce soir-là… la terreur m'avait saisi à l'idée de ne pas l'atteindre à temps – de ne pas maîtriser ce fou à temps !

La peur d'entendre le coup partir, de voir l'écarlate maculer sa peau et ses vêtements, à elle…

m'avait porté face au danger, au mépris de ma propre sécurité. Et ce coup au cœur, de la découvrir ensuite, indemne mais… dans les bras de Carter.

Alors oui, June aussi fait partie des dommages collatéraux engendrés par la politique du patron. Mais en ont-ils seulement conscience, lui comme elle ?

Je refoule un soupir, laisse tomber mon mégot au sol. Autant de personnes impactées par les décisions du grand Carter… et même si elles sont moralement correctes, ce qu'il en coûte, ma foi… a de quoi faire réfléchir.

Je m'apprête à retourner dans le bâtiment, quand mon smartphone, dans ma poche intérieure, se manifeste. Je m'en saisis, pour lire le nom de l'appelant. Carter.

– Stewart, m'annoncé-je en décrochant.

– Vous êtes encore dans les parages ?

Ton froid, sec, impatient. Énervé. Je muselle fermement la remarque acerbe qui menace de franchir le barrage de mes lèvres.

– Je suis au pied de l'immeuble.

– Sortez la voiture. Je vous y retrouve immédiatement !

Déjà raccroché. Je m'exécute sans perdre un instant. Carter n'est pas de ceux qui aiment patienter, et encore moins dans ce type de circonstances. J'imagine sans mal quelque rebondissement d'ampleur financière, un rendez-vous secret à honorer sur-le-champ… en tout cas quelque chose de très urgent, car il me rejoint plus rapidement encore que ce que j'avais estimé et m'ordonne de démarrer.

– Central Park, East Drive ! En vitesse !

– Que se passe-t-il ?

– C'est June…

– June ?!

Je cache difficilement ma surprise et mon inquiétude. Je démarre au quart de tour et m'insère dans la circulation.

– Plus vite ! s'agace Ryan en dénouant un peu sa cravate.

Je l'aperçois malmener son bouton de manchette et jeter des regards anxieux au-dehors. Ryan Carter qui perd son calme, l'affaire doit être grave. Je m'en inquiète d'autant plus.

– Expliquez-moi, demandé-je tout en poussant le véhicule dans l'accélération.

– Elle vient de m'appeler. Elle est suivie. Elle a peur.

Clair, concis, précis. Je peste intérieurement et double une citadine. Derrière, Ryan tente de retrouver son calme, et son regard se perd un instant entre deux atmosphères.

Moi, j'enfreins au moins dix règles de circulation afin d'arriver avec plusieurs minutes d'avance sur un trajet classique à l'endroit demandé. Et avec une limousine, ça n'a rien d'évident…

À peine le temps de freiner, de me rabattre en double file : Ryan a déjà bondi hors du véhicule.

– Le Gapstow Bridge ! me jette-t-il avant de s'éloigner à grandes enjambées.

Je jure entre mes dents. À quoi pense-t-il donc, pour foncer comme ça vers le danger sans escorte ? L'incident de ce matin, celui de l'inauguration, ça ne lui suffit donc pas ? Quand comprendra-t-il ?

Je me gare un peu n'importe comment et m'extrais du véhicule sans tenir compte des klaxons et autres incivilités des New-Yorkais, et m'élance à la suite de mon patron parmi les allées du parc.

Le Gapstow Bridge… mes souvenirs de l'endroit ne sont pas très nets mais je trouve mon chemin sans difficulté. Et c'est essoufflé, mais ayant encore de la réserve, que je débouche près du plan d'eau. Et si Carter a déjà disparu alors même que je l'interpelle à haute voix, June me repère immédiatement. Son air paniqué me saisit quand je m'approche et j'ai mal pour elle.

Elle n'est pour rien dans tout ça… Elle ne fait que subir.

Me maudissant de ne pas lui donner la priorité, je coupe court à toute discussion en exigeant de savoir où notre patron a disparu.

Tremblante, elle me désigne une allée et j'y fonce. Carter avant tout. Elle ne craint plus rien, j'en suis persuadé.

Je m'efforce de rattraper la haute silhouette de Ryan, listant déjà tous les reproches que je vais me faire un plaisir de lui énoncer. Il ne m'a pas embauché comme garde du corps pour me fausser compagnie de la sorte dans ce type de circonstances !

Lorsque je l'aperçois finalement, immobile en bordure de l'étendue d'herbe que longe Center Drive, je réprime un soupir. La personne qu'il coursait lui a échappé.

Carter passe une main dans ses cheveux, se détourne, m'aperçoit. Son visage se ferme et il baisse le regard.

– Monsieur, lancé-je en approchant, essoufflé.

– Fouillez le coin. Puis ramenez la voiture à proximité, déclare-t-il seulement.

Il me dépasse, ne me laissant pas en placer une.

Ça suffit.

– Monsieur !

Le ton que j'emploie est sec, hostile. Agacé. Carter se fige et je devine au mouvement de ses épaules comme un soupir discrètement lâché.

– Avez-vous conscience des risques que vous avez pris ? attaqué-je en revenant vers lui.

– Nous perdons un temps précieux, réplique-t-il. Cet homme en profite pour prendre le large.

– Et il aurait très bien pu vous tendre un piège pour vous blesser. June Brown est un appât particulièrement… efficace, vous concernant.

– Laissez-la en dehors de ça !

– Je crains que ce soit trop tard, lui rappelé-je, mordant.

Qu'il comprenne un peu où l'entraînent ses décisions ! Ses yeux virent à l'orage. Je ne m'en émeus pas. Il sait que j'ai raison. Deux secondes durant, il me fixe, sans mot dire. Puis…

– C'est justement parce qu'elle est un « appât » efficace que je devais m'en occuper, réplique-t-il. *Personnellement.*

Un pas en arrière, et en insistant sur le dernier mot.

– Faites ce que je vous ai dit.

CHAPITRE 41

Jake

L'endroit est désert. Enfin, pas exactement. Il y a des joggeurs, des vélos, des promeneurs. Mais je n'aperçois personne de potentiellement dangereux ou à l'attitude louche. Et sans réelle description physique…

Je soupire, et refoule l'envie de sortir une clope. Par principe, je pousse mon exploration un peu plus loin, du côté de la patinoire, contourne la place pour revenir latéralement sur mes pas.

Aucun suspect. Je refoule un sentiment de rage montante.

Alors que je m'oriente vers une autre allée pour aller récupérer le véhicule, un mouvement en périphérie de mon regard m'interpelle. Je tourne la tête pour apercevoir une forme traverser à vive allure en direction de la rue.

Je la reconnaîtrais entre mille, cette fine silhouette déterminée.

June.

Un sentiment étrange m'étreint. Carter n'est pas avec elle. Quelque chose a dû mal se passer.

Logiquement, je devrais foncer à la recherche de mon patron, m'assurer qu'il va bien, me débrouiller pour le mettre en sécurité. Pourtant, c'est vers la jeune femme que mes pas me portent.

– June !

Elle ne m'a pas entendu et continue sur sa lancée, droit sur East Drive. Si je ne la rattrape pas avant qu'elle ait passé la route, j'aurai peu de chance d'arriver à lui parler… j'accélère le pas, et gagne du terrain sur elle.

June ralentit à hauteur des véhicules stationnés, s'accordant à peine le temps d'un regard de côté avant de s'engager sur l'asphalte.

Je l'entends avant de le voir : ce véhicule qui déboîte brutalement de sa place de stationnement et fonce sur l'asphalte. Droit sur…

– June !

Surprise, la jeune femme se fige et se retourne. Son regard balaye la route, cherchant sans doute qui l'a ainsi interpellée. Puis il s'arrête sur le véhicule en mouvement.

Je m'élance. La voiture, banale, noire et sans traits particuliers, arrive droit sur elle, sans même ralentir.

Bordel !

Je bondis. Me faufile entre les véhicules stationnés. À cette heure, l'artère est peu animée. En trois secondes, j'arrive à hauteur de June. Trois secondes à fixer le véhicule, à tracer plus vite que lui. La jeune femme regarde la berline qui lui fonce dessus, les yeux écarquillés. Trop tétanisée pour faire un geste.

J'agrippe son cou et sa taille, la pousse violemment à l'écart. Un souffle d'air brusque. Un frôlement métallique. Je chute à terre, cognant du côté l'asphalte, l'entraînant avec moi. June pousse un cri inarticulé. Pour ma part, je me rétablis au mieux et pivote. Tout juste le temps de distinguer la plaque d'immatriculation : l'inscription se grave dans mon esprit.

Enfin une piste !

***

– Aaaah…

June !

J'oublie instantanément le véhicule, la plaque d'immatriculation, pour ne penser qu'à elle. June se redresse sur les genoux, échevelée. Son sac a été projeté un peu plus loin. Un coup de klaxon retentit. Un véhicule stoppe près de nous.

– Monsieur, madame… ça va ? s'inquiète le conducteur en abaissant la vitre.

Alentour, les passants observent, commentent. Je fais signe de la main au conducteur, me relève pour rejoindre June.

– June… June, tu n'as rien ?

Interdite, elle lève vers moi des yeux un peu trop grands.

– Je… Jake, je…

Le choc. Je m'agenouille près d'elle, lui prends le bras, l'aide à se remettre sur ses pieds.

– Ça va ? m'inquiété-je.

Une légère blessure s'étale sur sa joue et la manche de son chemisier, ses bas sont déchirés. Un klaxon retentit de nouveau. La patience des New-Yorkais a ses limites, même en cas d'agression telle que celle-ci.

– Viens.

Prenant son sac, je la ramène vers le trottoir, vers le parapet de sécurité pour qu'elle s'y adosse. Une main dans son dos, l'autre à son coude.

Peur qu'elle ne s'écroule, là comme ça…

– Mon ami est allé chercher les secours, me lance l'un des joggeurs en me rejoignant.

Je le remercie d'un signe de tête.

– June…

La jeune femme lève un regard effaré vers moi. OK. Précautionneusement, je l'invite à s'asseoir, quitte ma veste pour l'en entourer. Elle frissonne, les bras croisés sur sa poitrine.

Rapide regard alentour, je sors mon téléphone le temps de contacter mon équipe, de donner quelques instructions aussi brèves qu'explicites.

– Lancez une recherche sur ce véhicule.

Je donne le numéro d'immatriculation que j'ai relevé, et glisse une dernière directive à mon interlocuteur :

– Informez monsieur Carter qu'on a tenté de s'en prendre à son assistante.

Informez-le des conséquences de ses décisions impersonnelles et stratégiques.

Je n'ai aucune envie de le contacter par moi-même. Qu'il l'apprenne de la sorte, après tout !

Très bien.

Je retourne à June. De l'allée latérale menant à la patinoire, deux secouristes débouchent, guidés par un joggeur, pour nous rejoindre. Je désigne la jeune femme d'un mouvement de la main, le regard scrutant les alentours.

Qui sait s'il n'y en a pas encore un autre quelque part ?

J'accorde quelques instants aux secouristes avant de m'imposer sans heurt.

– June, lancé-je en prenant place à ses côtés.

Lentement. Très lentement. Pour ne pas l'effrayer plus encore. Pour la rassurer.

L'homme extrait une couverture de survie de son sac et la lui dépose entre les mains. Elle s'en empare, tremblante, sans réelle réaction.

Je muselle la colère qui m'envahit à la contempler ainsi. Elle est choquée. Carter. C Je muselle la colère qui m'envahit à la'est sa responsabilité. Non seulement il la séduit, mais il la met en danger !

Qui sait ce qui se serait produit si je n'avais pas été là ? Qui sait ce qui se produira la prochaine fois ?

Je reprends ma veste, m'empare de la couverture et la place sur ses épaules tandis que le secouriste examine ses plaies et s'assure qu'elle va bien.

– Des égratignures, décrète-t-il. Une chance.

Oui, une chance...

June frissonne, prise d'un violent tremblement, et j'amorce un geste pour la rapprocher de moi et la réconforter. Quand un cri retentissant m'en empêche.

– June !

Carter. Depuis l'allée. Essoufflé, angoissé, crispé. Il se précipite vers le petit groupe que nous formons. Et pour une fois son masque d'impassibilité semble s'être fissuré.

Tant mieux.

Je quitte la jeune femme pour aller au-devant de lui et l'arrête en cours de route.

– Des égratignures, sifflé-je, dents serrées. Un véhicule lui a sciemment foncé dessus. Si je n'avais pas été là, il l'aurait renversée.

Une lueur farouche brille dans le regard gris, mais je m'en moque. Je soutiens la passe d'armes et continue sans me démonter.

– Elle est choquée, mais elle va bien. Quelques égratignures, répété-je, rien d'autre.

– Poussez-vous, exige-t-il.

– Combien de temps encore ? demandé-je d'une voix sourde en le retenant. Combien d'autres dommages collatéraux vous faudra-t-il avant de comprendre ?

– Fermez-la, Stewart !

– Mon équipe cherche déjà les commanditaires et les exécutants de tout cela, je les ai contactés. Mais je serais vous, je me demanderais qui ils viseront la prochaine fois.

– C'est votre job, Stewart, réplique-t-il froidement. Faites-le ou démissionnez. Mais gardez vos leçons de morale pour vous. Et dégagez le passage !

Me bousculant, il s'avance vers June, laquelle se raidit en le voyant arriver.

– June, je…

– Non, l'interrompt-elle.

Son regard le quitte pour le secouriste.

– S'il vous plaît, lui demande-t-elle. Je voudrais rentrer chez moi.

– Pas de souci, lui répond-il. En cas de vertiges ou de nausées, filez immédiatement aux urgences, d'accord ?

– D'accord.

– Je te raccompagne, décrète Carter d'un ton sans réplique.

Et pourtant…

– Non, répète June en se levant. Ça ira, merci.

Ses yeux tristes, encore brillants de la peur rétrospective de l'incident, me cherchent et me trouvent.

– Jake… ramène-moi chez moi. S'il te plaît.

CHAPITRE 42

Ryan

– Ce que tu as fait est inacceptable.

L'incompréhension dans son regard. Une lueur au fond de ses yeux. Puis sa voix, se voulant affirmée, un peu incertaine en réalité.

– Parce que ce qu'elle a fait, elle, c'est acceptable ?

– Comment peux-tu songer qu'elle aurait osé…

– Je ne songe pas, Ryan ! J'en suis certaine ! La trace infor…

– Tu me déçois.

« Tu me déçois. » Une peine intense dans ses yeux, puis la rébellion, l'exaspération.

– *Je* te déçois ? Ta sœur laisse des commentaires de menaces à peine voilées sur mon blog, elle a sciemment lancé la bombe sur le loft pour nous séparer, elle me fait suivre, elle m'envoie ces messages inquiétants sur mon portable… et *je* te déçois ?

Les bras crispés autour de son petit corps et l'orage dans la voix.

– June, je conçois que tu aies présumé…

– Présumé ?

– … mais admets ton erreur et…

– Mon erreur ? Ryan, l'IP des commentaires…

– … présente-lui des excuses.

Son visage qui se durcit. Masque neutre sans émotion, soudain.

– Des excuses ?

– Oui. Jenny a été profondément blessée par tes insinuations.

– Parce que son attitude et ses manipulations pour nous séparer, ça ne m'a pas blessée ?

– June…

Un mouvement leste du bras, comme pour me repousser. La fureur dans son regard, une fois face à moi.

– Tu sais quoi ? Oublie-moi ! Reste en tête à tête avec elle ! Ça vaut mieux pour tout le monde !

Ses pas pressés qui l'éloignent de moi. Rageusement. Et la solitude, ensuite, pour tout consumer.

***

J'observe June repousser la couverture de survie et quitter East Drive sous l'escorte de Jake Stewart. Un étrange mélange d'émotions a envahi tout mon être : soulagement, colère, tristesse et… jalousie.

Soulagement qu'elle n'ait rien. Quand on m'a contacté pour m'informer que mon assistante avait eu un accident, j'ai cru paniquer. Mais ce n'est rien. Elle n'a rien.

Colère, qu'elle ne me laisse pas m'expliquer. Qu'elle ne comprenne pas. Qu'elle ait tenu de telles paroles à propos de Jenny.

Tristesse, à l'idée de la perdre ; si elle se refuse à comprendre… à admettre.

Jalousie, enfin, à la voir me repousser et me préférer Jake Stewart pour la raccompagner chez elle. Je n'ai pas pu m'y opposer. Je ne le pouvais pas.

Colère, encore, aussi, qui me reprend alors qu'elle disparaît de ma vue. D'avoir négligé ce petit détail en apparence insignifiant, mais qui était en réalité crucial : le regard de l'auteur de la fusillade lorsqu'il avait deviné ce que représentait June pour moi. Le fait qu'on cherche à m'atteindre à travers elle. Les photos dans les journaux, également… même mon attachée de presse l'avait relevé : « Cette jeune femme dans vos bras, cette intensité dans le regard que vous échangez… ça fera jaser, c'est certain ! »

C'est certain. À tel point que tout à ma félicité de l'avoir retrouvée, je n'ai pas voulu songer à ce que d'autres pourraient y voir : un moyen de pression sur moi.

Imbécile !

Je repousse la pensée. Le temps n'est plus au regret. Mais bien à autre chose.

Je retiens un soupir agacé, rebrousse chemin. Je note mentalement d'exiger auprès de mon équipe de surveillance que l'on me tienne informé de l'évolution de l'enquête. Ces lobbyistes dépassent toutes les limites ! J'ai l'absolue certitude que mon appel de la nuit passée a été l'élément déclencheur de cette surprenante inspection. Leur aveuglement, leur obsession à ne rien lâcher, c'en est trop. Hors de question que cela dure encore ! Je ne l'ai que trop supporté ! À qui s'en prendront-ils, la prochaine fois ? Jenny ? Moi, de nouveau ? Qu'est-ce que ce sera ? Un sabotage de mon véhicule, une fuite de gaz, un conducteur « maladroit » ? Un kidnapping ?

Je refuse de rester plus longtemps passif, dépendant de leur prochaine action. À moi d'agir, désormais.

Il me faut un moyen de pression, quelque chose pour les obliger à renoncer. Mais quoi ?

***

« Agir. » Le mot hante mon esprit depuis plusieurs jours maintenant.

Agir.

À l'égard de June, dont l'absence commence à se faire ressentir. La jeune femme a posé plusieurs jours de congé, et compte tenu de l'agression dont elle a fait l'objet, il m'aurait été difficile de les lui refuser. Néanmoins, la savoir indisponible, hors de ces murs et injoignable reste perturbant et difficilement acceptable.

Agir.

L'appeler, lui parler. J'ai essayé – elle n'a pas daigné répondre. Est-ce que je lui en veux ? Suis-je en colère ? Oui. Non. C'est un mélange des deux. Sa présence, sa compagnie, son sourire – son corps – me manquent. Son amour, nos ébats, aussi.

Malgré tout, je ne peux oublier ce qui s'est produit entre ma sœur et elle. Ni son attitude butée quand je lui en ai parlé.

Agir ?

Disons que je lui offre du temps pour se remettre. Ensuite, nous aviserons… de ce qu'il convient de faire.

Agir.

Envers ces lobbyistes, aussi. Leurs actes ont causé suffisamment de torts à mon entreprise et à mes projets. Je ne pourrai plus tolérer qu'ils sabotent de nouveau mes investissements, mes avancées… ou qu'ils fassent pression sur moi d'aucune manière que ce soit.

Et si pour le moment je n'ai encore rien pour leur faire plier le genou, tout au moins puis-je tenter de contrecarrer leurs prochaines actions en consolidant l'existant. Et en continuant de chercher la faille, chez eux. J'ai confié à Stewart la teneur des derniers éléments exploitables à ma connaissance : le piratage informatique qui a permis que June reçoive un message de mon compte, sans que je l'aie réellement envoyé. Son équipe et celle de Beckett travaillent ensemble à fouiller le cloud dans l'espoir d'une trace, d'un résidu informatique qui nous mettrait sur la piste…

Agir… agir…

Et dans l'immédiat, oui, dans l'immédiat… concentrer mon attention sur mon directeur de filiale.

Assis face à moi dans mon bureau, Mark Leviels achève de me faire le résumé des actions entreprises au Congo dans le cadre du projet Water et du chiffrage que les dégâts occasionnent.

– Bien sûr, si nous réussissions à prouver formellement qui est l'auteur de ce sabotage, nous pourrions alors engager des actions et le coût à supporter serait nul, termine Mark en replaçant ses lunettes d'un geste machinal.

J'approuve d'un hochement de tête.

Prouver leur responsabilité. Trouver la faille. Agir… et si je ne dispose d'aucun moyen de pression concret, feinter, ruser.

Comment les amener à la faute ?

– Cependant, reprend mon interlocuteur pensivement, tant qu'il n'y a aucune preuve formelle, et même si nous savons de qui il s'agit, ces gens restent innocents, jusqu'à preuve du contraire.

– Jusqu'à preuve du contraire, approuvé-je tout bas.

Les obliger à commettre une erreur. À se découvrir.

Mes doigts viennent s'enrouler autour de mon bouton de manchette, et je me recule dans mon fauteuil.

– Merci, Mark. Faites au mieux, comme d'habitude. Il est essentiel que ce projet aboutisse.

– Oui, monsieur.

Il se lève pour quitter mon bureau, le dossier sous le bras, tandis que mes pensées s'entremêlent et dévient vers plusieurs options pour acculer mes adversaires. Les provoquer ? Prétendre tout savoir ? Jouer avec leur suffisance ?

– Oh, pardon, l'entends-je s'exclamer alors qu'il passe la porte.

Je me redresse, toute pensée de manipulation stratégique oubliée.

June ?

Mais c'est la silhouette de Jenny qui se révèle quand Mark s'écarte. Je retiens un soupir de déception. Ma petite sœur entre et referme sur elle la porte vitrée.

– Que me vaut le plaisir ? demandé-je.

La veille déjà, elle est venue et nous avons parlé de tout et de rien, notamment de l'intervention de l'IRS dans les locaux.

Mais surtout pas du fond du problème…

– L'envie de te voir, me répond-elle d'un ton désinvolte. Ta petite secrétaire est absente ? Je ne l'ai pas vue.

– Mon assistante, rectifié-je. Elle bénéficie de quelques jours de repos. Une voiture a manqué l'écraser. Et puis nous nous sommes disputés lorsque j'ai exigé qu'elle s'excuse auprès de toi, je te rappelle.

– Oh.

Jenny reste un instant silencieuse, puis hausse une épaule.

– De toute façon, cette fille n'était pas faite pour toi.

Je ne relève pas.

June, pas faite pour moi ? Ses reparties, son sourire, son intelligence, sa spontanéité, son empathie vis-à-vis de moi, sa sollicitude... son plaisir non réprimé...

June, pas faite pour moi ?

Au contraire des femmes qui ont jusqu'à présent gravité autour de moi, des paillettes dans les yeux et l'envie de dorure dans leur vie, June n'a jamais manifesté le moindre intérêt pour ma situation, ma position ou le volume de mes comptes bancaires.

Et son indépendance, son caractère, ses compétences n'ont jamais rien eu d'approchant avec celles qui l'avaient précédée sous mes draps.

June, pas faite pour moi ?

Jenny me fixe, pensive, puis part dans l'un de ses éternels discours sur ses futurs projets. Je le confesse : je n'écoute pas. Je réfléchis.

– Qu'en sais-tu ? demandé-je soudain.

Jenny s'interrompt au milieu d'une phrase et fronce ses sourcils.

– À propos de quoi ?

– June, précisé-je. Comment sais-tu qu'elle n'est pas faite pour moi ?

– Eh bien, c'est évident ! réplique-t-elle en agitant la main. Elle est comme toutes les autres, elle court après la fortune, la renommée…

Je secoue la tête.

Non, pas June. Elle est différente, j'en ai la conviction.

Je l'ai toujours eue, cette conviction, la concernant.

June est différente des autres, c'est indéniable. Droite, fière, un tempérament volontaire, de l'ambition, certes, mais avec la volonté de réussir par elle-même.

Alors, pourquoi accuser Jenny de la sorte ?

J'observe ma sœur longuement. Une autre question s'impose dans mon esprit – une question… dérangeante. Pourquoi affirme-t-elle que June est comme les autres ? Elles se connaissent à peine…

***

Lorsque ma sœur s'en va, mon cerveau est en ébullition confuse. Un doute affreux s'est insinué dans mon esprit. Je me penche sur mon ordinateur portable, classe quelques e-mails et consulte un dossier – le rapport circonstancié établi par June. Les paroles de Mark Leviels me reviennent d'un coup à l'esprit : *innocent jusqu'à preuve du contraire.*

Je ferme brièvement les yeux, m'autorise une seconde de black-out intellectuel. Ma main erre déjà vers mon smartphone. J'hésite – et ça n'est pas dans mes habitudes.

S'impose à moi l'image fugace de June, assise à même le sol dans la chambre de ma maison, pendant que je compulsais les cahiers de mon père… sa voix reprenant ses mots à voix haute… et l'émotion dans ses yeux quand elle avait posé le regard sur moi.

June.

Elle seule parmi les femmes que j'ai côtoyées a su me voir tel que je suis : sans le costume, sans le faste de ma fonction. June ne savait pas qui j'étais dans l'ascenseur, et elle ignorait que c'était moi, cet homme, quand elle a commencé à travailler pour moi… quand elle s'est offerte à moi.

– June…

Je saisis mon portable, compose un numéro.

– Beckett, c'est Carter.

– Monsieur Carter ! s'exclame mon interlocuteur. Justement, j'allais vous contacter.

Je me redresse dans mon fauteuil, attentif.

– Vraiment ?

– Parfaitement. Nous venons de décrypter certaines des informations concernant ce blog, je comptais vous les transmettre, et…

– Faites. Et pour la ligne téléphonique ?

– Rien dans l'immédiat. Nous continuons. C'est toujours plus délicat de tracer ce genre de choses. Je vous transmets le compte rendu par e-mail dès à présent.

– Parfait. Merci.

Je clos la communication et retourne à mon écran, attendant avec une certaine appréhension les informations récoltées par mon jeune protégé. Un choc sourd à ma porte me fait relever la tête, me distrayant dans mon attente.

– C'est ouvert.

Lorsque Stewart s'encadre à l'entrée de mon bureau, je daigne tout juste lui accorder un regard. Je retourne scruter mon écran, sentant une nervosité soudaine m'envahir.

– Du nouveau ? demandé-je sèchement.

Je n'ai pas oublié les regards lourds de sens qu'il a pour moi depuis quelque temps. Jake s'affale dans le siège et soutient mon regard sans se démonter.

– En réalité… oui. Heureusement, mon équipe est réactive. Nous avons réussi à remonter la piste de la voiture qui a voulu percuter mademoiselle Brown avant que les données soient écrasées, et…

– Et ?

– Il s'agit bien des personnes que nous suspections.

Nonchalamment, il extrait de la poche intérieure de sa veste une feuille pliée et la dépose devant moi. D'un geste, je l'ouvre, prends connaissance du contenu.

Enfin !

Enfin, je les tiens ! Peu importe que j'ignore l'auteur des messages sur la ligne de June. J'ai de quoi les faire plier, désormais ! Le Congo, les oppositions, la pression, les menaces envers June… envers moi. Un simple appel, quelques phrases bien placées… une vague menace d'interférence, une mauvaise presse… ils ne s'opposeront plus à mon projet, ne s'en prendront plus à ma société, ni à moi, à elle ou à qui que ce soit d'autre. Je les tiens.

– Bon travail.

***

La nuit s'est étendue sur la ville, mais j'occupe encore mon bureau. Mon regard se perd vers l'Empire State Building. Je réfléchis. J'ai passé un temps considérable à compulser les informations que Beckett m'a transmises. Son équipe est excellente, et ils font des merveilles en matière de nouvelles technologies. Tout juste si, dans un premier temps, j'ai regardé la liste en détail. J'ai lancé la recherche automatique sur un lieu, un seul – le nom de la rue de Jenny. Et le résultat a été immédiat. Le nom de ma sœur, l'adresse de son appartement, l'identifiant de son routeur se sont affichés de nombreuses fois – tous en relation avec les commentaires, même supprimés, signés « Perséphone ».

June avait raison.

Cela, je me le répète en boucle depuis trente minutes à présent. June avait raison, elle ne me mentait pas. Et moi… moi, j'ai refusé de l'écouter, de la croire.

J'ai été con !

Je pivote, saisis mon smartphone et envoie un message à ma sœur :

Il faut qu'on parle. Je passe chez toi
dans moins de 20 minutes.

Je retourne à mon bureau. Le temps de rédiger quelques messages pour la secrétaire d'étage, j'éteins tout. Dernier regard à l'Empire State Building.

Il faut bien que je l'admette, songé-je en quittant enfin le building et son dernier étage. June est devenue essentielle pour moi. Et je refuse de la voir quitter ma vie sans tenter une dernière fois de la conquérir.

CHAPITRE 43

June

Carter Corporation. L'une des firmes les plus influentes du moment. Une entreprise florissante qui possède plusieurs succursales dans le monde entier et intervient dans de nombreux domaines, du mécénat aux nouvelles technologies en passant par l'humanitaire.

Son siège principal se situe à New York, dans un building immense. Son dernier étage est une sorte de mythe pour ses employés : l'antre du grand patron, cet homme que l'on voit rarement et sur lequel nombre d'informations circulent.

Multimilliardaire, célibataire, jeune, vieux, inexistant ou vivant à l'étranger… tout et son contraire se disent à son propos. Car le grand patron est de ceux que l'on ne voit jamais, mais dont on entend trop souvent parler… à coups de bruits de couloir, et de rumeurs multiples.

Des rumeurs, pour la plupart infondées. Je suis bien placée pour le savoir : c'est que je travaille à ce fameux dernier étage.

Plus pour longtemps, cela dit.

L'e-mail que j'ai reçu ce matin même le suggère fortement ; et offre à mon avenir deux choix possibles : rester ici… ou… partir, et tout recommencer.

Je contemple l'e-mail. Imprimé, il est posé sur mon bureau, et je garde les yeux rivés dessus comme s'il risquait de me sauter à la gorge à tout instant.

Les mots en noir s'étalent sur le blanc immaculé. En en-tête, un peu de couleur : le logo de l'entreprise et son adresse. Je m'attarde sur les lettres qui forment le nom de la ville où elle est située : Seattle.

Nouveau lieu. Nouveau départ. Nouvelle vie. Voilà en gros ce que m'aurait dit ma mère, si elle avait été là.

Mais elle n'est pas là. Plus personne n'est là. Ni maman, ni papa, ni mon frère.

Il n'y a que moi. Il n'y a même pas… même pas Ryan. Lui, c'est encore pire : il m'a trahie. Il m'a lâchée en cours de route. Il… il n'est plus là pour moi.

Il n'y a que moi.

Moi, et un bout de papier pour décider de mon avenir. Rester à New York, au poste d'assistante personnelle et de direction d'un homme qui m'attise et fait chavirer mes sens d'un simple regard ? Tout quitter, l'homme comme les amis et le boulot, et redémarrer loin de tout ? Loin de lui ?

Ce midi, j'ai entraîné Matt, Lisa et Colin dans notre restaurant italien favori, pour leur parler et solliciter leurs avis.

Si Colin s'est montré peu loquace, se contentant d'un : « Suis c'que te dit ton cœur. Si t'es mal ici, alors fonce », Matt et Lisa ont été plus expansifs.

Matt, je m'en doutais, a mal pris la suggestion, et son air peiné m'a blessée intérieurement. Il s'est répandu en exclamations diverses, offusqué, un peu inquiet aussi, je crois. Je le comprends.

À l'idée de les quitter, à la perspective de partir loin de New York, une boule douloureuse me serre la gorge. Pourtant… pourtant rester avec eux signifie rester à portée de Ryan.

Et cette idée... est inconcevable.

Pas quand il n'a pas confiance en moi. Pas quand il préfère croire aux mensonges de sa sœur. Pas quand il peut me réduire à l'état de suppliante fiévreuse d'un simple regard, d'une seule caresse.

Je soupire. Matt se fera à l'idée. Il s'est bien habitué à mes nouvelles fonctions. Quant à Lisa… ma foi… elle semblait triste, au repas, mais il n'y avait pas que cela au fond de ses yeux. J'y ai décelé de la compréhension.

Lisa a été ma confidente depuis que nous avons sympathisé. Mon amie. Elle m'a vue déprimée, euphorique et en colère, triste, voire inquiète, à mesure de l'évolution de ma situation professionnelle et de ma relation intime avec Ryan. Elle mieux que quiconque peut savoir que j'ai besoin de m'éloigner. Besoin de tourner une page – la page « Ryan ».

Il est une autre personne dont j'ai sollicité l'avis, aussi. Jake. Lui et moi nous sommes rapprochés, depuis que cette voiture a tenté de m'écraser. La cause de tout cela ?

Ryan, bien entendu.

L'ultime tentative de ces lobbyistes pour le faire reculer dans ses actions : s'en prendre à la jeune femme qu'il serre dans ses bras protecteurs sur ce cliché qui a fait la une des journaux après la fusillade.

Une raison de plus de m'éloigner de lui.

Selon Jake, ces hommes d'affaires seraient aussi à l'origine des messages de menaces que j'ai reçus sur mon smartphone, et de ces filatures effrayantes.

Je ne sais pas si je dois le croire. Certes, je reste persuadée que Jenny est l'auteure des commentaires sur mon blog. Colin l'avait clairement identifiée même s'il m'a toujours semblé un peu énorme qu'une jeune femme désœuvrée comme elle ait pu en venir à de telles extrémités juste pour préserver sa relation avec son grand frère. Mais de là à envisager que de puissants magnats de la finance en arrivent à envoyer des menaces et faire suivre la petite assistante d'un de leurs concurrents directs…

Peu importe. Bientôt tout cela sera derrière moi.

Jake n'a pas cherché à me dissuader dans mon projet. Au contraire. Lorsque, ce matin, je l'ai contacté pour lui faire part de la proposition que j'avais reçue, il m'a encouragée à foncer – avant de m'avouer que de son côté, lui aussi avait des pistes pour rebondir dans sa vie professionnelle.

Lui a une idée assez précise de ce que j'ai traversé aux côtés de notre boss commun…

Je soupire et trouve la force de m'arracher aux mots imprimés sur le papier.

Ma main erre du côté du pot à stylos posé non loin. Derrière cet e-mail se dissimulent plusieurs autres feuilles : un contrat de travail. L'envie de le signer me démange les doigts et me déchire le cœur.

Partir ? Rester ?

Changera-t-il, si je reste ? J'en doute. Depuis qu'il a exigé que je présente des excuses à sa petite sœur, après cette frayeur sans nom au parc, quinze jours se sont écoulés et rien dans son attitude n'a semblé montrer une volonté de changer, ou de comprendre. Et si j'ai pu obtenir un répit d'une semaine à la suite de cette tentative contre moi, le retour au dernier étage de Carter Corp. a été… délicat.

Ma fonction m'impose une certaine proximité avec lui, et lui résister sera de plus en plus difficile, j'en suis convaincue. Je lui céderai à nouveau, je le sais parfaitement. *Partir, donc…*

Oui, s'il ne prend pas conscience de son erreur, murmure une petite voix en moi.

Cela me déchire le cœur, mais continuer cette relation fondée sur un conflit de cette ampleur, c'est au-dessus de mes forces. Alors, oui, partir, pour tirer un trait, définitivement, me désintoxiquer du charismatique Ryan Carter, et l'oublier.

J'attrape un stylo, l'amène près de mon visage. Un instant, je le contemple. Ainsi donc mon avenir est suspendu à ce petit bout de métal ? Fort bien. Voyons donc de quoi il retourne.

Je pose la main sur le courriel pour révéler les feuilles qui s'y cachent… quand la porte du bureau s'ouvre soudainement. Mon regard remonte à toute vitesse dans sa direction… et mon sang se fige dans mes veines.

Lui.

– June, lance-t-il de sa voix si grave, si sexy qu'elle en déclenche une montagne de frissons dans mon corps.

Ma main se plaque vivement sur l'e-mail et je le dévisage. Parler ? Lui dire ? À quoi bon ? Jamais je n'arriverai à le convaincre de ma sincérité – sa sœur l'emporte sur tout le reste, moi incluse.

Je place un masque neutre sur mon visage pour dissimuler la peine qui m'étreint le cœur en cet instant.

C'est décidé. Je vais partir.

– Monsieur Carter, lancé-je d'une voix atone.

Le regard gris me sonde un bref instant, mais je n'en démords pas : hors de question de céder.

– Je dois entreprendre un déplacement en Europe pour le travail.

– Bien, monsieur. Dois-je reporter des rendez-vous ?

– Oui, acquiesce-t-il, et je saisis aussitôt mon bloc-notes.

Objet idéal pour dissimuler le courriel et ce qu'il induit… Stylo en main, je relève les yeux vers lui.

– Je vous écoute.

– Tu dois annuler tes rendez-vous pour les cinq jours à venir. Tu m'accompagnes. Jake passera te prendre demain matin à cinq heures. N'oublie pas ton passeport.

Sur cette tirade, il me tourne le dos et s'en va. Je reste un moment immobile à fixer la porte refermée, essayant d'assimiler les propos de mon supérieur hiérarchique.

Déplacement pro. Europe. Passeport. Cinq jours.

– Oh… mon… Dieu…

***

Quatre heures quarante-cinq du matin. Assise sur mon canapé, je contemple Frimousse s'entraîner au marathon dans sa cage. J'ai le cœur gros de quitter ma mini-boule de poils pour cinq jours – six, si on compte le déplacement… Lisa viendra dormir chez moi durant ce laps de temps. Mon amie est une fille en or. Quand je l'ai avertie de la bombe lancée par Ryan, elle ne s'est pas démontée et a pris les choses en main.

– Reste pro, m'a-t-elle conseillé. Juste pro. Pense à lui comme à une vieille gargouille dégoûtante et tout ira bien.

Elle en a de bonnes !

Je stresse rien qu'à l'idée de ces heures d'avion en tête à tête avec lui ; et plus encore de tous ces jours sans avoir mon appartement ou le quarante-deuxième étage comme solutions de repli.

Un coup frappé à la porte. Un autre. Bref regard à la pendule : cinq heures.

Jake.

Je me lève, refoule un soupir et m'avance pour ouvrir.

– Eh, June, fait le chauffeur.

Éternellement mal rasé, un petit sourire chaleureux aux lèvres.

– Eh, Jake, répliqué-je sur le même ton.

– Tu es prête ?

Je désigne ma valise de la main.

– Il le faut bien.

Le regard sombre du jeune ex-militaire s'affadit.

– Ça se passera bien, me réconforte-t-il.

J'acquiesce, un pâle sourire aux lèvres.

– Tu en es ? De ce voyage d'affaires ? Après tout, tu es aussi son garde du corps…

– Non, se désole-t-il. Je n'ai pas été convié. J'imagine qu'à présent que tout est réglé avec ces fichus lobbyistes, il ne voit plus la nécessité de m'avoir toujours sur le dos…

La nouvelle me refroidit. J'avais naïvement espéré que peut-être, avec Jake à proximité… mais il n'en est rien.

– Dommage.

– Comme tu dis.

Je refoule le sentiment amer qui menace de m'envahir. Après tout, je devrais au moins me réjouir que la tentative manquée contre moi ait permis de démasquer les auteurs de tout ce merdier… Ryan

Carter a réussi par mon intermédiaire bien involontaire à faire plier ses adversaires. L'information a circulé dans les étages haut placés, mais j'avoue : je n'y ai prêté aucune attention. Ce genre de faits ne m'intéresse plus, désormais…

Jake se saisit de ma valise et m'invite à quitter l'appartement. Le temps de verrouiller, nous descendons les escaliers jusqu'à la limousine.

– June, me rappelle-t-il alors que je m'apprête à m'installer.

– Oui ?

Son regard sombre m'englobe, me caresse doucement. Me réconforte.

– J'ai décidé d'accepter cette offre, à Vancouver.

Vancouver. La piste qu'il évoquait l'autre fois.

Il part.

Je hoche la tête.

– Et toi ? ajoute-t-il en me scrutant attentivement.

– Je… je vais partir à Seattle, je pense, je réponds d'une voix peu assurée.

– C'est bien, approuve-t-il d'un hochement de tête.

Il m'invite à prendre place. Je m'exécute, pensive. Le contrat est resté dans un tiroir fermé de mon bureau. J'ai informé le recruteur que je m'absentais pour des raisons professionnelles et que je donnerai ma réponse à mon retour. Aucun souci, m'a-t-on répondu.

Excellent.

Parce que, quelque part au fond de moi, j'espère m'apercevoir en cours de voyage que Ryan a compris son erreur.

Mais je n'y crois pas vraiment.

CHAPITRE 44

June

Jet privé. Personnel de bord aux petits soins. Fauteuils grand luxe. L'image parfaite de l'avion d'un milliardaire. Je m'y suis installée en me sentant intruse et définitivement pas à ma place. Plus de huit heures de vol en sa compagnie. Un supplice. Et le silence pour venir encombrer l'espace. Presque palpable. Lui, plongé dans un rapport d'expertise, moi, les yeux perdus parmi les nuages que nous survolons.

Le temps qui s'égrène, interminable… Le sommeil qui, très vraisemblablement, me prend ; car soudain, une main frôle ma joue et une voix grave, douce, m'appelle.

– June. June, nous arrivons.

Je papillonne des cils, aperçois tout à la fois l'intérieur luxueux du jet… et le visage de Ryan, tout près de moi.

Trop près de moi !

Cela me réveille totalement et je me recule dans mon siège. Ryan ne semble pas s'émouvoir de ma réaction et se redresse.

– Nous arrivons dans vingt minutes, m'informe-t-il. Une voiture va te conduire directement à l'hôtel et viendra te chercher à vingt heures, heure locale, pour le dîner d'affaires.

– Le… le dîner. Oui. Bien.

Le regard gris me trouve, cherche à me capturer. Je le fuis, confuse.

Ne pas céder.

– Ce dîner est déterminant à mes yeux, insiste-t-il, et j'acquiesce vivement du menton. Je compte sur toi.

– C'est entendu.

***

Paris. Nous sommes à Paris. La berline a tracé sur une voie rapide depuis l'aéroport et à présent roule à une allure plus modérée dans les rues de la capitale française. J'observe et je détaille de tout mon saoul les trottoirs bordés d'arbres à intervalles réguliers, les kiosques, les immeubles haussmanniens.

Paris.

La ville que nous avions projeté de visiter ce fameux été avec mes parents et mon frère. La ville où, en définitive, nous ne sommes jamais allés.

Un pincement au cœur m'étreint tandis que le chauffeur bifurque pour s'engager dans une voie moins fréquentée que l'artère de la ville, avant de s'arrêter dans une contre-allée bordée d'arbres sur une grande avenue de la place de l'Étoile.

– Mademoiselle, me salue-t-il en ouvrant la porte.

Je quitte l'intérieur de la voiture et suis le valet, tandis qu'un chasseur prend mes bagages en charge. L'enseigne attire mon attention : *Raphael*. Le nom m'est familier. Si je ne me trompe pas, c'est un hôtel de grand luxe – de très grand luxe, rectifié-je quand j'entre dans le hall. Vaste, chaleureux, habillé de broderies, marbre, velours et bois onéreux… des matériaux de luxe pour un hôtel réservé aux (très) riches.

L'homme me conduit jusqu'à un ascenseur d'époque incroyablement bien conservé. Il en ouvre la grille forgée avant de me céder le passage. Direction la suite présidentielle… rien que pour moi ! J'en aurais presque le tournis !

Et lorsque l'on m'abandonne là, parmi les tentures, le lit à baldaquin et le velours, et que je découvre la salle de bains, j'oublie tout pour ne songer qu'à une chose : un bain brûlant parfumé aux sels et aux pétales de rose !

***

Vingt heures. J'achève de parfaire mon maquillage et de poser mes boucles d'oreilles. La nervosité m'a gagnée. Et conjugué au décalage horaire, ça fait de moi une superbe pile électrique ! La nuit tombe lentement au-dehors. Je suis sortie trop tardivement de mon bain moussant pour pouvoir aller flâner, mais promis, demain, dès que j'ai un moment de libre, je file jouer les touristes. Le jardin du Luxembourg, la pyramide et le musée du Louvre, l'Opéra, la Madeleine, la Défense, le Sacré-Cœur, Notre-Dame et l'obélisque de la Concorde sont au programme impératif, ainsi qu'une virée dans le fameux métro parisien ! J'y tiens ! Pour l'heure, c'est boulot, alors un peu de sérieux ! Le boss a suffisamment spécifié l'importance de ce dîner et je compte bien étaler mon professionnalisme pour la circonstance. Après tout, c'est la seule fierté qu'il me reste dans toute cette histoire…

Je remise dans un coin de ma tête mes projets de vacances et finis d'enfiler mes stilettos. Je me redresse pile au moment où on toque à ma porte.

C'est parti…

J'ouvre, après avoir pris mon petit sac.

– Miss, me dit un valet, votre voiture est arrivée.

La grande classe ! Me voilà qui suis le jeune homme jusque dans le hall et incline la tête lorsqu'il m'ouvre la portière.

Paris by night est tout aussi hypnotisant qu'en plein jour. Des lumières, du monde, un charme d'antan propre à ces villes qui ont un lourd et long passé… j'adore ! Et j'en oublierais presque que je rejoins un dîner d'affaires où je vais devoir composer avec la proximité perturbante de Ryan…

Lorsque la berline s'arrête et que son chauffeur m'ouvre la porte, je reste sans voix. Nous sommes face à l'un des restaurants les plus renommés de la capitale !

– Ryan…

Le prénom m'a échappé. C'est tout lui, ça : le grand luxe, la perfection, les meilleurs lieux… Je rejette cette pensée avant qu'elle me blesse plus encore. Saluant mon chauffeur, je m'annonce à un serveur et le suis à travers une salle où des tables impeccables sont dressées, jusqu'à un ascenseur. Et à mesure que nous progressons – à mesure que je me rapproche de lui –, une boule vient me nouer la gorge.

– Nous ne sommes pas dans la salle principale du restaurant ? m'étonné-je.

– Monsieur Carter a réservé en terrasse, m'informe-t-il avant de me désigner la cabine de la main.

– OK.

Allons-y. De toute façon, je n'ai guère le choix. J'inspire, refoulant toute crispation apparente. Rapidement, la mécanique me conduit au toit-terrasse et je me crispe quand nous y arrivons. L'heure a sonné d'entrer dans l'arène et de supporter stoïquement un certain regard gris envoûtant ! Cependant, la vue que je découvre alors me coupe le souffle. Elle éclipse sur l'instant ma morosité naissante. Les toits parisiens s'étalent alentour, et plus loin la tour Eiffel darde son projecteur à intervalles réguliers. J'entrevois les tours de la Défense, le Sacré-Cœur… et mon propre cœur se serre. Maman voulait tant aller là-bas…

J'irai pour toi, promis !

Subjuguée par la vue, je ne remarque pas immédiatement la table vers laquelle on m'entraîne. Et c'est un mouvement en périphérie de mon regard qui m'amène à me détourner, et à découvrir…

Ryan.

En costume sombre, une pochette de soie bleue débordant de la poche de sa veste, le col de la chemise légèrement ouvert. Divinement – non, diablement – attirant. Et seul. Se levant prestement – nerveusement – d'une table… dressée pour deux.

Je m'immobilise, ignorant le serveur qui écarte la chaise vacante avec obligeance.

– S'il te plaît, June, déclare Ryan d'une voix qui ne lui ressemble pas, assieds-toi.

J'hésite. Je sens le coup fourré, là, et passe immédiatement en mode autodéfense.

– Qu'est-ce que ça veut dire ?

La voix dure, le regard fuyant, le visage fermé. Les bras croisés.

Ne pas céder.

– S'il te plaît, insiste-t-il d'une voix douce.

Furtivement, je lui accorde un bref regard. Repars me perdre dans la contemplation de Paris.

Paris... que faire ? Partir ? Et après ? Autant tout achever, ici et maintenant.

Je temporise encore trois secondes. Histoire de lui faire sentir que je ne suis pas dupe. Qu'il ne m'aura pas comme ça.

Ça ne marche plus, Ryan.

Puis je prends place et le serveur s'incline avant de nous laisser. Je reporte mon attention sur Ryan, en mode glaçon de l'Antarctique.

Ne pas céder.

– Où sont les clients ?

– Il n'y a pas de clients, me répond-il, la main malmenant la manchette de sa chemise.

– Qu'est-ce que ça veut dire ? répété-je froidement.

S'il croit que je vais être gentille, naïve et polie…

Ne pas céder.

– Je… c'est difficile de te répondre, je ne suis pas habitué et…

Ça suffit.

– Bien, si tu ne m'expliques pas… commencé-je, un peu hargneuse, en posant les mains sur la table.

Prête à décamper. Prête à me sauver.

– S'il te plaît… temporise Ryan en tendant la main vers moi. S'il te plaît. Je me suis conduit comme un idiot.

La déclaration me laisse pantoise un instant. Ryan, qui semble s'excuser ? Non ! Je reste figée dans mon élan pour me lever, indécise. Ryan en profite pour continuer à toute allure.

– Laisse-moi parler. Écoute-moi… Je ne te demande que cela. Écoute-moi. Et si ensuite tu veux t'en aller, je ne te retiendrai pas.

Quoi ? Ça, clairement, c'est nouveau

Dubitative, j'étudie un instant mon patron. Ses traits sont tendus, et je dénote une anxiété presque palpable dans ses gestes et son attitude.

Où sont donc passés le grand Carter et sa maîtrise de soi ?

– Je t'en prie, insiste-t-il comme je ne réponds rien.

Dernière observation. Il semble réellement angoissé à l'idée que je refuse de l'écouter. Et c'est ce regard presque… suppliant… qui finit par me décider.

– OK, Ryan. Je t'accorde deux minutes. Après je pars.

Un soulagement intense semble le traverser et il se recule, sans toutefois cesser de malmener son bouton de manchette, tandis que je me réinstalle dans mon siège, tendue à bloc.

– J'ai été idiot ! débute-t-il d'une voix rapide et hachée. J'aurais dû… j'aurais dû t'écouter et te faire confiance dès le début. C'était stupide de ma part de ne pas t'avouer pour le loft et l'ascenseur.

– Ça c'est certain !

– June… murmure-t-il tout bas. S'il te plaît. C'est difficile pour moi de te dire cela.

J'esquisse un microsourire de politesse avant d'incliner la tête. Bien sûr, c'est dur, pour lui. Et moi dans tout ça ?

– Oh. Pardon. J'écoute, vas-y, je t'en prie.

Mais je n'en pense pas moins.

Ne pas céder.

Si Ryan perçoit l'ironie de ma repartie, il n'en tient pas compte. Malmenant ses cheveux d'une main fébrile, il pose un regard brillant sur moi avant de reprendre.

– J'aurais dû t'écouter plus tôt.

– Rectification, Ryan, ne puis-je m'empêcher d'intervenir. Tu ne m'as pas écoutée du tout.

Et de nouveau prête à fuir loin d'ici.

– Si, se défend-il vivement, comme s'il sentait que je m'apprêtais à me sauver. J'ai fait vérifier les IP de ton blog et ta ligne téléphonique par les services de Beckett.

OH !

Je m'immobilise de surprise. *Non ! Ce n'est pas possible !*

Ryan plonge son regard dans le mien, et j'y lis une sincérité réellement troublante.

– Je suis allé parler à Jenny, continue-t-il à voix basse. Elle a fini par admettre qu'elle t'avait bien adressé ces commentaires pour t'éloigner de moi.

Il me faut quelques instants pour que les mots me percutent. Puis ils s'imprègnent en moi et je réprime une exclamation. Mon cœur a un raté quand je saisis pleinement leur portée… quand je comprends ce qu'ils veulent dire.

– Elle nie cependant farouchement être la responsable de tes filatures et de ces SMS, continue Ryan, et j'aurais tendance à la croire à ce sujet : cela ressemble plus à la manière d'agir de mes concurrents en affaires.

Cependant, je ne l'écoute pas vraiment. Je suis bien trop occupée à lutter contre un sentiment soudain trop étouffant – trop puissant. Un sentiment, nommé *espoir*. J'inspire.

Mon regard, bien malgré moi, revient se poser sur mon compagnon. Autour de nous, le monde entier semble avoir cessé de tourner. Le temps, de se perpétuer. Plus rien ne compte ni n'existe hormis ces quelques mots que Ryan a prononcés. Et il me faut une volonté incroyable pour rester stoïque et chercher en lui un signe, même infime, qui entretiendrait le maigre espoir qui vient de se rallumer. Je scrute les traits de Ryan, comme une assoiffée à la recherche d'une oasis en plein désert.

Avec un espoir démentiel.

Dois-je le croire ?

– Je n'arrivais pas à croire qu'elle ait pu me mentir ! poursuit le jeune homme amèrement. Ma petite sœur !

Ses beaux yeux semblent se voiler un court instant avant qu'il les pose de nouveau sur moi. Hypnotiques au possible. Et c'est d'une voix un peu tremblante qu'il ajoute :

– Je lui ai affirmé que tu étais la femme de ma vie. Qu'il faudra qu'elle s'y fasse et qu'elle apprenne à apprécier la personne exceptionnelle que tu es.

Cela résonne et vibre en moi fortement. Cela m'ébranle. Non pas tant les mots, mais la conviction qu'il a mise dans sa voix.

La femme de ma vie.

La personne exceptionnelle que tu es.

Assené avec une force tout à la fois tranquille, passionnée, pleine d'espoir et de doute aussi.

De doute ? Se pourrait-il que, là, tout de suite, le grand Ryan Carter… doute de lui-même ? Lui qui a toujours su anticiper, qui m'a toujours cernée et devancée, douter ? Non. S'il doute de quelque chose, c'est de l'issue de cette conversation. Pas de lui-même.

Il y a plus que cela, réalisé-je en l'étudiant, alors que mon cœur menace d'imploser dans ma poitrine.

Un frêle espoir habite son regard. Une espérance, ténue, faible mais réelle. Quelque chose que, d'ordinaire, on perçoit lorsque les gens ont peur.

Ryan, peur ?

Peu probable. Et pourtant… pourtant cette anxiété, cette nervosité…

Craindrait-il ma réaction ? Mon rejet ? Mon refus ? *Il doute réellement de l'issue de cette entrevue.*

Je détourne le regard. Troublée. Perdue entre deux émotions contraires…

Dois-je le croire ? Dois-je y croire ? Et s'il disait vrai ? S'il…

– Ryan…

Au fond de moi, une petite voix me répète en boucle de ne pas céder, mais je ne l'entends plus. La voix grave, un peu rauque, m'a hypnotisée.

Il dit vrai.

– Je te demande de m'excuser, déclare-t-il. J'aurais dû t'écouter. J'aurais dû te faire confiance.

Les mots me heurtent avec toute la violence qu'ils contiennent. La violence d'un espoir trop longtemps réprimé, trop longtemps caressé, et auquel j'avais fini par (presque) renoncer.

Il me présente ses excuses. Il reconnaît ses erreurs. Il a compris. Il me revient.

Il me revient.

– Je te promets… continue-t-il, presque balbutiant, June, je te promets que si tu me donnes une chance, une seule, je ne ferai plus jamais cette erreur !

Il vibre tout entier de passion. La boule qui enserrait ma gorge à mon arrivée ici est toujours présente, cependant sa nature est différente à présent. D'appréhension, elle est devenue émotion. Et une émotion tellement forte, à vrai dire, que quelques larmes m'échappent.

Je veux y croire. J'ai peur d'y croire. Je n'ose y croire.

– Oh non, non, mon ange ! s'exclame Ryan, bouleversé.

Angoissé.

– Ne pleure pas !

Sa main se tend, happe la mienne, et il la porte à ses lèvres. Leur contact m'affole – cela m'a tant manqué ! Lui, sa peau, sa bouche.

Ne pas céder.

– Je… je suis désolé. J'ai besoin de ton amour, June. Je t'ai dans la peau, ça me consume, c'est…

Une nouvelle larme roule sur ma joue et Ryan se mord la lèvre. Nerveusement, il passe une main dans ses cheveux avant de reprendre à un rythme saccadé – presque suppliant :

– Je n'ai jamais eu peur, June. Mais quand je t'ai vue partir ce soir-là, quand tu as refusé que je te raccompagne… quand j'ai compris que tu me quittais… j'ai eu peur. Pour la première de ma vie.

Un sanglot m'échappe. Tout cela est irréel. Cela ne peut pas être possible. Non. C'est un rêve. C'est…

– J'ai eu peur, répète-t-il en détachant ses mots, le regard perdu.

Je me retiens de tendre la main vers lui. Pas encore. Je sens qu'il n'a pas fini de parler.

– Je ne peux pas vivre sans toi, June, fait-il après une infime hésitation. Dis-moi ce que je dois faire pour te reconquérir. Je suis prêt à tout. Te supplier ? Me mettre à genoux ?

– Ryan… articulé-je laborieusement.

Mes larmes coulent sans que je cherche à les retenir. C'est trop. Trop d'émotion, trop de peur, trop d'attente. *Paris, lui, cela… non, c'est trop.*

– Chaque fois que tu m'as repoussée, je parviens à dire, lentement, c'est un couteau que tu m'as planté dans le cœur.

Le visage de mon compagnon s'affaisse face à mon propos.

– J'ai eu mal, Ryan. Tellement mal, articulé-je, cherchant mes mots.

Le besoin qu'il comprenne ce que j'ai vécu, ce que j'ai ressenti, ce qui m'a envahie déborde à présent à mots hachés, fragmentés. Torturés.

– Je ne veux plus avoir à souffrir comme ça, affirmé-je, tremblante.

– Plus jamais, June, me promet-il. Je… je veux changer pour toi.

Je secoue la tête, perdue. Deux voix luttent dans ma tête. L'une me répète de ne pas céder. L'autre, de l'écouter.

– J'ai besoin de toi, ma chérie, achève-t-il tout bas. Je t'aime.

Un regard gris perturbant au possible. Un charisme unique. Une voix virile. La jeunesse, la richesse… Rien de tout cela ne m'aurait fait céder, en définitive. Mais ces trois petits mots, si.

« Je t'aime. »

Ma bulle de protection éclate en morceaux et je tends les bras vers lui.

Céder. Maintenant.

Ryan se précipite, me relève, m'enlace. Peu importe que nous soyons sur le toit-terrasse d'un restaurant renommé de Paris. À cet instant, nous sommes seuls au monde. Nos lèvres se trouvent, se soudent ; et je ne quitte les siennes que pour murmurer à mon tour les mots magiques :

– Je t'aime.

ÉPILOGUE

Ryan

Dîner succulent, cadre romantique à souhait, dans la ville des amoureux, et ma fiancée pendue à mon bras. L'étreinte douloureuse de la peur qui m'enserrait depuis quinze jours a enfin disparu, et le monde a retrouvé sa saveur au moment même où j'ai posé mes lèvres sur celles de June.

June...

Blottie contre moi en attendant l'arrivée de l'ascenseur qui nous mènera dans notre suite au *Raphael*. Le valet ouvre la grille pour nous permettre l'accès à la cabine, et je le remercie d'un geste. Il referme derrière nous et le mécanisme s'ébranle dans une imperceptible secousse. J'attire June à moi, repousse une mèche de cheveux derrière son épaule, caresse sa joue.

– Ma chérie… murmuré-je, en français.

Son sourire éclatant est la plus belle des réponses, et je plonge m'emparer de sa bouche. J'ai faim d'elle. Son absence a été un manque insupportable dans mon existence. Je l'embrasse tendrement, me rassasiant de sa présence, goûtant la saveur de ses lèvres, nouant ma langue à la sienne. Une sorte de petit gémissement lui échappe, qui provoque un frisson montant dans tout mon corps.

Elle seule sait allumer ainsi tout mon être et exacerber mon désir.

Mon baiser gagne en intensité, et lorsque June pose ses mains sur ma nuque pour m'attirer plus encore contre elle, il se fait passionné. Le souffle court, ma compagne recule la tête, m'offrant à dévorer sa gorge.

Je plonge sur sa peau, picore son cou, le lobe de ses oreilles, laissant mon envie prendre peu à peu le pas sur tout le reste. Comme la première fois que je l'ai vue, je m'oublie peu à peu dans un maelstrom d'émotions qu'elle seule sait provoquer.

Revenant à sa bouche, à ses lèvres, je la repousse sur la paroi. Ma main glisse sur son corps, épouse ses courbes, remonte à son épaule, à sa joue. J'en caresse le velouté, m'écarte pour plonger mon regard dans le sien. Avec tendresse, avec douceur… avec passion aussi. Son sourire me promet une relation magnifique, et des moments riches à ses côtés. Je reprends sa bouche follement, laisse mes doigts la parcourir. Je cherche, j'affole, je réveille chaque parcelle de son être ; et trouve finalement… là, la peau nue et satinée de ses cuisses… et plus haut…

– Ryan, murmure-t-elle, haletante.

Brutalement, la cabine s'immobilise et je relève la tête. Le regard de June se fait mutin, et lorsque je constate que sa main est appuyée sur le bouton d'arrêt d'urgence, un sourire complice naît sur mes lèvres.

– Mademoiselle Brown, vous êtes incorrigible, murmuré-je, les lèvres à deux centimètres des siennes.

Son regard passe de ma bouche à mes yeux, profond, désirable.

– Alors, corrigez-moi, susurre-t-elle tout bas.

Ses mains sur ma nuque m'attirent à elle et je la muselle d'un baiser fiévreux qui ne dure que le temps de nous échauffer le sang. Mon membre est raidi, mû par une envie d'elle phénoménale. Et sans doute le sent-elle car elle glisse d'elle-même sa lingerie sur ses jambes et ouvre mon pantalon.

Je m'empare de ses hanches, la soulève, et elle s'enroule à moi. Quelques moments encore à la sentir tout contre moi, à la rendre folle avec mes baisers. Je succombe à mon désir, et elle au sien.

– Ryan ! hoquette-t-elle quand je la prends enfin.

– Mon ange…

– Plus jamais, Ryan… plus jamais de doutes entre nous. Tu m'entends ?

Elle frôle déjà l'orgasme, et je n'en suis pas loin non plus.

– Je t'en fais la promesse, affirmé-je à voix basse. Je t'aime.

CHAPITRE BONUS
PAR CLAIRE ZAMORA

Ryan

Ton grand-père veut te voir.

Mon grand-père… Je ne l'ai jamais considéré comme tel. C'est le père de mon père. Une simple histoire de biologie. Rien à voir.

Henry est un homme froid et dur. Je l'ai toujours entendu se vanter de l'institution qu'il a créée alors qu'il n'avait que vingt-cinq ans. Il a commencé à travailler très tôt pour gravir peu à peu les échelons grâce à sa ténacité et sa soif de réussite.

Il en impose. Difficile de ne pas respecter son parcours. Il fait partie de ces hommes qui ont gagné leur place. Il trône au conseil d'administration de l'une des plus grandes firmes du pays, il est très souvent sollicité pour éduquer les futurs « grands » de ce monde. C'est une figure importante, un leader.

Avec lui, pas de matinée à la pêche, pas d'après-midi à rire aux éclats, pas de confidences, pas de bienveillance. Pas de lumière. Juste l'obscurité.

La discipline, la rigueur, la recherche de l'excellence. L'efficacité et la performance.

La performance. Voici un mot que mon cerveau a assimilé comme un mantra. L'amour, l'affectivité. Des notions inconnues pour Henry... Je me suis souvent demandé si un cœur battait sous son enveloppe rigide. Pourtant, il faut croire qu'il est fait de chair et d'os, comme nous tous.

Elle m'a appelé hier soir pour me l'annoncer. Celle qui aurait pu être une grand-mère. Qui aurait pu nous donner l'amour dont nous avions besoin. Combler ce vide béant.

Mais non, au lieu de ça, elle n'a fait que suivre aveuglément son mari. Obéir. Ne pas faire de vague. Être docile.

Il y a les femmes fortes comme maman, comme Jenny, pour qui j'ai une immense admiration et puis il y a elle...

J'inspire, je serre la mâchoire. Une petite main frêle et froide se pose sur la mienne. Je me rends alors compte que mes doigts sont crispés autour du levier de vitesse. Dans notre petite Ford, Jenny s'est recroquevillée dans son siège et ses grands yeux clairs m'observent. Depuis plusieurs minutes, nous sommes restés silencieux.

– Tu es sûr de vouloir y aller ?

Sûr ? Non. Mais j'ai toujours cet espoir. Insidieux. Douloureux. Celui qui murmure à mon cœur écorché que c'est encore possible. Que je peux encore entendre ces trois mots. Ces trois mots si simples : *Je suis désolé.*

C'est étrange. Je ne suis ni stupide ni naïf, pourtant je crois encore que cet homme peut changer. Qu'il peut montrer un peu d'humilité et réussir à se remettre en question.

Je déteste cette partie de moi. Vulnérable et irrationnelle. Ces sentiments contradictoires que je ne parviens pas à expliquer.

J'ai appris à analyser une situation. À rassembler toutes les données d'un problème, à sortir toutes les solutions possibles pour ne retenir que la meilleure. C'est ce que je fais et c'est ce à quoi je suis bon. Une machine à résoudre.

Mon grand-père ne s'est jamais excusé. Il ne s'excusera jamais. Ce serait reconnaître qu'il a échoué. Et c'est impossible pour lui. Alors, qu'est-ce que je fiche ici ?

– Tu n'as pas à le faire. Tu ne lui dois rien.

Jenny a resserré sa pression sur ma main. Je pousse un faible soupir. Elle a raison. Mais je n'ai jamais fui devant personne. Je ne veux pas donner le moindre signal qui pourrait me faire passer pour un faible. Je veux le regarder droit dans les yeux. Une dernière fois.

– Je sais, Jenny. Mais je dois y aller.

Je le sais, je le sens. Mon instinct ne me trompe jamais. Il faut que je sache. S'il ne s'excuse pas, il ne me sera jamais possible de lui pardonner et d'avancer. Je le déteste pour ce qu'il a fait. Je le déteste de l'avoir laissée partir. Je le déteste de nous avoir privés d'elle.

– OK.

Ce simple mot me sert d'encouragement, de point de départ. Je pose une main sur la poignée, ouvre la portière et déploie mes jambes pour sortir de la voiture. Je lance un dernier regard à ma petite sœur et referme derrière moi.

Elle ne vient pas. Il est évident qu'elle n'est pas invitée. Et il est évident que je ne l'aurais pas laissée venir l'affronter une fois de plus pour qu'il la détruise davantage encore.

Henry n'a jamais eu le moindre égard pour elle. Ni lui, ni sa femme. Ils l'ont toujours considérée comme le fruit d'un amour sale. Celui d'une garce qui a couché avec le premier venu après la perte tragique de leur fils prodigue, mon père.

Aussi invraisemblable que cela puisse être, ils nourrissaient pour lui une profonde admiration. Mon père était un homme hors du système, libre. Un aventurier moderne. Je le sais grâce à tous ses carnets de voyages et ses récits que j'ai gardés et relus tant de fois. Mais sa soif de découverte lui a coûté la vie. Une chute qui ne pardonne pas, du haut d'un glacier. J'avais deux ans.

Qu'aurait-il pensé du comportement de ses parents ? Aurait-il imaginé une seule seconde ce que son père aurait pu faire à sa femme et à son fils ?

Maman était là pour moi. C'était une aventurière aussi, mais d'un autre genre. Elle a dû se battre pour nous, assurer, cumuler les jobs et les heures. Elle s'est épuisée pour nous. Pour que nous ayons un avenir. Et cette saloperie de crabe l'a emportée. C'est de leur faute à *eux*. Où étaient-ils, tout ce temps ?

Je me retourne un instant vers la Ford. Jenny ne cesse de me regarder. Je sais qu'elle ne me jugera pas. Que je rentre ou non dans cet hôpital.

L'amour, c'est elle. Je ne l'ai jamais considérée comme une demi-sœur. C'est ma petite sœur. D'ailleurs, j'ai toujours trouvé ce préfixe détestable : « demi ». Qu'est-ce que ça signifie, au juste ? A-t-elle moitié moins d'importance pour moi parce que nous n'avons pas le même père ? Mon amour devrait-il être moitié moins fort pour elle… ? C'est idiot. Jenny est ma petite sœur. Point barre. Un membre de ma famille à part entière. En réalité, ma seule famille.

Je les hais de l'avoir si souvent mise à l'écart. À la mort de maman, lorsque je suis devenu orphelin, les parents de mon père sont réapparus. J'étais encore un enfant. J'ai accepté de vivre sous leur coupe. Malgré tout.

Jenny était sous le même toit que nous. Leur cruauté n'était pas allée assez loin pour nous séparer l'un de l'autre. Dans un soubresaut d'humanité, la mère de mon père avait finalement insisté pour que je ne sois pas éloigné de Jenny. Mais ma sœur a toujours été une étrangère. Henry a toujours eu cette effroyable constance de lui rappeler que sans moi, elle ne jouirait pas d'une vie décente. Elle n'avait le droit de respirer, de manger et de dormir dans un lit douillet que parce que j'étais là. Ils ne fêtaient jamais son anniversaire, ils ne la félicitaient jamais pour ses bons résultats et ils ne se déplaçaient jamais pour ses spectacles de théâtre.

Moi, j'ai toujours été présent pour elle. Comme cette fois où nous avions fait un gâteau improvisé pour ses onze ans dans la cuisine de l'école, après les cours. Mais je sais très bien que cette maltraitance n'a fait qu'agrandir une faille béante. Une blessure que je m'évertue de soigner. Probablement en vain.

Je serre les poings. Je ne dois pas me laisser envahir par mes émotions. Je ne suis pas un émotif. Notre monde est un espace qui n'accueille pas les êtres sensibles. Il les absorbe et les dévore. Alors, je vais le voir, j'attends ses excuses et je repars.

La grande porte coulissante de l'accueil s'ouvre sur un hall aux couleurs aseptisées. Je déteste les hôpitaux. Ils me rappellent maman. Ils me rappellent qu'ici, dans notre pays qui se gargarise de ses belles valeurs familiales, une mère ne peut pas avoir accès aux soins si elle ne peut pas les financer. Notre système brise des vies et des familles. Ceux qui n'ont pas les moyens de payer des traitements aussi lourds que coûteux n'ont pas accès aux soins. C'est aussi simple que ça.

Pourtant, eux, ils ne manquaient pas d'argent. Et ils n'ont rien fait. Rien.

Au bureau des admissions, une secrétaire m'indique le numéro de sa chambre, à l'étage VIP. J'esquisse une grimace. Jusqu'au bout, il faudra qu'il se croie au-dessus des autres. Montrer qu'il n'est pas n'importe qui, comme il aime à le répéter. Pourtant, devant la grande faucheuse, nous sommes tous égaux. Elle n'a que faire des *stock-options* et n'accepte pas les dessous-de-table. On ne la soudoie pas. Pour la première et la dernière fois de sa vie, son fric ne le sauvera pas.

J'ai l'impression d'être en mode automatique. Plusieurs infirmières me sourient tandis que je déambule dans les couloirs. Je leur rends aimablement leur marque d'intérêt comme j'ai l'habitude de le faire. La nature, à défaut de m'avoir donné une famille unie, m'a pourvu d'un physique attrayant. Triste monde où le seul fait d'être beau facilite tant de choses…

J'arrive au fameux étage VIP. Pour autant, mes pas provoquent toujours ce même bruit de plastique incommodant sur le sol en lino. Comme aux étages inférieurs, des brancards côtoient un personnel pressé, des toussotements et des odeurs de produits désinfectants. L'illusion du luxe a ses limites. Surtout ici, où la réalité reprend vite ses droits.

Je parviens enfin jusqu'à sa chambre. J'arrange ma veste, rectifie ma chemise. Je veux qu'il me voie fier, heureux et sûr de moi. Je veux qu'il voie à quel point son état ne me touche pas. Je tente d'ignorer cette petite voix en moi qui me répète : *Si ça ne te touche pas, alors, que fais-tu ici ?*

Je la chasse d'un revers de la main comme on le ferait pour se débarrasser d'une mouche et je toque trois coups à la porte. Une voix éraillée me répond. Mon cœur tressaute.

Pourquoi ?

J'ignore à nouveau ce désagréable sentiment et m'engouffre dans la pièce.

Je découvre une chambre spacieuse et lumineuse. Le lit se trouve devant une grande baie vitrée qui donne sur les gratte-ciel de la ville.

Malgré tout, il règne une atmosphère terriblement pesante et glaciale. Un seul responsable à cela : Henry. C'est toujours l'effet qu'il produit.

Allongé dans son lit, légèrement redressé, il tourne la tête vers moi. Deux iris gris percutent les miens. La maladie ne lui a pas fait perdre de son aplomb. Ce regard, c'est un truc de « famille ». Mon père a hérité de ses yeux, j'ai hérité des siens. Une sorte de transmission. Et heureusement, la transmission s'est arrêtée là. Enfin, c'est ce que j'espère…

Alors que je marque un temps d'arrêt face à sa prise de contrôle silencieuse, une fine silhouette se détache de l'angle et apparaît dans mon champ de vision.

– Ryan ! Tu es venu !

Elle s'avance vers moi, un sourire tendre aux lèvres mais je reste de marbre. Trop de fois j'ai espéré, trop de fois elle m'a déçu. Elle me prend dans ses bras, son parfum chic et entêtant envahit mes narines. Je ne bouge pas.

– Viens. Approche.

Un bras sous le mien, elle m'invite à pénétrer dans l'espace qu'occupe son mari. C'est toujours comme ça. Il trône et ses sujets se rassemblent autour de lui. Je ne me démonte pas pour autant.

– Bonjour Henry.

Un « comment vas-tu ? » me brûle les lèvres. Mais je ne suis pas venu pour chercher le conflit. Je suis là uniquement pour une chose. Les trois mots.

– Bonjour Ryan. Assieds-toi.

Il me désigne d'une main maigre et blafarde le siège en face de lui dans ce qui paraît un petit salon aménagé pour les visiteurs. Surréaliste. Quand on sait que les hôpitaux – enfin, les étages *publics* – manquent de place…

– Ta grand-mère t'a tout expliqué, alors je ne perdrai pas de temps. Et puis, je ne veux pas de ta pitié.

Un simple « merci d'être venu » aurait été une meilleure entrée en matière. Mais Henry ne tourne jamais autour du pot. Il gère sa fin de vie comme il gère ses affaires. Avec *efficacité et performance.*

– Tu n'es pas sans savoir que tu es mon successeur.

Je retiens difficilement un ricanement. Aurais-je devant moi un monarque ?

– Je voudrais que tu reprennes l'affaire familiale.

Je tombe des nues. Est-ce pour cela qu'elle m'a fait venir ? Pour une histoire d'argent ? Encore ? N'y a-t-il donc que cela qui compte à ses yeux ?

Je tourne vers elle des yeux réprobateurs. Tout ce que je reçois en réponse est un sourire désolé.

Évidemment ! J'aurai dû m'en douter ! Qu'est-ce que j'imaginais ? Que sur son lit de mort, il deviendrait tout à coup un autre homme ? Qu'il s'excuserait… ?

Jamais ! Il est juste en train de s'assurer que son héritage perdure ! Que sa vieille carcasse continue d'exister à travers moi.

Quel idiot je fais !

– J'ai d'autres ambitions.

Les mots ont sifflé entre mes dents. Le visage d'Henry semble imperturbable.

– Oui, comme tous les jeunes gens de ton âge Ryan… Mais la vie n'est pas faite pour les rêveurs. Regarde ce qui est arrivé à ton père !

– Henry !

Comme d'habitude sa femme lui oppose une maigre résistance. Elle sera vite balayée. Je connais le numéro.

– Papa était un homme libre. Il serait fier de ce que je suis devenu. Fier de mes rêves.

Si tu crois que tu vas m'atteindre ou me plier à ton bon vouloir, tu te trompes, le vieux !

L'ancien patriarche se redresse tant bien que mal. Je sais à quel point il lutte pour paraître si solide. Je dois bien lui reconnaître une qualité. Peu importent les épreuves de la vie, il ne se laisse jamais envahir par la peur.

– Ryan… Je suis à la tête d'un empire. De nombreux jeunes hommes rêveraient d'être à ta place.

Oh... Vraiment ?

– Quelle place exactement, Henry ?

Voyant que le ton monte, sa femme s'interpose entre nous.

– Je vais demander au personnel de nous apporter un thé et…

– Quelle place, Henry…?

Je lui ai coupé la parole. Comme si elle n'existait pas. Ce qui est plutôt vrai, en fait.

Le regard du vieillard se fait plus dur. Je sais que je viens de dépasser une limite que peu de personnes – inconscientes – se sont risquées à franchir. Mais je n'ai pas peur de lui et je me fiche bien de ses millions.

– Celle d'un ingrat ! Après tout ce que j'ai fait pour toi ! Toi et… et ta bâtarde de sœur !!!

Cette fois, mon cœur cogne si fort dans ma poitrine qu'il me semble être remonté jusqu'à ma gorge.

Je vais le tuer.

– Ma *quoi*… ?

Je me lève brusquement de mon siège et me dirige tout de go vers l'auteur de cette odieuse insulte.

– Oh ! Tu as très bien entendu ! Bon sang, je te demande juste d'être un homme et d'assumer ton rôle !

Je me fige. Je n'en reviens pas ! *Être un homme ?* Il va vraiment me faire ce coup-là ?

– Tu n'as pas le droit de parler de Jenny sur ce ton ! Comment oses-tu ?!

Ma voix est clairement montée en puissance. Facile d'imaginer qu'elle a même traversé les murs et fait quelques curieux dans le couloir.

Henry se met à tousser grassement et, l'espace d'un instant, je culpabilise presque d'avoir cette altercation avec lui alors qu'il est affaibli. J'ai la désagréable sensation de ne pas me battre à armes égales.

– Je sais très bien que tu ne m'as jamais aimé ! Je sais ce que tu penses ! Et tout ça depuis la mort de ta mère !

Frapper un vieil homme sur son lit de mort ne serait pas digne de ce que je suis, de mes valeurs. Mais je jure qu'en cet instant, je voudrais le faire taire. De la façon la plus radicale qui soit.

– Ryan, ton grand-père ne sait pas ce qu'il dit… Il est très malade tu sais et…

Je me retourne vers la vieille femme, furibond.

– Tu vas vraiment le défendre ? *Encore... ?!*

– Tu sais bien que tu comptes à nos yeux… C'est juste que Jenny…

Je la dévisage, la mettant au défi de poursuivre sa phrase.

– Eh bien, Jenny n'est pas vraiment de notre famille…

Je sens une douleur dans ma poitrine. De celle qui reste toujours là et qui se ravive avec ardeur à la moindre occasion.

– Comme maman, n'est-ce pas ? Elle n'était pas de votre famille non plus ?

– Ryan, tu dois laisser le passé là où il est, me lance-t-elle sur un ton cérémonieux.

– Laisser le passé là où il est ?! Vous avez laissé maman mourir ! Vous n'avez pas levé le petit doigt pour l'aider ! Vous devriez avoir honte de vous ! Papa aurait honte de vous !

– Oh !

Le vieux lâche un râle indigné. Et sa femme m'observe à présent, un air de dégoût dans les yeux.

C'est ça, prends son parti, indigne-toi ! Trouve-toi toutes les excuses du monde !

Je remue la tête de gauche à droite et soupire. Manifestement tout espoir a déserté mon cœur cette fois. Je crois bien que j'ai en face de moi deux personnes totalement dénuées de sentiments. Des monstres. Qu'ils crèvent seuls avec leur pognon. Je ne veux plus jamais les revoir.

Je m'avance à nouveau près d'Henry et le regarde de toute ma hauteur. Je me penche vers lui jusqu'à ce que ma bouche ne soit plus qu'à quelques centimètres de son oreille.

– Tu aurais pu être un grand-père pour moi… Tu me dégoûtes.

Puis, sans lui laisser le temps de me répondre, je quitte la pièce. Venir ici, aujourd'hui, c'était lui donner l'occasion de me blesser encore. Une dernière fois. Avant qu'il parte.

Et j'ai la terrible impression que c'est ce qu'il voulait…

REMERCIEMENTS

Ma première pensée va à mes fils et à mon époux, qui ont su supporter avec patience et gentillesse les innombrables heures de solitude dans mon bureau que ce roman a nécessitées. Sans leur compréhension, nul doute que rédiger ce roman aurait été plus ardu que prévu.

Ma seconde pensée est pour mon éditrice, Lea, dont la présence et la gentillesse ont été une aide précieuse au fil des semaines de travail autour du texte ; et à Hugo Roman pour avoir permis la réalisation de ce roman. À Claire, également, pour avoir accepté de me confier cette nouvelle adaptation et m'avoir laissé l'autonomie nécessaire pour la créer.

Je n'oublie pas la communauté de joueuses et fidèles lectrices, jamais loin pour m'encourager d'un petit message ou d'un commentaire. Votre foi en mes capacités de romancière, votre présence constante, vos joies et votre passion ont porté l'écriture de ce texte pour en faire ce qu'il est. J'espère que vous y retrouverez cet univers qui vous fascine tant.

Une ultime pensée, plus personnelle, pour un être qui n'aura jamais la chance de tenir ce livre entre ses mains. Sans lui, je ne serais pas ce que je suis.

Mille mercis à chacun et à chacune. Ce livre n'aurait jamais pu se réaliser sans vous.

Eva